"있지! 어제 종이 연극 봤[...]

"봤어! 재밌더라!"

"알투아르 건국왕이 그렇게나 멋있는 사람이었다니!"

"확실히 현 국왕 휴렌츠 폐하와 비슷한——."

"그러고 보니 루네시아라는 건 초대 왕비의 아명이었지——."

등등.

기숙사에서 교사로 향하는.

겨우 그 정도의 짧은 등교 시간에도 반응이 들려왔다.

주위에서 새어 나오는 말들은 어젯밤부터 시작된 실버 채널의 새 프로그램에 대한 화제뿐.

역시 나와 오라비의 직감은 옳았다.

그 종이 연극은 대박 기획이다.

'반응이 좋은 것 같아'라며 방송국 직원들끼리 대화하는 수준인 미묘한 나의 개 관련 기획보다 상당한 대박이라고 생각한다.

이것이 명실상부 '유행'이라는 거겠지.

아마도 매직비전업계가 시작된 이래 처음으로 알투아르 국민의 마음을 사로잡은 프로그램일 것이다. 매일 뻔하게 방송되는 프로그램과는 차별화되는 풍격이 느껴졌다. 한번 보면 또 보고 싶은 매력이 넘친다.

분명 그럴 것이다.

누가 뭐래도 그 종이 연극은 내 마음까지 사로잡았으니까.

……재미있었지, 그거. 다음 편이 궁금하다.

교실에 들어간 이후에도 그 종이 연극 이야기가 여기저기서 난무했다.

누구라도 그 이야기에 푹 빠져 있었다.

이것이 매직비전의 힘, 매직비전이 지닌 가능성. 나아가 영향력과 정보 전달력이라는 거겠지.

그리고 우리는 아직, 매직비전이라는 정책의 진정한 힘을 몰랐다.

학교의 학생은 이렇게나 큰 영향을 받았다.

누구나 매직비전을 볼 수 있는 학교 안에서도 이 상태다. 분명학교 밖에서도 적지 않은 화제가 되고 있을 것이다.

지금쯤 리스톤령에서도 난리가 났을지도 모른다.

과연 벤델리오는 어떤 대항마를 준비할 것인가, 아니면 당분간은 관망할 것인가. 녀석에게는 여름의 원한이 남아 있지만, 리스톤 채널을 위해 일해 주길 바라는 마음은 변함이 없었다.

"안녕, 니아."

왠지 평소보다 상기된 목소리와 함께 옆자리가 찼다.

레리아렛 실버의 등교다. 누구보다 기세등등한 얼굴을 하고. 고양된 기분을 숨기려고도 하지 않고. 배부른 상인처럼 가슴을 펴고. 흐음, 그래.

주위의 반응을 보고 그녀도 강한 확신을 받은 것 같았다.

종이 연극 기획은 대박이다, 라고.

여름의 실수가 한탄스럽다. 그 기획은 내가 먼저 생각해 낸 것인데. 그것을 빼앗긴 것 같은 느낌이라…… 아니, 됐다.

아이디어를 떠올린 때와 장소가 좋지 못했다.

즉, 나와는 인연이 없었던 것이다.

적어도 현시점에서는.

앞일은 아무도 모르는 거니까. 지금은 이 답답함을 감수하고 즐기기로 하자. 후발주자에게는 후발주자 나름의 방식이 있으니까.

"안녕, 레리아. 기분이 참 좋아 보이네."

"응!"

그녀가 힘차게 고개를 끄덕였다.

"니아의 그 살짝 분해 보이는 얼굴, 계속 보고 싶어! 있지, 억울해?"

"그래, 그래. 억울해."

진짜로. 정말 억울하다. 어른이었다면 여자라도 때렸을 정도로는 말이지. 그렇게까지 부추긴다면 맞아도 불평할 수는 없을 것이다.

"아침부터 엄청난 질문 공세를 받았어. 그 종이 연극은 뭐냐, 앞으로 어떻게 되냐. 정말 곤란했지 뭐야~, 방송에 관해 물어도 대답할 수 없는데 말이지~."

제대로 콧대가 높아진 것 같아서 다행이구나.

뭐, 개인적으로는 억울하지만, 매직비전업계에 있어서는 큰 공적이 될 것이다. 보급률도 분명 늘어나겠지.

결코 나쁜 일은 아니다.

……게다가, 깨달은 바도 있었다.

나는 위기감이 부족했다.

여차하면 주먹 하나로 어지간한 일은 해치울 수 있다고 생각했던 탓에 매직비전업계에 관해 가볍게 생각했던 면이 있다.

여름 방학에 들어가기 전 힐데트라는 기획에 대해 고민했다. 왕도에도 명물 기획이 필요하다는 생각에 고민한 것이다.

하지만 나는 남의 일처럼 생각했다.

그렇지 않았는데.

힐데트라가 원하는 건 리스톤 채널에도 필요했던 것인데.

이번 종이 연극 기획의 대성을 보고 깨달았다.

왕도 채널에도, 리스톤 채널에도, 그것과 비교할 수 있는 것은 없었다.

진짜 대박 기획이란 저런 것을 말하는 것이다.

내 개 관련 기획 따위는 종이 연극 기획에 비하면 어린애 장난이나 다름없다. 그 정도의 차이가 나고 있다.

이렇게 되면 역시 격투 대회를 실현하고 싶다. 지금으로서는 그 종이 연극에 대항할 만한 기획은, 그것밖에 없으니까.

그건 그렇고.

매직비전 관련된 것은 그렇다 치고 그 외의 일도 생각해야 했다.

여름 방학 동안 내 주위에서도 여러 움직임이 있었다.

먼저 10억 크람을 버는 것.

거국적인 격투 대회를 개최하기 위해 필요한 돈이다.

이를 조달하기 위해 전속 시녀 리노키스가 모험가로 데뷔했다.

며칠 전 학교를 떠난 그녀는 지금쯤 마수를 사냥하며 돈을 벌고 있을 것이다.

물론 리노키스에게만 고생을 시키지는 않는다.

나도 움직일 것이고, 달리 쳐둘 수 있는 포석은 다 쳐두고 싶었다.

초등학부 1학년의 2학기가 시작되었다.

이번 가을은 바빠질 조짐이 보였다.

새학기가 시작되고 며칠이 지났다.

"아가씨! 다녀왔어요! 저 돌아왔어요!"

응.

"어서 와. 나중에 또—— 뭐야?"

스치듯이 기숙사 방을 나가려던 내 팔을 방금 찾아온 리노키스가 잡아챘다.

"재회의 포옹은요?! 이 불초 리노키스 지금 막 돌아왔는데요?!"

뭔가 필사적인 표정으로 호소해 오고 있는데.

"응. 하지만 난 지금부터 학교야."

지각할 걱정은 없지만 길게 얘기할 만한 여유는 없다. 서로 이야기하고 싶은 것도 많을 테니 한번 이야기를 시작하면 오래 걸리지 않겠는가.

"학교는 지금 상관없잖아요! 학교랑 저 중에 뭐가 더 중요하세요?!"

"지금은 학교야."

"너무해! 아가씨를 위해! 아가씨를 위해 돈을 벌고 왔는데 너무해! 아가씨를 위해 다녀왔는데! 아가씨를 위해 노력했는데!"

"다녀올게."

어째서인지 울음을 터뜨리기에 지금은 가만히 놔두기로 했다. 시간이 지나면 진정되겠지.

닫힌 문 너머로 "너무해! 날 버렸어!"라며 날이 선 비난의 목소리가 날아왔지만, 무시하고 걷기 시작했다.

오늘이나 내일 중 돌아올 예정이었던 리노키스가 예정대로 돌아왔다.

예정에 없던 일이라면 아침 일찍부터 기숙사에 들이닥칠 거라고는 생각하지 못했다는 점이다.

어차피 아침에 돌아와도 대화할 시간은 없을 테니 여유롭게 점심쯤에 돌아왔으면 좋았을 텐데.

모험가 데뷔. 돈벌이. 성과.

그것들을 해내고 온 리노키스의 여행 이야기는 나도 꽤 궁금했다.

뭐, 그 모습을 보니 나름의 성과는 있었던 것 같지만.

……하지만 이야기를 듣는 것은 밤이 될지도 모르겠다.

분명 오늘도 힐데트라가 올 테니까.

"니아. 알고 있죠?"

방과 후, 오늘도 너무 많이 써서 지친 머리를 목에 얹고 여자 기숙사로 돌아오니 이미 힐데트라가 방에 와 있었다. 홍차를 마시고 있다…… 이 향기는 나도 쉽게 마실 수 없는 비싼 찻잎이다. 손님이니까 어쩔 수 없지.

그녀는 1층 로비에서 나를 기다리려고 한 모양인데, 마침 빨래를 안고 지나가던 리노키스와 마주친 덕분에 그대로 방까지 안내

받았다고 한다.

뭐, 의외로 자주 볼 수 있다는 소문을 가진 힐데트라도 어쨌든 왕족이니 리노키스의 이 대응은 틀리지 않았다고 생각한다. 내가 쉽게 못 마시는 찻잎을 꺼냈다는 점도 포함해서.

약속은 하지 않았지만 역시 오늘도 왔구나.

"어제 하던 이야기?"

"네, 아직 아무것도 정해지지 않았으니까요."

그렇군. 그렇구나.

"아가씨. 힐데트라 님과 무슨 일이 있었나요?"

가방을 받기 위해 다가온 리노키스가 작은 소리로 물었다. 오늘 아침에 돌아온 그녀가 사정을 모르는 것은 당연하다.

"얼마 전에 힐데와 기획 이야기를 했어. 왜 실버령에서 종이 연극이 있었잖아. 그래서 그 대책을 좀 세우려고. 너도 이미 소문 정도는 들었겠지?"

그녀가 들어도 상관없는 내용이었기에 목소리를 굳이 죽이지 않고 대답했다.

리노키스는 그때 부재했지만 이미 하인 네트워크를 통해 들었을 것이다.

그 종이 연극은 지금 한창 유행하고 있는 화제니까. 어디에 있어도 소문 정도는 들려오겠지.

"아아…… 뭔가 굉장한 대박 기획이라는 것 같더라고요."

대박 기획.

맞아, 그 표현이 가장 알기 쉽고 확실하다.

대박 기획을 낸 실버령. 그로 인해 자극받은 힐데트라와 며칠 동안 상의했고, 어제는 기획의 소재를 찾기 위해 성 아랫마을까지 나갔다 왔다.

나간다 해도 쉽게 발견할 리가 만무하다. 결국 잡화를 보고 옷을 보고 포장마차를 둘러본 뒤 다과 등을 사 먹고 헤어졌다.

솔직히 같이 나가서 좀 재밌게 놀고 왔다, 정도로 끝난 느낌이었다. 나도 손녀를 지켜보는 노인의 마음으로 잔뜩 들뜬 힐데트라와 함께 어울렸다. 그뿐이었다.

"오늘도 나갈 거야?"

나간다면 다시 바로 몸을 일으켜야겠지만, 일단은 그녀의 맞은편에 앉았다.

"물론이죠."

가는 건가. 뭐, 나도 기획은 원하니까 찾으러 돌아다니는 게 싫은 것은 아니지만.

"하지만 둘이 가는 건 하지 말죠. 어제는 단순히 놀고 끝났다는 느낌이었으니까요. 왕성으로 돌아가서 회상해 봤는데, 수확이 아무것도 없었다는 사실을 뒤늦게 깨닫고 깜짝 놀랐지 뭐예요."

그렇겠지. 나도 동감이다. 덧붙여서 오라비의 전속 시녀 리넷도 동행했다.

"하지만 기획을 생각하는 것이 아닌 기획을 찾는다는 방식 자체는 나쁘지 않다고 생각해요. 생각하는 건 방송국 분들이 늘 하고 있으니까요."

음. 시점을 바꿔보는 것은 중요한 일이다.

"긴 안목으로 보는 편이 좋겠어. 조급하게 굴어도 소용없으니까."

겨우 하루 이틀 나간 것으로 대박 기획을 찾을 수 있다면 누구도 고생하지 않을 것이다.

"초조할 수밖에 없어요……. 왕도 방송국뿐이라고요. 대명사 같은 명기획이 없는 건."

그렇지는 않을 텐데…… 응?

"리스톤령의 명기획은 뭘 말하는 거야?"

벤데리오가 출연한 《리스톤령 산책담》일까.

그건 은근히 리스톤령 방송국이 생긴 후 가장 호흡이 긴 프로그램이다. 다소 대상 연령이 높긴 하지만 명기획이라고 할 수 있다. 어쨌든 난 즐겁게 보고 있다. 음주 장면 빼고는.

"개 말이에요!"

"어?"

갑자기 소리를 지른 것도 놀랐지만, 그 내용에도 놀랐다.

"그 개 기획은 성공적이었어요! 여름 방학 동안 리스톤령에서도 실버령에서도 몇 편이나 찍었잖아요?! 왕도에서도 찍었고요! 인기가 많으니까 그렇죠!"

……그렇구나. 전혀 자각은 없었는데. 왜 자꾸 이 기획만 찍는 거야, 이렇게 찍어도 되는 거야? 싶은 생각밖에 안 들었는데.

"개는 성공인 것 같아?"

하나의 의견으로서, 묻지 못했던 세 번째 사람에게 물어보았다.

"성공이죠. 어디에나 있는 친숙한 생물이 주인공이고, 누가 봐도 알기 쉬운 내용이라 시청자도 가리지 않고요. 개를 좋아하는 사람도 많으니까요. 뭐, 개 같은 건 아무래도 상관없지만 아가씨가 귀여워요. 성공하지 않을 이유가 없죠."

리노키스의 의견이 그렇다면 그런 거겠지.

하지만, 말이다.

진정한 성공 기획을 알아버린 지금, 개는 약했다. 그 종이 연극과 비교하면 아무래도 뒤떨어진다.

"실버령은 분명 앞으로 고전 문학이나 동화 같은 걸 종이 연극으로 만들어 방송해 나갈 거예요. 아니, 거기에 머무를 이유도 없죠. 모든 방면을 그림으로 커버해 나갈 거예요."

종이 연극의 가능성이 넓다는 것은 나도 동감이다.

특히 혀를 내둘렀던 부분은 역시 첫수다.

빅슨 실버가 만약 첫수를 잘못 놨다면 세상이 종이 연극을 받아들이는 데엔 시간이 더 걸렸을 것이다.

알투아르 건국기다. 조금이라도 이 나라에 호감을 갖고 있고 이 나라의 주민임을 자랑스럽게 생각하고 있다면 거부감 없이 받아들일 수 있는 소재였다.

정말 좋은 부분을 공략했다. 더할 나위 없는 첫수였다.

"리스톤령은 개가 있죠. 심지어 종이 연극보다 더 따라 하기 어려운, 니아의 발이 빠르기 때문에 성립할 수 있는 기획이에요.

중요한 포인트로는 개에 한정되지 않고 온갖 다양한 경쟁 상대가 존재한다는 것. 사람 간의 대전으로도 분위기가 고조되지 않을까요? 게다가 니아가 계속 이기고 있으니까 그 무패 기록의 행방도 흥미를 모으고 있는 것 같아요. 일부 애견인들 사이에서는 니아와의 경쟁을 상정하고 애견의 달리기 속도를 단련시키고 있다는 이야기도 있어요."

흐음…… 그리고 보니 가끔 개 주인에게 도발을 받는 경우가 있다.

어떤 귀인의 애견과 뛰었을 때는 "우리 강아지를 이길 생각인가요?"라는 말을 들은 적이 있었다. 못할 텐데? 하는 시선으로.

생각보다 평가가 높구나, 개.

그럴 생각으로 한 것은 아니었는데.

원래는 그냥 목장에 간 김에 가벼운 놀이 삼아 해 본 건데. 던진 공을 쫓는 개를 내가 앞질러서 먼저 주운 것뿐이었는데.

"여름 방학, 저도 니아와 함께 개와 달렸었죠?"

"응, 달렸었지."

도전해 왔던 만큼 힐데트라는 빨랐다. 여덟 살짜리 치고는.

"거기서 제가 이기면, 어쩌면 개 관련 기획을 가로챌 수 있을지도 모른다고 생각하기도 했어요."

아, 그렇군.

"딱히 알아서 하면 되잖아. 따라 해 보는 게 어때?"

나는 정정당당한 야심이나 하극상은 인정하는 타입이다. 협상이 아닌 실력으로 따낸다면 더더욱 그렇다.

"앞서 말한 대로 니아니까 성립할 수 있는 거예요. 니아에게 지는 건 그나마 낫지만, 개에게 지면 말이 안 돼요. 그건 개에 대해 승률이 높기 때문에 진행할 수 있는 기획이니까요."

그렇군, 실력상 무리라고 판단한 것인가.

"음…… 이렇게 고민하니 더 안 떠오르네."

힐데트라가 고민하는 것도 이해는 갔다.

그녀의 경우 왕족이라는 이유로 격이나 품위 등을 따지느라 기획이 성립되지 않는 경우도 있다고 하니까. 무작정 해 보겠다고 말할 수도 없고.

지금의 나는 10억 크람을 모으느라 바쁘지만, 그렇다고 매직비전 보급 활동을 소홀히 할 수는 없었다.

10억을 버는 일도 결국은 보급 활동을 위한 것이다. 여기서 힐데트라를 저버리는 것은 오히려 목적에 반하는 행위다. 그래서 가능한 한 협력은 하고 싶다.

왕도 방송국의 명기획이라.

뭘 어떻게 해야 할까.

……응, 우선은.

"우선 머리를 늘리자."

"머리요?"

그렇다, 머리다. 새로운 머리를 늘려서 새로운 발상을 내는 것이다.

그것도 다소 매직비전에 애정이 있고, 그러면서 정보를 누설할 염려가 없는, 지금까지 기획 발안에 거의 종사하지 않아 반대로 더 자유로운 발상을 떠올려 줄 만한 인물.

즉 내 오라비다.

어려울 때 의외로 의지가 되는 오라비 닐이다.

"리노키스, 남자 기숙사에 가서 오라버니를 확보해. 리넷도 데리고 와."

"네, 맡겨주세요."

방과 후 오라비는 매일 검술 훈련에 바쁘다고 하는데, 짐을 놓고 훈련복을 가져가기 위해 한 번 기숙사 방으로 돌아온다고 한다. 지금 서두르면 잡을 수 있을 것이다.

"그렇구나."

보냈던 리노키스는 검술도장에 가려고 하던 오라비를 잡는 데 무사히 성공.

오라비와 그의 기숙사 방에 있던 오라비의 전속 시녀 리넷을 데리고 돌아왔다.

"내가 도움이 될지는 모르겠지만, 적어도 같이 생각해 보는 건 가능할 것 같아."

역시 오라비, 어리지만 신사다.

'일단 이야기 먼저 들어달라'라는 말과 함께 간단히 현 상황에 관해 설명하자 이쪽의 용건을 흔쾌히 수락. 오늘의 검술도장행을 중지하고 이대로 어울려주겠다고 했다.

"갑자기 불러서 미안해, 오라버니. 예정이 있었던 거지?"

"신경 쓰지 않아도 돼."

오라비는 홍차를 입으로 가져갔다. 가문 사람이지만 이쪽이 부른 것이기 때문에 비싼 찻잎이다.

"부른 상대가 여동생이라는 걸 제외해도, 매직비전과 관련된 이야기에 어느 정도 관여해야 한다는 건 늘 염두에 두고 있어. 이래 보여도 리스튼 가문의 장남이니까. 오히려 평소에는 전부 다 맡겨버려서 미안할 정도야. 곤란할 때 정도는 편하게 말해 줬으면 해."

으음…….

오라비는 뭐랄까, 역시 귀엽다.

서둘러서 어른이 되지 않아도 괜찮아, 라고 말하고 싶을 정도의 성장이 느껴졌다.

뭐, 그렇게 말하자면 힐데트라도 레리아렛도 꽤 어른이지만. 10살도 안 된 아이인데 너무 똑 부러질 정도로 야무지다.

역시 왕족이나 귀인의 자녀는 자식으로 있는 기간을 길게는 허락하지 않는다는 뜻일까.

주위의 서민 자녀들은 매일 활기차게 아무런 의미 없이 뛰어다니며 까닭 모를 괴성을 지르고 뭐가 즐거운지 알 수 없는 놀이에 흥분하는데.

아이로서는 그쪽이 올바른 모습인 것 같기도 하지만…… 아니, 뭐, 그거야말로 사람마다 다른 거겠지.

"미안해요, 닐 군. 제 용무 때문이랍니다."

"신경 쓰지 마세요. 매직비전의 보급 활동은 저와도 무관하지 않으니까요. ……그나저나 레리아렛 양은 불참인가요?"

세 명이 세트로 움직인다는 이미지가 있는 것인지 오라비가 레리아렛의 이름을 거론했다.

테이블에 앉아 있는 사람은 나와 힐데트라, 그리고 오라비다. 리노키스와 리넷은 뒤에 서 있다.

"레리아는 지금 바빠."

최근 지나치게 콧대가 높아진 나머지 나와 힐데트라를 버렸다, 라는 것은 아니다. 물론 콧대가 제대로 높아지긴 했지만.

"학교 안에서 인기 있는 극이나 책, 옛날이야기, 동화, 그림책 같은 걸 중등학부나 고등학부의 손까지 빌려서 조사하고 있는 것 같아. 누가 봐도 다음 종이 연극의 소재를 찾고 있는 거지."

우리 셋은 동료이자 라이벌이다.

필요할 때는 도와주지만 그렇지 않을 땐 자기 일을 우선시한다.

현재 힐데트라의 고민은 '필요할 때'가 아닌, 그 전 단계에 있다고 생각한다. 그래서 레리아렛은 자기 일을 열심히 하고 있는 것이다. 구체적인 것이 정해지면 그녀도 협조해 주겠지.

게다가 그녀의 일 또한 매직비전의 보급 활동으로 이어진다. 방해할 이유는 전혀 없다.

오히려 지지 않기 위해 더 분발해야 할 때였다.

그렇기에 힐데트라가 여기에 있는 것이기도 하니까.

"그렇구나. 그럼 여러 가지로 생각해 볼까?"

좋아, 부탁하마, 오라비.

"밖에 나가는 건 결정된 거지? 시간이 아까우니까 걸으면서 이야기하자."

왕성에서 다니는 힐데트라라면 몰라도 학교 통금 시간이 있는 나와 오라비는 시간이 없었기에 일단 출발하기로 했다.

휴식도 할 겸 찻집에 들어가 전리품을 확인하는 흐름이 되었다.

"야아, 뭐랄까. ……놀아버렸네요. 결국."

놀아버렸다. 결국.

힐데트라가 등하교할 때 쓰는 마차를 타고 성 아랫마을까지 온 우리는 마음 가는 대로, 흥미가 가는 대로 메인 스트리트를 따라 걸었다.

잡화점에 들러서 장을 보거나, 서점에 들러서 유행하는 책을 보거나, 옷을 보거나, 소품을 보거나. 마법 가게를 둘러보기도 했다.

힐데트라가 즐거운 얼굴로 이곳저곳을 둘러보았고, 오라비가 그 뒤를 따랐고, 나는 손자들을 지켜보는 늙은이의 마음으로 뒤를 따랐다.

즐거웠다면 그나마 다행이다. 힐데트라는 평소 촬영이니 공무니 하는 것들로 바쁠 테니 가끔은 놀아도 괜찮겠지. 아이는 그저 노는 것도 일이다.

"이것저것 사 버렸네요."

오라비도 힐데트라도 뭔가 이것저것 사긴 했었다.

이러니저러니 해도 둘 다 바쁜 몸이니 일단 신경 쓰이는 것을 이것저것 손에 잡히는 대로 충동구매한 것일지도 모른다. 리노키스랑 리넷에게 짐을 들게 하면서. 참고로 시녀 두 명은 다른 테이블에서 차를 마시고 있다.

"닐 군, 그건 뭐죠?"

"아버지께 드릴 생신 선물이에요. 펜입니다."

그래, 나도 리노키스도 몰랐는데 부친 올닛 리스톤의 생일이 가깝다고 한다.

난 쇼핑은 거의 하지 않지만 여기서는 편승해서 사 두었다. 오라비 것과 같이 보내달라고 할 예정이다.

덧붙여 모친인 알뤼 리스톤의 생일은 겨울의 끝 무렵이라고.

"아버님 생신이세요?"

미소 짓는 그녀에게 나는 말했다.

"힐데는 폐하한테 뭐 드린 적 있어?"

그녀에게 아버지라는 화제는 금구였다.

하지만 이 흐름상 물어보지 않는 것도 부자연스럽다는 생각이 들어 일단 이야기를 던져 보았다.

차가운 표정으로 '없어요' 정도의 대답을 예상했는데——.

"……."

차가운 표정을 넘어, 힐데트라는 증오심마저 엿보일 정도로 얼굴을 일그러뜨렸다. 늘 쾌활하고 영리한 그녀로서는 드문 어두운 표정이다.

"한 번 있어요. 필요 없다고 거절당했지만요. 그 후로는 없네요."

……예상 이상으로 차가운 대답이 돌아왔다.

그 왕 성격상 충분히 그럴 것 같긴 하지만.

그보다 정말로 힐데트라가 말하는 아버지의 이야기는 듣지 않는 편이 좋은 부류가 많긴 하네.

이제는 가벼운 마음으로 왕에 관해 묻지 말자. 오라비도 당황한 얼굴이고.

순간 분위기가 나빠지나 싶었는데.

"오래 기다리셨습니다. 홍차와 도넛 나왔습니다."

좋은 타이밍에 주문한 것이 도착했다.

"이거예요, 이거! 이 도넛이 지금 서민들 사이에서 유행하고 있대요!"

호오. 이 동그란 빵 같은 게 유행이라는 건가. 표면에 뿌려진 눈처럼 하얀 가루는 설탕이다. 무척 달아 보인다.

"이건…… 나이프와 포크는 없나?"

나온 것은 홍차가 든 잔과 도넛이 담긴 접시뿐이다.

"그건 손으로 들고 먹는 겁니다."

당황하는 오라비의 귓가에 옆 테이블에서 재빠르게 다가온 리넷이 속삭였고, 다시 재빠르게 테이블로 돌아갔다. 수고가 많아.

"아, 그런 거구나."

"흐음, 이런 맛인가요……."

"응, 느끼하네."

요점은 튀긴 빵이다. 꽤 묵직한 음식인 것 같다. 내 몸이 노인이었다면 한입 만에 얹혔을지도 모른다.

"좋네요."

"그러게요. 니아는 어떻게 생각해?"

"맛있지만 나는 조금 더 가벼운 게 좋아."

아이들에게는…… 아이들과 그 옆의 시녀들에게는 좋은 평을 받았지만, 나는 좀 더 담백한 것이 좋다. 단것도 싫지는 않지만 이건 너무 달다.

그렇게 해서 결국 오늘도 놀고먹고 즐겼다, 라는 것으로 끝이 나고 말았다.

"니아. 힐데트라 님께 말씀드리기 전에 너한테 물어보고 싶은데. 이런 건 어때?"

그리고 설마 하던 오라비에게서 아이디어가 나왔다.

역시 어려울 때는 의외로 의지가 되는 오라비. 조력자로서 소임을 다해 주려는 모습이다.

힐데트라와 헤어지는 길, 그는 떠올린 기획을 내게 말해 주었다.

이 생각이 후일 '요리하는 공주님'이라는 왕도 방송국의 명기획이 되고——

그리고 이게 발단이 되어 생각지도 못한 대사건이 발생하고, 나에게는 사실상 국외추방이라는 명령이 내려지기도 하지만——

그것은 아직 먼 훗날의 이야기다.

힐데트라와 오라비 닐, 그리고 내가 외출한 다음 날의 일.

이번에는 내가 먼저 힐데트라를 불러 내 방에 모였고, 오라비가 떠올린 기획에 관한 이야기를 하게 되었다.

참고로 어제의 외출 이야기를 했더니 레리아렛이 울 정도로 분통을 터뜨려서 오늘은 그녀도 동석했다. 참으로 알기 쉬운 아이이다.

오라비의 생각은 한발 먼저 들었는데…… 꽤 대담한 기획이었다.

귀여운 외모에 반해 의외로 책략가일지도 모른다.

"힐데트라 님 같은 경우는 우선 해결해야 할 것이 두 가지 있습니다. 하나는 기획 허가를 받는 것. 또 하나는 그 기획 내용에 관한 겁니다. 이제 힐데트라 님은 누구나 알 정도로 드러난 왕족. 그런 만큼 정치적 판단이나 정치적 사정이 관련되는 것은 어쩔 수 없는 일입니다. 그래서 너무 통속적인 일을 하면 왕족뿐만 아니라 귀인 분들께도 영향을 미칠 수 있습니다. 왕족이나 귀인은 겨우 그 정도인가, 하면서 얕잡아 보는 원인이 될 수도 있죠. ……지금은 그런 것에 집착하는 시대가 아닐지도 모르지만요. 하지만 그렇기에 힐데트라 님이 참가할 수 있는 기획이 한정되어 있는 겁니다. 그래서 반대로 생각해 봤습니다. 어떻게 하면 기획 허가를 받고 정말 내 것인 것처럼 기획 내용을 밀고 나갈 수 있을까."

"어떻게 하면 좋을까요?"

오라비가 말하는 아이디어에 힐데트라는 당장이라도 달려들 태세였다.

진지한 눈이 두려울 정도다.

자식이라고는 하지만 역시 왕족의 안광이 위정자 특유의 압력을 내고 있었다.

"이야기만 들었을 땐 힐데트라 님은 어지간한 일이 아닌 이상 새로운 기획에 발을 들이기 어렵습니다. 정공법으로는 우선 허가가 나지 않겠죠……. 그야말로 정치적인 요인과 엮이지 않으면 인정받을 수 없을 겁니다. 그럼 어떻게 해야 하나? ──아예 허락받지 않고 촬영해 버리는 겁니다."

"네? 허락받지 않고요? 하지만 그렇게 되면……."

"네. 영상은 사용되지 않고 버려지거나 파기될지도 모릅니다. 하지만 그건 기획 이야기를 꺼내는 단계에서도 마찬가지 아닐까요? 기획이 통과되지 않아서 촬영하지 못하는 것이 아니라, 촬영한 뒤에 어떤 것인지를 선보이면서 동시에 기획을 제출한다는 작전입니다. 윗선에서 완성된 기획과 영상의 정치적인 이점과 이익을 알아서 찾아준다면 기획은 통과될 겁니다. 적어도 촬영한 만큼은 방송이 될 거라고 생각해요."

촬영에는 기자재도 인력도 장소도, 나아가서는 자금도 필요하다. 공짜가 아니다.

촬영한 영상을 그대로 기획서로 제출한다는 것은 곧 촬영에 쓰인 모든 것을 통으로 날려버릴 수도 있다는 뜻이다.

게다가 기획을 통과시켰을 때의 이익을 완전히 상층부의 판단에만 맡겨야 하니 타력본원적인 면도 있다.

하지만 힐데트라의 경우, 입장상 정공법으로는 우선 기획이 통과되지 않는다. 나라면 직업 방문으로 전부 소화할 수 있을 것 같은 주제라도 그녀에게 가면 모두 기각되는 것이다.

전에는 그것만으로도 충분했다.

대항마가 적었으니까.

하지만 현재는 나와 레리아렛의 대두로 인해 각령의 채널과의 경쟁 체제가 완성된 상태였다.

그리고 거기에 탄생한 나의 개 관련 기획과 실버령의 종이 연극이라는 주제의 기획.

이러다간 늦는다, 뒤처진다.

힐데트라의 위기감은 우리에게 의논하러 온 부분에서 절실히 느낄 수 있었다.

"사후 보고라는 방식은 저 역시 별로 좋아하지 않지만, 힐데트라 님의 경우는 이 정도의 변칙적인 움직임을 취하지 않으면 일이 진행되지 않을 것 같습니다."

"……그렇군요. 그에 관해서는 생각해 보겠습니다."

자, 다음 문제다.

"그래서 기획 내용에 관한 안은 없나요?"

앞의 이야기는 '기획의 진행 방법'이다.

오라비의 말은 한마디로 요약하자면 사후보고라는 형태가 어떻겠느냐는 이야기다.

"물론 있습니다. 다만 힐데트라 님 마음에 드실지는——."

"상관없어요. 뭐든지 말해 주세요."

다음은 기획 내용이다.

비교적 간단하게 기획이 통과되는 리스톤령이나 실버령에 있어서는 이쪽이 가장 신경 쓰이는 포인트였다.

"힐데트라 님이 나오는 프로그램의 경향은 서민과 만나고 서민에게 공헌한다는, 왕족의 이미지 개선에 집착하는 것이 많습니다. 공무도 많죠. 그렇기 때문에 너무 저속한 행동은 하지 않는 편이 좋습니다. 그것이야말로 기획이 통과되지 않는 가장 큰 요인이 될 테니까요."

응.

나는 그녀가 나오는 프로그램도 거의 보지 못하지만, 이야기를 들어보면 그런 느낌이라고 한다.

촬영 때 나나 레리아렛이 같이 있으면 우리에게 힐데트라가 함께한다는 형태로 여러 기획을 짜게 된다.

실제로는 저쪽의 요청인 경우도 많지만.

"그걸 감안하고 생각해 보면, 요리는 어떨까요?"

"요리…… 말인가요?"

"네, 어제 도넛을 먹으러 갔었죠?"

말없이 오라비의 말을 들으면서 오라비를 홀린 듯 바라보고 있는 레리아렛이 씁쓸한 표정을 지었다. 그렇다, 기획 회의에 결석해서 참가하지 못했기 때문이다. 뭐, 실버령은 지금 한창 잘 팔릴 때니까 어쩔 수 없지! 아암, 어쩔 수 없고말고!

"사전 리서치를 완벽하게 해내신 걸 보고 음식에 관심이 있으시다고 생각했어요."

"흥미가 있다고 할지, 뭐라고 할지……."

힐데트라의 반응은 미묘했다.

없다고까진 할 수 없지만, 그렇다 해도 굳이 자청할 만큼의 애정은 없는 것 같았다.

"그렇군요. 하지만 요리 자체는 나쁘지 않을 것 같아요. 우선 촬영 장소는 기본적으로 주방이니까 이 왕도에 얼마든지 있죠. 매번 새로운 요리를 만들면 질리지도 않을 겁니다. 발상을 바꾸면 요리를 하는 것에서 그치지 않고 요리를 해줄 상대를 촬영에 부를 수도 있습니다. 꽤 응용이 가능할 거라 생각해요. 여기서 말 그대로 왕족이나 귀인을 불러 힐데트라 님의 요리를 대접하는 형태가 되면 왕족의 이미지 상승으로도 이어질 수 있고요."

힐데트라가 헉 숨을 들이켰다.

"확실히 그렇군요…… 요리를 만들고, 만든 요리를 대접할 게스트를 부르거나 부른 게스트와 함께 요리하는 것도 나쁘지 않겠어요……."

아아, 나도 했었지. 왕도의 고급 레스토랑 '검은 백합 향기'에서.

극단 아이스 로즈의 간판 여배우가 되기 전의 샬로 화이트와 함께. 연인을 구하는 요리사와 함께 파스타를 만들었다.

　그 이후로 직업 방문에서도 가끔 게스트를 부르게 되었다.

　"……서민의 생활 향상…… 가게의 홍보…… 다양한 게스트를 부를 수 있는 기회…… 그렇다면 외교에 응용하거나…… 정치적인 이미지 상승도…… 방식에 따라선 그 얄미운 조레스의 약점을 잡는 것도……."

　힐데트라가 사고에 빠져들기 시작했다.

　아무래도 그녀 역시 더할 나위 없을 만큼 좋은 아이디어라 느낀 모양이었다. ……살짝 요리와 무관해 보이는 불온한 말도 조금씩 들려왔지만 못 들은 척하기로 했다.

　"닐 리스톤!"

　한동안 지켜보고 있는데 그녀가 타앙, 테이블을 치며 몸을 일으켰다.

　"고마워요! 성공하는 날엔 상을 내리도록 하겠어요!"

　"아, 네, 열심히…… 하세요."

　오라비가 대답을 다 마치기도 전에 힐데트라는 쾅하고 문을 열어둔 채 방을 뛰쳐나갔다. 전에도 봤었지, 이 광경.

　내가 뒤에 서 있는 리노키스에게 눈짓하자 말하지 않았음에도 전해진 것인지 재빠르게 방을 나가 배웅을 갔다. 이것도 전에 봤을 때와 똑같다.

　"……뭐, 마음에 드신 것 같아서 다행이네."

　갑작스러운 탈출에 어안이 벙벙한 오라비가 정신을 차리고 홍차 잔에 손을 뻗었다.

"고생했어."

어제 내가 들은 단계에서는 좀 더 막연한 내용이었는데.

오라비는 그 뒤에도 나름대로 생각을 더 정리한 것 같았다.

"피곤한 건 니아 쪽이지. 늘 이런 식으로 머리도 몸도 쓰고 있는 거잖아? 일을 떠넘기는 형태가 된 것 같아 미안해."

아니, 신경은 썼지만, 머리는 잘 안 썼는데. 생각하는 건 방송국 사람들이니까.

"신경 쓰지 마. 리스톤가 차기 당주가 할 일은 아니잖아."

힐데트라가 정치 관계로 움직이지 못한다면 오라비는 4계급 리스톤 가문 차기 당주였기에 쉽게 움직이지 못하는 경우가 많았다.

오히려 후계자가 아닌 여동생이 움직이기엔 더 편하다는 것이다.

"그래도 가끔은 방송에 나가도 괜찮을 것 같아."

"……생각해 볼게."

이리하여 힐데트라 주연의 새 프로그램 '요리하는 공주님'이 움직이기 시작했다.

기획으로 통과되기까지 뒤에서 여러 일이 있었다고도 하고.

첫 번째 방송치고는 그녀의 요리 실력이 꽤 익숙했던 점도 그 여러 일들과 관련이 있다는 이야기도 있고.

그런 소문이 돌았지만, 힐데트라는 자세히 알려주지 않았다.

뭐, 어쨌든.

출발은 더 없을 만큼 최상이었고, 회를 거듭해 나갈수록 순조롭게 인기를 끌어가기 시작했다.

"저, 저기 닐 님! 오늘도 외출하죠!"

"미안해. 어제 쉬어서 오늘은 도장에 가고 싶어. 나중에 또 불러줘."

"……네, 네에."

자, 그럼.

레리아렛이 차인 것도 봤으니, 나도 절대 하기 싫은 숙제라도 미리 해 둘까.

　신학기가 시작되고 조금의 시간이 흘렀다.

　일상으로서는 1학기와 크게 다르지 않지만…… 특필할 점은 역시 실버령의 종이 연극이겠지.

　아니나 다를까 그 종이 연극은 크게 유행했다.

　첫 번째 작품인 '알투아르 건국기'가 끝나고 벌써 두 번째 작품으로 접어들었다. 역시 소재 선택이 뛰어났던 것인지 너무나 무탈하게 궤도에 올랐다.

　지금은 '적기사 이야기 건국편'이라는 연재형 종이 연극이 시작되었다. 매일 조금씩 이야기가 진행되며 장기 방송이 될 예정이다.

　역시 소재 선택 방식이 좋았다. 알투아르 왕국의 건국에 참여했다는 희대의 영웅 적기사 소마가 걸었던 역사를 드라마틱하고 섬세하고 다이나믹한 스토리 구성으로 짜임새 좋게 제작했다.

　이름만 보자면 건국기보다 더 잘 알려진 적기사 소마의 이야기는 방송 시작부터 곧바로 알투아르 국민들에게 좋은 반응을 얻었다.

　하루에 8번이나 방송을 하기에 보려고만 하면 언제라도 타이밍을 맞춰 볼 수 있다는 점도 좋았다.

　참고로 나도 보고 있다.

　적기사 소마의 이름만은 알고 있었지만, 어떤 무리에서 어떤 삶을 살았는지는 몰랐기 때문에 꽤 재미있다.

매일 조금씩 이야기가 진행되니 그 뒤가 궁금하고 답답했지만. 내일의 즐거움이 있다는 것은 의외로 나쁘지 않았다.

왕도 방송국.

힐데트라가 원하던 명물 기획은 아직 탄생하지 않았다.

하지만 그렇게 되어갈 조짐은 보이고 있었다.

최근 들어 시작된 그녀가 주연인 '요리하는 공주님'. 이것이 벌써 침투하기 시작한 것이다. 방송이 계속되면 분명 좋은 프로그램으로 성장할 것이다.

얼마 전 기숙사 식당에 힐데트라가 방송에서 만들었던 메뉴가 나와 기묘하게 고조된 분위기가 형성되기도 했었다. 그런 것을 보면 학교에서는 호의적으로 받아들여지고 있는 모습이었다.

메인으로 활동하는 장소가 주방이었기에 멀리 나가지 않고 여기 왕도에서 촬영할 수 있다는 것도 편리했다. 요즘 힐데트라는 연일 방과 후에 촬영을 하고 있었다.

방송된 후의 반응을 보고 방송국은 '요리하는 공주님'을 밀고 가려는 것 같았다.

힐데트라도 프로그램을 키우기 위해 최선을 다하고 있다.

사전에 엄청나게 연습했을 것이다. 이미 요리하는 손놀림이나 칼질에 익숙해진 모습이 재미있었다.

요리를 시작한 지 채 한 달도 안 됐을 텐데 벌써 손도 안 보고 요리사와 잡담하며 채썰기 등을 하고 있었다.

실력도 좋아 더는 초보자의 움직임이 아니다.

뭐, 그녀 본인의 학습 능력이 높다는 점도 있겠지만.

'요리하는 공주님'은 이제 막 시작했지만, 현재로서는 성공할 가능성밖에 보이지 않았다.

큰 실수만 하지 않으면 순조롭게 명기획으로 올라갈 것이다.

그리고 나는 지금 학교를 나와 전속 시녀 리노키스와 성 아랫마을을 걷고 있었다.

리스톤령의 촬영도 순조롭다.

그렇다기보단 여름 방학 때 살인적일 정도의 과밀 스케줄을 소화한 덕분에 지금은 여유가 좀 있었다.

여름에 촬영한 프로그램을 소화하는 중이라 적지 않게 여유가 있는 것이다.

썩 나쁘지 않았다.

한때는 무리한 스케줄을 잡았던 벤델리오를 망자로 삼는 것도 진지하게 고민했는데, 이런 시간적 여유를 만들기 위해서였다고 한다면 조금은 용서할 수 있을 것 같다.

실버령과 왕도에서 각각 성공 기획이 만들어져 초조한 마음도 없지는 않지만, 이것만큼은 나 혼자 고민해도 어쩔 수 없었기에 일단 놔두었다.

지금은 내가 할 수 있는 것을 할 뿐이다.

은밀하게 행동은 하고 있었다.

여름 방학 후부터 시작한 텐파류 사범 대리 간돌프와 오라비 전속 시녀 리넷의 수행은 이제 실전에 내놓아도 될 정도로 완성이 됐다.

아직 짧은 기간밖에 단련하지 않았지만, 본래 기본기가 깔려 있었던 덕분에 비교적 금방 '기'를 갖기 시작한 것이다. 반가운 오산이었다.

특히 간돌프의 성장세는 범상치 않았다.

리노키스와 리넷은 시녀 일이 있지만 간돌프는 자주적인 수행 시간을 많이 가질 수 있었던 덕분에 이미 짐꾼 이상의 전력으로 삼을 수 있을 정도가 되었다.

이 또한 반가운 오산이었다.

그도 꼭 돈을 많이 벌어서 돈을 바쳤으면 하는 마음이다. 10억 정도.

그런 생각을 하면서 골목으로 들어갔다.

향하는 곳은 '어슴푸레한 영서정'이다.

"어서 와. 네가 오는 건 오랜만이네."

뒷골목에 자리한 '어슴푸레한 영서정'은 오늘도 불량배와 주정뱅이들뿐이다. 아직 해도 중천에 있는 시간인데 말이지.

"안녕, 안젤."

내 모습을 보자마자 내어준 카운터석에 리노키스와 나란히 앉아 빠르게 주스를 만들어준 안젤에게 인사했다.

"늘 리노(리이노)가 신세를 지고 있어. 고마워."

리노(리이노)는 모험가 리노키스의 가명이다. 참고로 학창시절에는 리노가 별명이었다고 해서 그쪽은 피했다. 미미한 차이지만.

"장소를 빌려주는 것뿐이야. 특별히 신세는 지지 않았어."

그뿐만이 아니라는 것 정도는 굳이 듣지 않아도 알 수 있었다.

이미 몇 차례 돈벌이에 나선 리노키스는 모험가 길드에서는 기대받는 신인으로 이름이 오르내리고 있다고 한다.

동료로 들이려는 자, 콩고물을 얻으려는 자, 정체를 파악하려는 자, 분명 여러 무리가 있을 것이다.

그 모든 추궁의 손길이, 그녀가 거점으로 삼은 이곳에서 멈춰 있었다.

그래서 지금도 신인 모험가 리노는 시녀 리노키스로서 움직일 수 있는 것이다. 동일인이라는 사실이 알려지지 않았으니까.

그리고 그것은 안젤 쪽의 협력이 있어야만 가능한 일이었다.

분명 리노키스와 관련되어 거친 일도 일어나고 있을 것이 분명하다.

"그것보다 네가 직접 온 이유가 더 궁금한데."

"그렇지. 릴리가 왔다는 건 그만한 이야기가 있다는 거겠지?"

술집 종업원 프레사가 합류하여 리노키스의 반대편 내 옆자리에 앉는다. 참고로 릴리는 내 별명이다.

"이야기가 빨라서 좋네."

이래 봬도 방과 후에 시간을 내어 찾아온 것이다.

곧 통금 시간이 다가오기 때문에 시간이 별로 없다. 여기는 학교와 거리가 머니까.

"안젤. 프레사."

이제야 내게 시간적 여유가 생겨서 이쪽에도 손을 뻗을 수 있게 되었다.

그래서 여기에 온 이유를 확실하게 알렸다.

"나에게 돈을 바쳐주지 않을래? 10억 크람."

두 사람은 굳었다.

그리고, 힘겹게 다시 움직였다.

"……저기 있지. 네가 말하면 농담이라도 무서워. 진짜로 무섭다고. 애초에 지금 진심으로 말하고 있잖아."

"아하하, 그럴 리가 없지. 릴리도 참 재밌다니까. 자, 질 나쁜 농담은 그만하고…… 그 느낌을 보니 농담이 아니구나……."

아무래도 너무 단도직입적으로 말한 모양이다. 평범하게 겁을 주고 말았다.

안젤은 굉장히 껄끄럽다는 표정을 짓고 있었고 프레사는 빛을 잃은 눈으로 메마른 미소를 짓고 있었다.

"미안해, 말이 너무 급했지. 처음부터 설명할게."

"그게 아니지. 설명을 듣는다고 해도 대답은 바뀌지 않아."

"10억은 무리야…… 내 목숨이 백 개라도 부족해……."

"됐으니까 들어."

확실히 느닷없이 10억을 바치라는 말을 들으면 당황하는 것이

정상이다.

이 두 사람은 나의 힘을 조금이나마 알고 있는 만큼 거절하면 어떻게 될까 하는 걱정도 있을 것이다.

지금은 아직 제안이라는 형태의 협박으로 받아들이고 있겠지.

나는 위협할 생각은 없다. 거절하면 포기할 것이다.

큰돈과 엮인 일은 도움을 받는다고 해도 본인의 의사가 따라주지 않는다면 제대로 풀리지 않는 법이다.

……애초에 정말 위협할 거였다면 상대를 잘못 골랐다. 어차피 협박할 거라면 10억을 갖고 있을 법한 상대를 협박했겠지, 난. 시간 낭비는 하고 싶지 않으니까.

"리노가 10억 크람을 벌 계획이라는 건 이미 이야기했지? 그걸 도와줬으면 해. 이건 거래야. 너희가 돈을 바친다면 나는 그에 상응하는 대가를 치르겠어."

""대가?""

정말 협박이 아니라는 것이 전해졌는지 드디어 흥미를 조금 보인다.

"지금의 100배는 강해질 수 있도록 내가 너희를 단련시켜 줄게. 어때?"

안젤과 프레사의 표정이 달라졌다.

"……."

"……진짜로?"

한없이 진지한, 무서울 정도로 진지한 눈동자로 나를 바라본다.

역시 뒷세계의 인간, 이런 이야기에는 탐욕스러울 수밖에 없다.

앞으로의 일을 생각하면 10억 크람 이상의 가치가 있다는 것을 바로 이해했을 것이다.

"진짜야. 참고로 리노는 단련하기 시작한 이후로 50배는 강해진 것 같아."

그렇지? 라고 묻자 리노키스는 고개를 갸웃했다.

"50배인지는 모르겠지만, 예전의 제가 지금의 저와 승부를 한다면 1%의 승률도 없을 정도로 강해진 것 같긴 해요."

응, 그런 느낌이겠지. 나도 백배니 오십배니 하는 건 적당히 비유한 말이니까.

"잠깐만. 릴리는 격투가이고 리노키스도 그렇잖아? 난 맨손으로 싸우는 스타일이 아니야. 그래도 단련할 수 있다는 건가?"

"당연하지."

안젤은 매직웨폰(계약무장)으로 쇠파이프를 내보내는 것이 특기다. 잘 기억하고 있고말고.

"여기서만 하는 얘기인데…… 애초에 릴리는 이미 눈치챘을 것 같지만, 나는 암살을 생업으로 삼고 있어. 그래도 강해질 수 있다는 거야?"

"물론이야."

작은 목소리로 속삭이는 프레사 역시 마찬가지다.

본래 '기'는 기본적인 신체 능력을 향상시키는 것이 주된 효과이다. 누가 습득하든 어느 수준까지는 도움이 된다.

그 뒤의 응용은 다른 이야기지만.

"너희도 판단을 해야 할 테니 선불로 조금 서비스해 줄게. 리노키스, 가게를 부탁해."

"알겠습니다."

안쪽에 있는 안젤의 방으로 이동하여 두 사람에게 아주 간단히 '기'의 이야기를 전했다.

학교의 통금 시간이 다가오고 있다. 빨리 볼일을 끝내고 싶은 마음에 서둘러 '기'를 체감시켜주기로 했다.

두 사람은 어느 정도 무, 혹은 폭력에 통달해 있다.

보여주는 편이 말보다 전하기 쉬울 것이다.

"하아, 그렇군."

"알 것도 같고 모를 것도 같은…… 아니, 알 것 같아. 확실히."

두 사람의 손을 잡고 두 사람 안에 있는 '기'를 조작해 주었다.

왠지 모르게 알 것 같다.

그것만으로 충분하다. 보통 사람에게는 감지조차 어려운 기술이고, 그래서 습득도 할 수 없다.

왠지 모르게 알 수 있다면 습득할 만한 자질이 있다는 뜻이다.

"나 이거 알아."

"그러게."

오, 짐작 가는 것이 있나.

"이 '기'라는 거, 뒷세계 정점에 있는 위험한 패거리들이 쓰고 있는 거랑 비슷해. 그렇지, 안젤? 본가 키론의 간부라든가."

"아마 그럴 거야. 릴리도 녀석들도 강하니까."

호오? 뭐야, 이번 생에도 '기' 사용자가 있는 건가. 꼭 겨뤄보고 싶다.

안젤과 프레사는 '기'가 무엇인지는 몰라도 정체불명의 강함을 과시하는 자가 있다는 것은 알고 있었던 모양이다.

이런 식으로 본질을 알기 전까지는 나 역시 '수수께끼의 강함을 자랑하는 위험한 무리' 중 한 명이었겠지.

"그걸 우리도 쓸 수 있게 된다는 건가?"

"응."

"다시 한번 확인할게. 10억 크람을 버는 걸 도와주기만 하면 되는 거지? 꼭 10억을 다 바쳐야 한다는 얘기는 아니지? 도와주기만 하면 되는 거지?"

프레사의 확인 방식이 집요하다.

하긴 '10억을 내라'와 '10억을 벌 거니까 도와라'는 말의 의미 자체가 다르니까 확인하는 것도 당연하다.

"무리해서 벌라는 말은 아니야. 각자의 페이스로 해도 좋고, 기본적으로는 리노와 동행해서 도와주는 형태가 될 테니까. 바치는 액수는 좋을 대로 해도 돼."

그리고 두 사람의 대답은—— 표정을 보는 한 들을 필요도 없어 보였다.

이리하여 거국적인 격투 대회 자금인 10억 크람을 벌어들인다는 계획은 가을 초입부터 본격적으로 움직이기 시작했다.

◆

"그렇게 됐으니 '기'의 사용법을 알려줄게."

니아와 거래를 한 다음 날 이른 아침.

아직 하늘이 어두운 시간, 다시 한번 리노키스가 모험가 리노의 모습으로 술집에 방문했다.

"그래, 부탁하지."

어둑어둑한 조명 속에 서 있는 세 사람.

안젤은 수행 장소로 술집 지하실을 선택했다.

약간 공기가 정체된 어두컴컴한 방이지만 나름 꽤 넓다.

이곳은 이른바 술 창고다. 술이 담긴 통과 항아리를 방구석에 밀어두고 자리를 확보했다.

예전에는 이 술집에서 밀주 같은 것도 만들었던 모양인지, 그것을 위해 공간이 넓게 빠져 있었다.

안젤이 샀을 당시 이곳에는 알 수 없는 기자재들이 먼지를 잔뜩 뒤집어쓰고 있었는데, 그것들은 개점 전에 다 철거했다.

신인 경영자인 안젤은 술까지 빚어서 만들 마음은 없었다. 적어도 지금은.

"역시 릴리는 못 오는 거야?"

"학교가 있으니까."

프레사의 질문의 진짜 의미는 리노키스도 알고 있었다.

은연중에 '리노키스 넌 남에게 가르칠 수 있을 정도로 '기'를 수행한 것이냐'라고. 네가 그 정도 수준이냐, 라고 묻고 싶은 거겠지.

"처음부터 알려주는 게 아니니까 나도 할 수 있을 거라고 아가씨가 말씀하셨어. 이 단계에서 하는 일은 '기'를 사용하기 위한 계기를 알려주는 것뿐이야."

"계기?"

"그래. 사람마다 감각이 달라서 말로 가르치는 쪽이 더 어려워. 애초에 '기'가 느껴질 정도로 강하지 않으면 가르쳐 줄 수 없다는 뜻이야."

리노키스가 두 손을 내밀었다.

"이미 아가씨한테 배웠지?"

확실히 배우긴 했지, 하고 두 사람은 생각했다.

니아가 강제로 움직여준, 자신 안에 있는 무언가.

뭐가 어떻다고 구체적으로 말할 수는 없었지만, 안젤과 프레사는 확실히 '기'를 느낄 수 있었다. 느낄 수 있다면 알려줄 수 있다. 그런 이치인 것 같다.

"수도 없이 반복해서 자력으로 움직일 수 있도록 만든다. 그게 계기야. 아주 적은 양이라도 움직일 수 있게만 되면 나머지는 자율 훈련으로 할 수 있으니까."

리노키스도 그렇게 해서 조금씩 '기'를 습득해 나갔다. 그리운 추억이다.

"너는 얼마 만에 계기를 잡았어?"

"일주일 정도."

단 리노키스는 니아와 줄곧 함께였다. 그래서 장소도 시간도 구애받지 않고 이 수행을 할 수 있었다.

그런 상황에서 일주일이다.

그러나 이들은 그럴 수도 없다.

리노키스는 이제 다시 돈을 벌기 위한 모험에 나설 것이고, 안젤과 프레사에게도 일이 있다. 늘 따라다닐 수는 없다.

"일주일이라……."

두 사람에게는 그것이 기준이 되는 기간이었다.

"이제부터 모험을 떠날 거지?"

프레사는 고민하는 듯한 얼굴로 리노키스의 손을 잡았다.

"조금 후에."

"그럼 나도 같이 갈게. 돈 버는 걸 도와주겠다고 릴리랑 약속하기도 했고. 그렇게 됐으니까 안젤, 난 잠시 가게 쉴게."

프레사는 동행하여 그녀의 일을 도와주면서 '기'를 수행할 요량인 것 같았다.

뭐, 리노키스로서는 거부할 이유는 없었다. 현지에서 마음껏 부려먹으면 그만이다.

"이봐, 선수치는 거야?"

"이 가벼움과 안이함이 무직의 강점이니까."

이것이 속 편한 일용직과 술집 주인의 차이다. 자유롭게 쓸 수 있는 시간이 현저히 다르다.

뭐, 신기하게도 부럽다는 생각은 안 들지만.

"어쩔 수 없지…… 네가 빨리 습득해서 나한테 알려줘."

"나한테 배운다면 유료야, 당연히."

"쪼잔하네."

"반대로 하면 안젤도 돈을 받을 거잖아?"

"좋아, 시작할까."

적중이었던 모양이다.

그로부터 약 일주일 만에 두 사람은 '기'의 계기를 잡았다.

니아가 예상한 대로였다.

이 두 사람이라면 빠르게 습득할 것이라고 예상했기에 니아 본인이 아닌 리노키스가 가르칠 수 있다고 판단했다.

무에 관한 그녀의 이해와 견해는 확실했다.

여름의 기운이 사라지고 완연한 가을 날씨가 찾아온 어느 날.

"상황을 보러 왔어."

오랜만에 니아가 안젤의 술집에 얼굴을 내밀었다.

돈벌이는 순조로웠다.

처음에야 당황스러운 일도 많았지만, 서서히 익숙해졌고, 버는 돈이 커지면서 본직과 부업의 양립이 안정되기 시작한 무렵이었다.

적어도 큰 문제는 발생하지 않았다.

"오랜만이네. 오늘은 혼자인가."

지금은 리노키스와 프레사, 거기에 더해 간돌프가 모험을 떠나 있었다.

그리고 리넷이라는 시녀도 있어서 가끔 같이 돈을 벌러 나간다. 리노키스가 없을 때는 그녀가 니아와 동행했다.

"나와 리넷이 같이 여기에 오는 건 되도록 피하고 있어. 그녀는 변장 없이 모험을 떠났잖아? 관계자라는 사실이 알려지는 건 싫으니까."

모험가 리노의 이름이 유명해지고 있는 탓도 있겠지, 하고 안젤은 납득했다.

이 술집에도 하나둘씩 모험가로 보이는 손님이 늘고 있었다.

리노의 동향을 알고 싶은 것이다. 그렇지 않고서야 뒷골목에 있는 싸구려 술집에 올 이유가 없다. 싼 술집은 그 밖에도 많으니까.

이런 장소에 오는 자는 사연 있는 무일푼이거나 뒷세계에 한쪽 발을 담그고 있는 깡패뿐이었기에 고객층으로서 모험가는 조금 달랐다.

"……그보다."

카운터에 앉은 니아를 물끄러미 바라보던 안젤은 지나가는 듯한 말투로 입을 열었다.

"너 너무 강한 거 아니야?"

오랜만에 본 니아.

더 정확하게 말하자면 '기'를 배운 뒤에 본 니아.

'기'에 익숙해졌기 때문에 알 수 있는 것도 있었다.

그것을 이해한 후에 그녀를 보니…….

"다행이네."

니아는 대담하게 웃었다.

"생각보다 잘 단련하고 있는 모양이네. 아직 '기'의 기초를 맛보기한 정도인데, 날 알아보겠어?"

"말로는 표현하기 힘들어. 프레사는 잘 모르겠다고 했지만——."

안젤은 열매를 자른 뒤 짜냈다.

"이미지로 보면 나는 이 주변 녀석들의 '기'가 흔들리고 있는 것처럼 느껴져. 생물도 마찬가지야. 근데 넌 그게 일절 없어. 뭐야, 이 안정적인 느낌은? 솔직히 기괴하다는 느낌마저 들어."

"흐음."

니아는 기뻐보였다.

안젤의 말은 꽤 막연했는데, 니아는 이해한 모양이었다.

"좋네. 넌 더 강해질 거야. 장담할게."

"그거 고맙네."

"함께 피에 젖은 패도를 걸어가자."

"안 가."

그런 잡담을 나누며 안젤이 내놓은 주스를 마신 니아는 몸을 일으켰다.

"벌써 가는 거야? 뭐 하러 왔어?"

"제자의 상태를 보러 왔을 뿐. 수행에 너무 빠져 있으면 좀 지도해 줄까 생각했는데, 그 정도라면 아직 필요 없겠네."

"아직 알려줄 수준은 되지 않았다는 건가?"

"반대야. 순조롭기 때문에 알려줄 게 없는 거지. 이대로 쭉 성장한다면 언젠가는 다음 단계를 알려줄 수 있을 거야."

"그렇게 되길 바라지."

주스 한 잔을 마실 시간을 보낸 뒤 니아는 술집을 떠났다.

그러자 잠시 잠잠해졌던 손님들이 다시 떠들썩해졌다.

"……하아."

안젤은 한숨을 내쉬었다.

가슴을 쓸어내렸다.

니아를 보고 다시 한번 깨달았다.

저것은 엮이면 안 되는 부류라는 것을.

지나치게 강하다. '기'를 아주 조금이나마 느낄 수 있게 된 덕분에 더 잘 이해할 수 있게 되었다.

지금의 자신으로서는 이해할 수 없을 수준으로 강하다. 그것을 알아버렸다.

만약 엮이기 전에 그 사실을 알았더라면 어떤 추태를 보일지언정 도망쳤을 것이다.

겁도 없이 싸움을 걸어댔던 과거의 자신이 믿기지 않을 정도다.

개미 한 마리가 드래곤에게 맞서는 수준으로 무모했다.

"……너무 새삼스러운가."

그렇게 생각하긴 했지만, 이미 때는 늦었다.

단단히 엮여 버렸다. 이제 무관하다고 주장해도 아무도 믿지 않을 것이다. 자신도 무리가 있다는 생각이 들었다.

이렇게 된 이상 어설프게 피하거나 도망치는 것보다 이대로 니아에게 가르침을 계속 청하는 것이 그나마 나았다.

저런 존재일수록 몰고오는 성가신 일의 단위가 달라진다.

생각하면 10억을 번다는 일도 대단한 골칫거리다. 그리고 이미 휘말린 상태다.

자신 같은 일반인과는 크기 자체가 다르다.

몸의 크기가 아니라 그릇의 크기라는 뜻에서.

이쪽이 한두 명이 옥신각신하는 동안 니아는 분명 한 나라를 상대로 옥신각신하고 있겠지.

저것은 한 나라가 품을 수 있는 그릇이 아니다.

그리고 엮여버린 이상 안젤도 말려들어 갈 미래가 눈에 훤했다.

……아무래도 쉽게 도망갈 수 있을 것 같진 않았기에 이미 반 정도는 포기했다.

한 잔의 싸구려 술과 함께 불안과 걱정을 삼켰다.

자신이 도망쳐도 니아는 굳이 쫓지 않을 거라 생각하지만, 리노키스와 프레사의 동향을 읽을 수 없었다.

특히 리노키스가 무섭다.

녀석이 니아의 명령이 아닌 개인적인 사상으로 움직인다면 목숨을 노려 올 가능성이 높았다. 안젤은 니아에 대해 너무 잘 알고 있었으니까. 리노키스가 너무나도 좋아하는 니아에 대해.

프레사와는 이해관계가 일치하여 함께 있는 것뿐이다.

애초에 그녀의 본직은 암살자로, 일이라면 누구든 암살 대상이 된다. 신용은 하고 있지만 신뢰는 하고 있지 않다.

간돌프와 리넷은 괜찮다. 그들은 기본적으로 착한 성품을 가진 사람들이니까.

불확정 요소가 많은 이상 섣불리 움직이는 것은 자살 행위나 다름없었다.

그래서 포기했다.

반 정도는.

언젠가 리노키스나 프레사보다 확실하게 강해진다면, 그때 다시 고민해 보면 될 일이다. 그때까지는 이대로가 좋다.

의도하지 않았지만, 가게를 갖게 되었다.

그로 인해 뒷세계와는 급속히 멀어졌다. 아주 떳떳하다고는 할 수 없지만, 이렇게 평범하게 술집을 경영하여 하루하루 벌어 살고 있다. 이익도 의외로 나온다. 뒷세계 때의 연줄이 생각보다 도움이 돼서 매입 등도 편하다.

하지만.

그때보다도 지금이 훨씬 더 위험하다는 생각이 들었다.

"하아…… 맛없는 술이네."

안젤의 중얼거림은 소란 속에 파묻혀 사라졌다.

앞으로 한동안 만날 수 없을 테니 기본적인 '기'에 대한 복습을 해 둘게.

'기'는 8개의 요소로 이루어져 있어.

대략적으로 '내기'와 '외기'라고 하는 두 개의 큰 틀을 기준으로 각각 4개로 나뉘어.

'내기'가 4개.

'정기(淨氣)' '경기(硬氣)' '유기(柔氣)' '류기(流氣)'

'외기'가 4개.

'참기(斬氣)' '조기(兆氣)' '타기(打氣)' '호기(呼氣)'

그리고 아홉 번째…… 아니, 그건 본인의 힘으로 도달해야 하는 거니까 굳이 말 안 할게.

'내기'와 '외기'에는 본래 그 4가지 요소가 다 포함되어 있고, 기술을 사용할 땐 최적의 안배를 스스로 조정하는 것이 원칙이야.

예를 들어 '기권·뇌음'의 경우 '내기'의 '유기'와 '류기'의 안배를 크게 높이면 성공할 수 있지.

웅? 이상적인 안배?

나라면 '경기'로 주먹을 단단히 만들고 '류기'로 크게 휘둘러 속도를 높이고 '유기'로 움직임과 다른 '기'의 완충을 돕겠지.

말해 두겠는데 리노키스, '류기'를 극한으로 휘둘러서 '뇌음'에 성공한다 해도 그건 성공이 아니야.

맞춘 상대가 '경기'로 대항한다면 확실하게 주먹이 부서질 거야. 속도는 양날의 검이라는 걸 명심해.

그건 그렇고, 우연이라고는 하지만 밸런스가 좋네.

리노키스는 '류기'.

리넷은 '유기'.

간돌프는 '경기'.

안젤은 '경기'와 '류기', 프레사는 '유기'와 '외기'에 소질이 있어.

훌륭하게 따로 논다고 해야 할까, 서로가 부족한 부분을 보충할 수 있는 관계야.

각자에게 이미 기본기는 다 알려줬으니까 남은 건 수행뿐이지.

……라는 말은 새삼스럽게 할 필요도 없겠지?

다들 진지한 얼굴로 들어준 것을 보면 한 번 더 강조한 보람은 있었던 모양이다.

부쩍 추워진 겨울 방학 직전의 어느 날.

드디어 돈벌이에 임하게 된 사람들이 한자리에 모이는 자리가 마련되었다.

가을부터 시작된 '기'의 단련과 돈벌이.

할 일이 너무 많았던 가을은 날개라도 달린 것처럼 빠르게 날아갔고, 눈 깜짝할 사이에 학교는 겨울 방학을 앞두고 있었다.

여름 방학이 끝났다고 생각한 게 엊그제 같은데 벌써 겨울 방학이다.

하루하루를 보람차게 보냈다고 하면 듣기야 좋지만, 할 일이 너무 많아서 하지 못한 것도 많았다. 덕분에 안젤과 프레사의 직접적인 지도는 거의 하지 못했다. 가끔 상황을 보러 가긴 했지만, 그것도 손에 꼽을 정도. 서로 일이나 해야 할 것들이 있어서 시간이 잘 맞지 않았다.

이제 곧 리스톤령으로 귀성해야 하니 그 전에.

각자 돈벌이로 얼굴을 마주할 일은 있었지만, 새삼스럽게 같은 장소와 같은 시간에 전원을 모아 보았다.

장소는 고급 레스토랑 '검은 백합 향기'의 개인실.

눈에 띌 것 같아서 안젤의 술집에서 모이는 것은 피했다.

열심히 애써준 제자들을 위로한다는 뜻도 포함하고 있었기에 오늘은 내가 낼 예정이다.

뭐, 엄밀히 말하면 제자는 리노키스뿐이지만.

그러나 다른 네 사람도 이제 제자라고 해도 좋을 정도의 존재가 되었다.

그런 제자들이 지금 한 테이블에 앉아 있다.

"지금 얼마나 모였어?"

프레사의 의문은 다른 사람의 의문이기도 했던 것일까, 리노키스를 제외한 모두가 나를 쳐다보았다.

목표로 하는 10억 크람에는 아직 멀었지만, 최근 몇 개월간 모두가 열심히 돈을 벌고 있었다. 그러니 신경이 쓰이는 것도 당연하다.

"천만은 넘었겠지?"

요리를 먹는 안젤의 테이블 매너는 상당히 우아했다.

뒷세계에서 살아온 탓인지 비교적 몸가짐에 신경을 쓰는 안젤과 프레사는 검은 양복을 입고 왔다.

안젤에 대해서는 알고 있었지만, 사실 프레사도 이전에는 보디가드를 하고 있었다고 한다. 어쩐지 둘 다 보디가드 느낌을 풍기는 이유가 있었구나.

"어때?"

모여든 모두의 시선을 옆에 앉은 리노키스에게 던졌다.

그 부분의 관리는 전부 리노키스에게 일임했기 때문에 나도 모른다. 숫자 따위는 싫고, 수학 따위는 더더욱 싫다.

"여러분께 받은 세드니 상회의 증서를 전부 합하면 대략 2천만 남짓입니다."

오, 상당한 액수다.

역시 리노키스, 제대로 파악하고 있었구나. 불신감은 강하지만 할 땐 하는 시녀다.

"이런 속도로는 도저히 시간에 맞출 수 없습니다."

……10억이라는 말도 안 되는 거금이 아닌가. 듣고 보니 나도 참 경솔하게 맡아버렸다.

"하지만 겨울 방학 땐 스승님이 돈을 벌러 나가신다고 들었습니다."

저렴한 것이지만 그래도 드레스코드에 신경 써서 어울리지 않는 정장을 차려입은 간돌프가 '저도 꼭 동행하고 싶습니다'라는 뜻을 담아 눈동자를 빛냈다.

뭐, 그렇게 기대하는 눈빛을 보내도 동행은 무리겠지만.

"계획 자체는 잠깐 이야기했었지? 최종적으로 결정됐으니 통보해 둘게. 난 모험가 리노의 동행인으로서, 비행황국 반돌루즈에 돈을 벌러 다녀올 거야."

겨울 방학을 이용해 이웃 나라에 가서 그곳에서 돈을 잔뜩 벌어올 예정이었다.

돈벌이 이외의 목적도 두 가지 정도 있다.

하나는 다가올 2년 후의 격투 대회를 앞두고 리노키스의 이름을 널리 알리는 것.

또 하나는 내가 움직일 수 있는 곳으로 가는 것.

가을의 활약 덕분에 모험가 리노는 점차 유명인이 되고 있었다. 신인치고는 이례적인 힘으로 마수를 물리치는 자로서 평판이 상당히 자자하다.

알투아르 왕국 주변에서는 이래저래 주목받고 있는 탓에 내가 동행하기 어려워진 것이다. 내 정체가 알려지면 리스톤 가문에 피해가 갈 테니 그것만은 피하고 싶었다.

그래서 다른 나라로 간다.

돈이 될 만한 마수도 미리 확인해 뒀으니 모험가 리노의 이름을 내세우고 뒤에서 내가 처치해서 돈을 벌 생각이었다. 개인적으로도 기대가 됐다. 나도 제자들처럼 폭력을 쓰고 싶었다.

"단순 계산으로만 보면 3억 정도는 벌 수 있을 것 같아."

"최대, 입니다. 운 좋게 상급마수와 조우하여 예정하고 있던 일정에 맞춰 규정된 수를 처리했을 때의 경우죠."

물론 알고 있다.

가볍게 1억 크람 정도만 벌면 충분하다.

"역시 릴리네. 작은데도 하는 일은 거대해."

그렇게 말하는 프레사는 어딘가 묘하게 질린 얼굴을 하고 있었다.

식사가 끝나고 '이후부터는 알아서 편한 시간 보내'라는 말을 남긴 뒤 돈을 좀 쥐여주고 해산했다. 여기서부터는 어디서 마시든지 좋을 대로 하면 된다.

격식을 차린 식사만으로는 위로가 되지 않는 사람도 있을 테니.

안젤과 프레사와 간돌프는 아니나 다를까 술을 마시러 갈 모양이었다. 리넷은 오라비의 전속 시녀라서 이제부터 학교로 돌아간다고 했다.

"그러면 아가씨, 갈까요?"

"응."

나와 리노키스도 행동을 개시했다.

오늘 나의 예정은 없다. 정말 오랜만에 완전히 텅 빈 공백의 날이다. 그래서 앞으로 자질구레한 볼일을 해치울 생각이다.

우선은 세드니 상회로 향했다.

이제 곧 겨울 방학이니 리스톤가로 돌아갈 것이다. 부모나 본가 하인들에게 선물이라도 살 예정이다.

인사 겸 얼굴 비추기였다. 힐데트라의 소개를 받아 인연이 생긴 세드니 상회에는 많은 신세를 지고 있었다. 겨울 방학 때 돈벌이에서도 신세를 질 예정이니 인사 정도는 해 두고 싶었다.

"어서 오시지요. 잠시만 기다려 주십시오."

본점에 들어서자마자 바람처럼 날아온 점원이 그렇게 말하고는 안쪽으로 사라졌다.

상급자를 부르러 간 모양이다. 대응이 빠르군.

"아가씨, 저기 보세요."

"아, 저게 바로 그거구나."

잡화를 위주로 진열해 놓은 가게 내 입구 부근, 안쪽으로 갈수록 고급품이 늘어선 구조다.

리노키스가 가리키는 곳에 특설 코너가 생겨 있었다.

"소문으로 들었던 '공주님 상품'이네."

학교에서 가끔 들은 적이 있었다.

여름 방학이 끝난 뒤 시작된 힐데트라가 출연하는 프로그램 '요리하는 공주님'은 순조롭게 인기를 끌고 있었다.

그 결과가 '공주님 상품'.

다시 말해 힐데트라와 프로그램에서 따온 아이템이다.

비공식…… 속되게 말하면 가짜, 짝퉁 같은 것들은 나나 레리아렛의 아이템도 적지 않게 나돌고 있지만.

이것들은 공식 물품이었다.

힐데트라 사양으로 된 성인용 칼, 조리기구, 앞치마, 오리지널 향신료, 문구품 등. 문구품은 별로 관계없어 보이는데…… 아니, 그러고 보니 힐데트라는 요리사의 말을 자주 메모했다. 그런 것도 상품으로 만든 건가?

가장 잘 팔리는 것은 얇은 레시피 책이다.

——"오늘은 심플한 온천계란과 이히 지방풍 스튜를 만들어 볼게요."

그리고 마정판에서 계속 흘러나오는 '요리하는 공주님'의 판촉 영상. 이 회차는 나도 봤다. 진흙 같은 걸쭉한 스튜에 온천 달걀을 섞는 것이다. 가볍게 섞어서 달걀 풍미를 즐기며 먹는 음식인데 꽤 맛있어 보였다.

……잘 팔리는구나, 기획.

잘 팔리고, 또 잘 팔고 있네.

일단 향신료랑 레시피 책은 사 갈까. 리스톤가 주방장에게 줄 선물로 딱 좋을 것 같다.

"아가씨, 옆에는."

"그쪽은 됐어."

'공주님 상품' 옆에는 대대적인 종이 연극 특설 코너가 있었다. 굳이 찾을 필요도 없이 눈에 들어오는 커다란 특설 공간이었다.

실버 채널이 기획한 종이 연극 프로그램의 상품들이 죽 진열되어 있다.

하지만 그쪽은 이미 너무 봐서 질렸다.

학교에서도 갖고 있는 학생이 많았고, 레리아렛도 보란 듯이 자랑해대고. 또 받기도 해서 내 방에도 있다.

……

적기사 소마의 목각 인형은 있나? 오라비가 은근 갖고 싶어 하던데…… 음, 입고 대기라. 여전히 인기가 많구나.

"아가씨, 여기 보세요."

그리고 특설은 아니지만 내 상품도 있었다. 크게 성공한 기획은 없다 보니 상품 수는 적었다.

"나랑은 아무 관련이 없어 보이는데……."

캐리커처 같은 건 그나마 알겠는데 목각 개 인형은 뭔가. 내가 승부에서 이겼던 개? 그러지 마라, 주인이 상처받잖아. ……많이 팔렸나? 수량은 많아 보이는데.

"니아 님, 오래 기다리셨습니다."

그렇게 구경하는 사이에 상관이 찾아왔다.

"오랜만이에요, 다론 씨."

노집사 분위기를 풍기는 초로의 남성이었다.

직책이나 직함은 모르지만, 규모가 큰 점포인 세드니 상회의 회장인 마르주 세드니의 오른팔로 알려진 남자다. 분명 간부 쪽 자리에 앉아 있을 것이다.

"죄송합니다만 회장님은 잠시 자리를 비우셨습니다."

"아뇨, 괜찮아요. 굳이 시간을 뺏을 정도의 용건도 아니니까요."

찾아온 이유는 그저 얼굴 비추기. 단순한 인사다.

없다면 없는 대로 상관없었다. 있다고 해도 오랜 시간을 잡아먹을 생각도 없고.

"여름부터 계속 신세를 지고 있으니까요. 그래서 귀향하기 전에 감사의 마음을 전하러 온 것뿐이에요. 바쁜 장사꾼의 시간을 잡고 있을 순 없죠."

"그렇습니까. 회장님이시라면 기쁘게 환영하셨을 텐데요."

접대용 멘트구나.

뭐, 실제로 그렇든 아니든 애초에 만날 만한 용무가 없다는 것은 사실이다.

"다론 씨가 대신 안부 전해주세요. 겨울 원정도 잘 부탁드려요."

"네. 확실히 전해 두겠습니다."

좋아, 이제 여기서 볼일은 끝났다. 리스톤가에 가져갈 선물을 산 다음 돌아가도록 하자.

"그건 그렇고 상당한 속도로 벌고 계시더군요."

음?

아아, 10억에 관한 일 말인가.

이미 제자들에게 거의 내맡긴 상태라 나는 정말 아무것도 몰랐다. 지금까지 2천만 정도 벌었다는 이야기도 조금 전에 알게 된 참이다.

들어봤자 부럽기만 할 뿐이니까. 나도 마수를 때려잡고 싶은데…… 뭐, 순조롭게 진행되고 있다면 불평은 없다.

"용도는 정하셨습니까? 괜찮으시다면 그쪽도 저희가 도와드릴 수 있습니다만."

음, 집사 같아 보여도 역시 상인이라는 건가. 10억으로 무엇을 할지가 궁금한 모양이다.

그것도 그렇다. 10억 크람이나 되는 거금이 얽혀 있으니, 어딘 가에서 돈이 될 만한 이야기를 끼워 넣을 수 있을 것이다. 상인이 라면 궁금해하는 것도 당연하다.

하지만 지금은 말할 수 없었다.

애초에 10억의 용도를 엄밀히 따지자면 격투 대회 자금으로서 왕에게 넘긴다, 였다. 용도라는 말은 좀 아닌 것 같지만.

아직 불과 2, 3개월 정도 지난 인연이긴 해도 세드니 상회에는 많은 신세를 지고 있다. 그러니 조금 정도는 그들도 돈을 벌게 해 주고 싶은데…….

뭐, 10억은커녕 1억도 못 번 상황이다. 적어도 말할 수 있는 단 계는 아니었다.

"미안해요. 어린애라 어려운 일은 잘 모르겠네요."

그래서 대충 얼버무리기로 했다.

……일순 눈을 부릅뜬 모습을 보니 그에게는 내 말이 예상외의 대답인 모양이었다. 뭐야, 보다시피 난 어린애잖아. 그렇게 놀랄 만한 대답은 아니잖아.

"그것보다 본가에 선물을 사 가고 싶은데요. 뭔가 추천할 만한 상품이 있나요?"

"하…… 크흠. 지금은 그쪽의 상품이 잘 팔리고 있습니다."

말문이 막힌 것을 헛기침으로 넘긴 다론은 영업 스마일을 지으며 '공주님 상품'과 '종이 연극 상품'을 권유해 왔다.

종이 연극 쪽은 이미 충분하다고 전해두었다.

그렇게 2학기가 끝나고, 이번에도 오라비 닐의 비행선을 타고 함께 귀성했다.

겨울 방학에도 큰 휴일을 만들기 위해 나는 또다시 그 지옥으로 돌아가야 했다.

"기다렸어, 니아 양! 자, 그럼 가볼까!"

리스톤 저택이 있는 섬에 도착하자마자 기다리고 있던 느끼한 얼굴의 벤델리오에게 붙잡힌 나는 촬영반용 비행선으로 끌려갔다.

몇 달 만에 돌아왔는데도 저택에 들어가는 것조차 허락되지 않은 채, 지옥 촬영 스케줄에 돌입했다.

여름의 재래라는 듯이.

······정말 바빠졌구나. 병상에 누워 있던 시절이 그리울 정도다.

◆

처음에는 잡무.

그다음은 골칫거리.

그리고 지금은, 상인의 혼을 마구 뒤흔드는 최상급의 단골손님이다.

세드니 상회 회장 마르주 세드니는 어느새 집무실 선반 서랍에 두툼하게 쌓인 증서 뭉치를 보고 꿀꺽 목을 삼켰다.

여름부터 시작된 니아 리스톤과의 거래.

증서를 볼 때마다 떠오르고, 떠올릴 때마다 식은땀이 흘렀다.

마르주는 학교에서 초등학부를 졸업하고 곧바로 부모의 도움을 받아 세드니 상회에서 일하기 시작했다. 잡일꾼 허드렛일부터.

그로부터 약 40년.

중견급이었던 가게는 조금씩 커졌고 이제는 알투아르 왕국에서 1, 2위를 다툴 정도의 대상회가 되었다.

후계자 후보였던 형과 누나는 당시에는 큰돈이 필요했던 중등학부까지 다녔다.

하지만 무슨 인과인지 기대하지도 않았던 막내아들이 가게를 잇게 되어 지금에 이르렀다.

40년.

좋은 일도 나쁜 일도 있었다. 속았던 적도, 속을 간파당한 적도, 예상 밖의 이익을 얻은 적도 있었다. 사고로 인해 큰 손해를 본 적도 있었다.

여러 가지 일이 있었다.

자신에게 유례없는 상인으로서의 재능이 있었다고 자만할 생각은 없다.

믿을 수 있는 부하와 무너졌을 때 지탱해 준 가족과 장사의 신이 한 번 더 돌아볼 정도의 타고난 강운 덕분에 상회가 성장할 수 있었다고 생각한다.

최근 10년 정도는 큰 실수 없이 착실하게, 안정적으로 돈을 벌었다.

──최근 10년간 없었던 실수를 저지를 뻔한 것도 바로 이 니아 리스톤과의 협상이다.

그리고 이 증서 묶음이다.

돈은 크게 벌었다.

하지만, 그런 것보다도 만약──

만약 그때 니아 리스톤의 말을 거절했다면.

분명 지금쯤 나는 이곳에 없었을 것이다.

상회는 조금 기울어지고 온갖 곳을 다니며 동분서주하고 있었겠지.

"하아…… 후우."

크게 숨을 내쉬고 또 한 장의 증서가 쌓인 서랍을 닫았다.

무겁게 느껴지는 것은 물리적인 무게 때문만은 아니다.

정말로, 몇 번을 다시 생각해도 자신의 실수에 얼굴을 가리고 싶어졌다.

──아가씨. 여기는 아이의 망상을 듣는 장소가…….

니아 리스톤과 협상하던 그때 내 입에서 나온 말을 생각하면 아직도 후회에 몸서리가 쳐졌다.

만약 그 말을 끝까지 뱉었다면 어떻게 됐을지…….

너무 두려워 생각하고 싶지도 않았다.

단골 고객인 제3 왕녀 힐데트라의 편지를 들고 왔다는 이유로 만나게 된 니아 리스톤이라는 아이.

매직비전에 자주 나오는 리스톤가의 영애 정도라는 생각밖에 없었다. 매직비전과 관련해서도 강한 흥미와 관심이 있었기에, 조만간 우리 쪽의 상품도 내보낼 수 있으면 좋겠다고 막연하게 생각했을 뿐이다.

독특한 흰머리도 손님을 끌기에 편리하겠지, 라고. 딱 그 정도였다.

그리고 갑자기 찾아온 그 아이가 말한 대화의 내용은 귀를 의심하는 수준을 넘어서서 코웃음을 칠 수밖에 없는 것이었다.

——2년 안에 10억 크람을 벌고 싶다.

——그것을 도와줬으면 좋겠다.

여섯 살짜리 아이가 이런 요구를 하면 코웃음을 치는 것은 당연하다고 생각한다. 어른이라면 당연할 것이고 상인이라면 더욱 그렇다. 돈을 버는 것이 얼마나 힘든지, 상인들이 누구보다 잘 알고 있기 때문이다.

만약 정말 진심을 말한다면 머리가 좀 부족한 아이라는 생각밖에 안 들었다. 아니면 상당한 철부지이거나.

그래서 그에 걸맞은 대응을 하려고 했다.

도중에 힐데트라가 굳이 편지를 썼다는 점과 니아 리스톤 뒤에 서 있던 시녀가 심상치 않은 눈빛으로 자신을 보고 있다는 것을 깨닫고 입을 다물었다.

그때 시녀의 눈은 기묘한 박력을 갖고 있었다. 마치 사기를 당해 모든 걸 잃고 이판사판이라는 심정으로 사기꾼과 맞설 각오를 끝낸 채무자 같았다.

장사 일을 하면서 협박이나 갈취에도 익숙해졌다. 거친 일도 많이 겪어온 마르주조차 다리의 힘이 풀릴 정도의 진심을 느꼈다.

진심으로 살해당할지도 모른다, 그것을 절실히 느꼈다.

입을 다물고 더 이야기를 듣고자 했던 자신의 판단은, 어쩌면 사십여 년 동안의 상인 인생에서 가장 큰 행운이었는지도 모른다. 장사의 신이 손을 내밀어 준 것일지도 모른다. 원래 신은 믿지 않는데 믿고 싶게 된 사건이었다.

"굉장하네요. 모험가 리노와 그 동료는."

증서를 들고 온 자신의 오른팔, 다론이 서랍을 닫은 채 굳어 있는 주인의 등을 향해 말을 걸어왔다.

그러자, 선명하게 떠오르는 석 달 전 과거에 사로잡혀 있던 마르주의 시간이 움직이기 시작했다.

방금 또 모험가 리노의 동료가 처치한 마수의 환금을 진행했다. 그 증서를 올려둔 참이었다.

"이걸로 2천만이 넘었구나."

마르주는 서류 업무가 쌓인 책상으로 돌아갔다.

"빠르군. 그로부터 아직 석 달밖에 지나지 않았는데."

2년 만에 10억 크람을 모으겠다고 한 니아 리스톤의 말은 진심이었다.

세드니 상회가 부탁받은 일은 모험가 리노와 그 동료가 부유섬에 갈 때의 비행선 수배와 회수한 마수나 마석 등의 환금. 거기에 더해 환금한 돈의 저축과 관리였다.

모험가 길드와 마수 소재 환금 협상을 하거나 다리가 되는 비행선을 준비하는 등 이른바 번거로운 잡일 전반을 담당하고 있다.

그러면서 비용과는 별도로 모든 일에서 조금씩 수수료를 받고 있었기 때문에 세드니 상회에 미치는 손해는 없었다. 그렇다기보단 이득을 보고 있다. 벌면 버는 만큼 돈을 버는 구조로, 상회가 손해 볼 일은 없는 것이다.

"말했잖아요? 그 애는 반드시 해낼 애라고요."

마르주는 어린아이의 헛소리로밖에 생각되지 않았다.

하지만 마르주에게 그 이야기를 들은 다론은 "그 의뢰는 잘 수락한 거라 생각합니다"라며 자신의 의견을 말했다.

새로운 가게를 넘겨주려 했음에도 마르주의 곁에 있기를 자청한 믿을 만한 부하.

허드렛일을 하던 시절부터 동료였고, 자신과 거의 같은 처지와 환경에서 함께 나이를 먹어 온 부하이자 친구인 다론.

그가 말한다면 거의 맞는 경우가 많았고―― 그것이 정답이었다는 것을 이제는 알았다.

"우리가 아닌 다른 상회와 손을 잡았다면 끝났을지도 몰라."

석 달 만에 2천만을 벌었다.

실제로 결과를 내고 있는 것이다.

혹시나, 정도가 아니다. 정말 2년 만에 10억 벌 가능성이, 불가능하지 않겠다는 가능성이 이렇게나 뚜렷하게 보였다.

이렇게나 돈을 벌어다 주는 손님을 놓칠 수는 없다.

액수가 커지니 놓쳤을 때의 손해는 생각하고 싶지도 않았다. 다른 곳에 뺏기지 않아서 정말 행운이었다.

게다가── 큰 의문이 두 가지 남아 있다.

"10억의 용도가 뭔지는 들었나?"

"아니요. 은근슬쩍 화제를 던져보긴 했지만, 반응이 없더군요."

10억 크람은 큰돈이다. 멀쩡하게 일해서 벌 수 있는 액수가 아니다.

그리고 '2년 안에 모은다'라는 제한까지 붙어 있다면 이미 용도가 정해져 있다고 생각하는 편이 타당했다.

거기에서도 또 돈 냄새가 났다.

10억을 움직일 정도의 용도라면 꽤 큰 돈벌이가 될 것 같았다.

"제가 보기에는 애초에 본인들도 모르는 게 아닐까요?"

"그렇군…… 뭐, 왕족이 관련돼 있다면 언젠가 그쪽에서 이야기가 올지도 모르지."

제3 왕녀 힐데트라가 얽혀 있다는 것은 확정.

친필 소개장까지 적어준 것을 보면 적어도 그녀는 10억 크람의 용도를 알고 있다고 봐도 무방하다.

하지만 그것보다도, 그 힐데트라가 단순한 선의나 호의로 니아 리스톤을 소개했다고 생각하지 않는다는 부분이 더 중요했다.

그 왕녀는 어린아이임에도 무척 총명하며 이미 자기의 행동이념을 강하게 지니고 있다.

그녀는 왕족의 이익을 최우선으로 생각했다.

그것을 알고 있으니 그런 그녀가 움직인다고 하면…… 앞으로 왕족이 이익을 얻기 위해 움직이기 시작할 가능성이 높았다. 이익을 얻을 수 있겠다고 판단해서 소개한 것이다.

그렇다면 10억 크람의 용도는 왕족이 움직일 정도의 돈벌이라는 의미가 된다. 거국적으로 행해지는 무언가, 라는 생각도 해 볼 수 있었다.

용도를 더 빠르게 알 수 있다면 10억 크람 이상의 돈벌이 수단이 생길지도 모른다.

……그리고 이런 추측을 세울 수 있는 것도 전부 니아 리스톤의 요청을 받아들였기 때문이다.

그렇게 생각하면 역시 식은땀이 흘렀다.

정말 거절하지 않기를 잘했다고.

"아아, 그렇지, 참. 주인님."

최근에는 니아 리스톤을 생각할 때마다 위가 쑤시는 마르주를 아는지 모르는지, 다론이 태평하게 말을 건넸다.

"니아 님이 인사차 들렀다 가셨습니다. 본가에 귀성하기 전에 들렀다면서요."

"음? 약속을 했었나?"

"아니요, 그냥 인사만 하러 온 것뿐이라 약속은 하지 않았다고 했습니다. 도와줘서 고맙다, 겨울 원정도 잘 부탁한다는 전언을 남기고 가셨습니다."

그렇다, 현재 또 하나의 큰 의문은 그것이다.

"반돌루즈로 가는 초고속선은 이미 수배했지? 잘 준비돼 있겠지?"

이웃 나라에 무엇을 하러 가는가?

물론 돈을 벌러 가는 것이겠지.

다만 왜 하필 이웃 나라에서 버는지가 의문이었다.

알투아르에서는 할 수 없는 큰일을 벌이러 가는 것이 아닐까. 아니, 오히려 그 가능성 말고는 생각할 수 없었다.

여기에도 또 큰돈 냄새가 났다.

허락된다면 동행하고 싶을 정도였지만…… 입장상 며칠이나 가게를 비울 수는 없었다.

"네, 문제없이 완벽합니다. 이제 입국허가증을 준비하고 연료를 싣기만 하면 됩니다."

"리노를 세드니 상회의 호위로서 동행시킨다, 이걸로 입국 허가를 신청해. 체류 일수도 예정대로지? 모험가라면 이것만으로 충분하겠지. 그녀의 동료가 몇 명 동행할지도 모른다고 했었나? 비행선 선원으로 등록해 둬. 저쪽에서의 활동은 저쪽 지점에 맡기는 걸로 하고."

"그럼 그렇게 하겠습니다."

다론은 인사하고 방을 나갔다.

홀로 남겨져 고요해진 집무실.

마르주는 손을 뻗어 근처에 떠 있는 마정판을 켰다.

——"오늘은 제7계급 귀인 타라타란가의 애견 팍과의 경쟁입니다!"

"……."

마르주는 슬쩍 마정판을 껐다.

자업자득이라는 것은 알고 있지만.

그래도 역시 조금만 더, 지금은 니아 리스톤의 모습을 보고 싶지 않았다.

위가 본격적으로 쑤실 것 같았으니까.

여름 방학과 달리 겨울 방학은 짧다.

그 짧은 기간의 며칠을 짜내기 위해 당연히 촬영 스케줄은 과밀하기 짝이 없었다.

정말이지 여름 지옥의 재래였다.

아니, 기간이 짧은 만큼 여름보다 훨씬 더 과밀했다. 좀 더 빈틈없이 빼곡한 스케줄이 채워져 있었다.

이제는 아예 잠만 자는 귀가가 됐다.

나는 이번 겨울 방학 동안 양친과 오라비를 손에 꼽을 정도밖에 만나지 못했다. 여유롭게 대화할 시간도 없었다. 식사 시간조차 가족이 함께 모이는 일은 없었다.

그 여름을 함께 이겨낸, 전우였던 촬영반의 상황도 참혹했다.

끝나지 않는 촬영과 축적된 피로에 나빠진 안색, 바로 얼마 전에 생긴 연인을 만나지 못하는 괴로운 나날에 몇 번이나 울면서 도망치려고 한 메이크업 담당. 당연히 잡았다.

빽빽한 스케줄에 자아를 버리고 무슨 짓을 해도 죽은 눈빛으로 담담하게 일을 해내던 카메라. 마치 어린 시절 부모를 살해당한 충격으로 감정을 잃어버린 암살자 같았다.

그리고 문득문득 딸이 직접 만들어준 부적을 허망한 눈빛으로 보고 있는 현장 감독.

다른 직원들 역시 "이런 직장은 때려치울 거야"라는 둥 "벤델리오……!"라는 둥 "니아가 감기에 걸렸다고 하고 이대로 다 같이 여행 가지 않을래?"라는 둥.

욕설, 차마 말이 되지 못한 증오, 저항할 수 없는 악마의 속삭임과 인간의 본성이 엿보이는 극한 상태에 빠지기도 했지만.

그럼에도 어떻게든, 이번에도 이겨냈다.

응, 언젠가 여행은 가자. 온천지에 촬영하러 갔다가 그대로 자고 오는 스케줄을 짜는 것이다. 말해두겠지만, 벤델리오는 용서하지 않는다.

열흘 만에 26편 촬영, 완료.

이것으로 아무런 근심 없이, 간신이 만든 며칠뿐인 휴가——아니, 돈벌이하러 갈 수 있다.

"니아, 히에로 님께 안부 전해다오. 딸을 부탁하네, 리노키스."

"네, 다녀오겠습니다. 아버님, 어머님. 오라버니."

아직 하늘도 어두운 이른 아침, 현관 앞에서 가족들의 배웅을 받은 나와 리노키스는 항구로 향했다.

분주한 겨울 귀성이 막을 내렸다.

이번에 돈벌이하러 갈 이웃 반돌루즈는 양친에게 말없이 가기엔 너무 멀었고, 또 귀인의 딸이라는 신분이 국경을 넘는 것을 쉽사리 허락하지 않았다.

정식 수속은 밟되 은밀한 형태로 가게 되었다. 이름은 숨기고 행동할 테니 공개적으로 행동하지 않으면 귀인의 딸로 보이진 않을 것이다.

일단 세드니 상회에도 표면적인 입국허가증을 준비해 달라고 했다. 나라가 관련된 큰 사건이 아닌 이상 내 정체가 들킬 일은 없다.

귀인의 은밀한 방문은 높은 수준으로 은닉된다. 그야말로 걸리면 국제 문제가 될 수 있을 정도로.

한 번이라도 그런 일이 생긴다면 추후 각국의 요인들이 안심하고 갈 수 없게 될 테니까.

뭐, 10억 크람을 번다느니 마수를 사냥한다느니 하는 뒷사정은 차치하고.

말하자면 이웃 나라로의 여행이다. 그래서 양친을 설득할 표면적인 이유가 필요했다. 일전의 암투기장처럼 몰래 다녀올 수는 없는 거리니까 말이다. 자고 올 것이기도 하고. 아이의 외박을 아무것도 모른 채로는 허락해 줄 리가 만무하다.

이유는 제대로 준비해 두었다.

솔직하게 '돈을 벌러 간다'는 말은 할 수 없으니까.

하나는 힐데트라의 오라비이자 왕도 방송국 국장 대리인 제2 왕자 히에로 알투아르를 향한 인사다.

이것은 힐데트라에게 부탁해 히에로측에서 먼저 '니아 리스톤과 꼭 한번 만나보고 싶은데 만약 괜찮다면 겨울 방학 때 여행 겸 보러와 줄 수 있을까요? 저는 반돌루즈에 있으니까요'라는 부탁의 편지를 보내달라고 했다. 참고로 만난 적은 없다.

귀인인 이상 왕족의 권유가 되면 합당한 이유가 없을 경우 거절하기 어렵다. 좀 더 말하자면 양친은 내가 마음에 들어 해서 승낙했다.

당연하다고 할지 역시나라고 할지, 언제나 일에 쫓기는 양친은 동행하지 않았다. 이번에는 오라비도 동행하지 않았다.

몰래, 게다가 며칠만 반돌루즈에 머물 예정이었기에 나와 리노키스 단둘이서 빠르게 다녀오는 형태가 되었다.

그야말로 계획대로다.

히에로는 현재 비행황국 반돌루즈에서 매직비전을 판매하고 있었다.

본래 황국측이 매직비전에 강한 관심을 보였던 모양이다. 그래서 히에로가 몇 번인가 현물을 반입하여 직접 그쪽에 보여주러 갔다.

매직비전의 기술은 그야말로 10억 크람으로도 부족할 정도의 막대한 자금으로 판매되고 있었기에 한 나라의 재정으로도 선뜻 도입할 수는 없다고 한다.

히에로가 여러 차례 발품을 팔아 영업에 애쓰는 것은 도입 반대파를 설득함과 동시에 출자자를 모으기 위함이었다.

돈을 번다는 목적 때문에 나는 어떻게 해서든 반돌루즈에 가고 싶었다. 그래서 힐데트라의 연줄을 이용해 때마침 그 시기에 황국에 갈 예정이었던 제2 왕자 히에로에게 협력을 받은 것이다.

실제로 인사도 갈 예정이지만 서로 바쁜 몸이기 때문에 잠깐만 보고 헤어질 예정이다. 어디까지나 내가 이웃 나라에 가는 명분일 뿐이니 인사만으로 끝날 것이다.

그리고 마침 잘 됐다며 양친에게 함께 받은 부탁이 있었다.

바로 비행선의 사전 답사다.

비행황국이라고 불릴 정도로 반돌루즈는 고도의 치밀한 자체 마법 기술로 타의 추종을 불허하는 고성능의 비행선을 만들 수 있었다.

전부터 잠깐 이야기는 나왔었는데 양친이 나한테 선물로 준다고 했다.

결국 대화가 정리되지 않아 흐지부지되었던 내 입학 선물이 이런 형식으로 돌아온 셈이다.

오라비가 소유한 고풍스러운 취향의 비행선도 반돌루즈산이다.

저쪽 나라에서는 흔히 볼 수 있는 평범한 성능의 배라고 하는데, 그래도 알투아르산과 비교하면 무척 성능이 좋다고 한다.

"반돌루즈에 간다니 마침 잘됐구나. 간 김에 갖고 싶은 배를 골라 오거라"라는 말을 부친에게 들었다.

'후계자라면 어느 정도의 허세도 필요하겠지만 그렇지 않은 아이에게는 과분한 선물이다'라고 말하며 거절하려 했더니 '아이가 사양할 필요 없다'라는 말을 들어 결국 받기로 했다.

그렇다. 아이가 사양할 필요는 없다.

가족이니까, 내가 그들의 자식이니까. 그래서 그들은 내가 촬영에 쫓기는 모습을 보면서도 강하게 만류하지 않았다.

이게 내 뜻이었고, 그 의지를 존중해 주고 있었으니까.

아무리 터무니없는 스케줄이라 해도 내가 거부하지 않으니 참견하지도 않고 말리지도 않는 것이다. 뭐, 푸념은 하지만. 벤델리오는 용서하지 않는다. 정말로 용서 못 한다.

그러니까 맞다. 아이이기 때문에 받아야 한다.

그것이 가족이다.

뭐, 앞으로 제대로 일해서 제대로 갚을 생각이다. 사실 내 전용 비행선이 있다면 여러모로 도움도 될 것이다.

출항 준비를 마친 오라비의 비행선을 타고 우선 리스톤령 본섬으로 방향을 잡았다.

본섬에는 촬영으로 몇 번이나 방문했다. 이미 익숙한 항구다.

"그러면 아가씨, 조심해서 다녀오세요."

오라비의 비행선은 항구에서 우리를 내려주고 바로 올라갔다.

자아.

항구의 아침은 빠르다. 아직 어둡고 사람이 적을 때 얼른 옷을 갈아입어 버리자.

휘몰아치는 찬바람으로부터 도망치듯 우리는 늘어선 창고의 뒤쪽으로 돌아가 입고 있는 옷에 손을 가져갔다.

얇고 움직이기 쉬운 연습복으로 갈아입은 뒤 염색 마법약으로 재빨리 머리를 검게 물들였다.

이것으로 과거 암투기장에 갔던 당시의 모습이 완성되었다.

"그럼 리노, 앞으로 잘 부탁해."

내가 변장을 마쳤을 무렵.

리노키스도 시녀복을 벗고 신출내기 모험가 같은 가벼운 차림으로 갈아입은 상태였다.

"응, 잘 부탁해, 릴리."

여기서부터는 니아 리스톤과 시녀 리노키스가 아니다.

모험가 리노와 동행한 릴리다.

자, 세드니 상회가 준비해 둔 반돌루즈행 비행선으로 가자.

"그러고 보니 그랬었죠. 최신 고속선을 준비한다고."

리노키스의 말에도 나의 당혹감은 가시지 않았다.

……최신…… 고속선…….

"이게 비행선이야?"

한 번도 본 적 없는 형태의 비행선이었다.

유선형이라고 해야 할까, 아니면 펜촉형이라고 해야 할까.

우리 앞에 정박한 비행선은 마치 막대 같았다. 끝이 완만하게 뾰족한 금속 막대를 절단한 것처럼 지나치게 단순한 형상을 하고 있었다.

전체가 금속으로 되어 있는 모양이고, 그 안에 올라탄다고 한다.

……금속으로 되어 있다는 점도 불안했지만, 그보다는 배의 형태를 띠고 있지 않다는 것이 더더욱 불안했다.

일단 창문은 달려 있으니, 밖은 보이는 것 같은데 이렇게 폐쇄적인 배를 타도 괜찮은 걸까? 진행 방향도 그렇고 주위가 전혀 안 보일 것 같은데?

크기는 중형선보다 조금 작아 보인다. 바람을 뚫고 나갈 것 같은 형태로 보아 속도는 제법 나올 것 같다.

하지만 무엇보다도, 이 기묘하고 기괴한 모양이 마음에 걸렸다.

"속도를 중시한 형태인 거죠. 뭔가를 본떴다던데."

속도 중시. 뭔가를 본떴다.

……아, 그렇군. 생물의 형태라고 생각하면 합리적일지도 모르겠다.

아주 조금 납득이 갔다.

이런 형태의 비행선은 본 적이 없지만, 이런 형태의 생물이라면 본 적이 있다. 생물의 움직임을 본뜬 권법도 흔하다. 그렇다면 합리성이나 편리성을 노리고 생물의 형태를 따라 하는 일도 있을 수 있겠지.

"리노 씨! 기다리고 있었습니다!"

특이한 형태의 비행선 앞에 서 있는데, 단정한 차림새를 한 중년의 남자가 트랩을 내려왔다.

"이제 출발해도 괜찮을까요?! 아, 이 아이가 동행하는 거군요?!"

리노키스, 모험가 리노가 고개를 끄덕이자, 남자는 "자, 자, 들어오세요! 이제 곧 출발할 테니까요!"라고 하며 배 안으로 이끌었다.

모습을 보니 리노키스와 이 남자는 안면이 있어 보였다. 세드니 상회 사람이라면 그럴 가능성은 충분히 있었다.

고속선에 올라타자 차가운 바깥 공기가 차단되었다. 바로 출입문이 닫히고 밖에서는 트랩이 분리되었다.

아무래도 우리를 기다리고 있던 모양이다. 이렇게 이른 아침부터 다들 고생이 많다.

선내는…… 역시나 좁다고 할까 뭐랄까, 폐쇄된 느낌이 강했다. 천장이 낮아서 더 그렇게 느껴졌다. 아마도 상하층으로 공간이 나뉘어 있는 듯했다.

금속면으로 된 벽에 파이프까지 노출되어 있으니 나 같은 고루한 인간은 불안감이 더해졌다. 여전히 금속이 하늘을 난다는 사실을 믿을 수 없는 것이다. 뭐, 최악의 경우 추락해도 나는 죽지 않겠지만.

"배의 모양이 특이하네요."

찬바람을 피하려고 입었던 외투를 벗으며 말하는 리노키스의 말에, 남자는 "비행황국의 최신형이지요"라며 실로 자신감에 찬 얼굴로 대답했다.

"이 녀석은 정말로 빨라요. 빨리 나는 것만을 목표로 제조된 배거든요."

그 부분은 사전에 리노키스를 통해 조금 들었다.

일반적인 비행선이라면 도중의 보급 시간을 포함해 3일에서 4일 정도 항행해야 반돌루즈에 도착한다.

하지만 오늘 탈 예정이라고 들은 이 최신형은 하루 정도면 도착한다고 한다.

"이 시간으로 여기서 출발하면 저녁 이후에는 도착할 겁니다."

맙소사. 도착이 저녁이라고?

그렇다면 이동 시간은 거의 반나절밖에 안 된다. 일반적인 비행선보다 더 빠른 배를 준비하겠다는 세드니 상회의 이야기를 전제로 일정을 짜기는 했지만…….

반나절 만에 도착하다니 예상치 못한 이례적인 속도였다.

물론 기쁜 오산이다.

반돌루즈에서 쓸 수 있는 자유 시간이 늘어난다는 것은 환영할 일이다. 그렇지 않아도 그곳에서의 체류 기간은 짧았으니까.

"그렇게나 빨라요?"

"놀랍죠? 또 세계가 좁아진 거죠."

세계가 좁아졌다, 라.

비행선이 태어난 뒤 처음으로 역사에 이름을 새긴 하늘의 도적, 이른바 최고(最古)의 공적(空賊) 디미알로가 남긴 말이다.

부유섬 간의 이동 수단이 적었던 시절, 섬에서 도망칠 방법이 없던 각국의 모든 백성이 폭정에 시달려야만 했다.

그것을 해방시키며 돌아다닌 자가 바로 공적 디미알로다.

백성은 땅의 피라고 말한 것은 힐데트라였다.

그녀의 말에 따르면 디미알로는 나라의 혈액을 자신의 배에 싣고 데려간 셈이다. 폭정, 독재자, 결핍과 기아, 그런 것들로 침식된 섬에서 혈액을 뽑아 버렸다.

그것이 발단이 되어 차례차례 그를 따라 하는 공적이 나타났다. 도처에서 전쟁 없는 반란── 쉽게 말해 나라에서 도망간다는 야반도주가 시작되었다.

　그 결과 가장 큰 피해를 본 곳이 천공제국 미스갈리스라는 나라였다. 당시는 세계의 3할을 지배하고 있었다고 하는 대국 미스갈리스는 싸워보지도 못한 채 멸망했다.

　나라를 움직이던 혈액이 없어져 버렸으니까.

　수업 시간에는 결정적인 물자와 식량 고갈로 내란이 일어났을 것이라고 배웠다. 그리고 멸망했다. 어느 나라와도 싸우지 않고 자멸했다고 한다.

　아득한 옛날 일이라 진상은 아무도 모르지만.

　어쨌든 그런 역사가 있었다는 이야기가 있고, 비행선 기술은 지금도 진화를 계속하고 있다.

　그렇지만 역사란 결국 승자의 입맛에 맞게 조작되는 것이니 어디까지 사실인지는 알 수 없다.

　"하지만 여기서만 하는 얘기인데, 연료비가 비싸요. 평소 사용하기엔 비용면에서 적합하지 않죠. 속도만을 목표로 한 탓에 적재량도 무시했고요."

　호오, 그렇군.

　이제 시작 단계, 혹은 개량의 여지가 다분하다는 뜻인가.

　"저를 위해 일부러 그런 배를 준비해 주신 건가요?"

　"물론이지요. 저희 세드니 상회는 모험가 리노를 전력으로 서포트해 드릴 겁니다."

아아, 역시 그는 상인이다. 적어도 평범한 선원은 아니었다.

상인으로 보이는 그의 안내로 선내 계단을 올라갔다.

예상대로 상하로 나뉜 2층 구조로 되어 있었고 위층은 제법 밝고 나름대로 인테리어도 갖추고 있었다. 뭐, 역시 폐쇄감은 강했지만.

그러나 작고 둥근 창이 많아 우현 쪽과 좌현 쪽을 통해 멀리 내다볼 수는 있었다.

전방은…… 문과 벽으로 구분되어 있다. 조종간은 아마 저 앞이 아닐까.

"이봐, 출발해."

상인으로 보이는 그가 앞을 향해 그런 말을 하는 것을 보니 맞는 것 같았다.

"어때? 꼬마 아가씨. 비행황국 반돌루즈에서도 아직 희귀한 배란다. 뭐, 겉모습은 좀 특이하지만 말이야."

오, 나한테 말을 걸어왔네. 아마 내가 자꾸 두리번거려서 그런 모양이다.

어쩔 수 없다.

그렇지 않아도 금속이 날아간다는 것을 쉽게 믿을 수 없는데, 이 비행선은 거기서 더더욱 기괴하니까.

"물고기나 새의 형상을 딴 거겠죠?"

꼬리지느러미나 등지느러미는 없었지만, 모양은 물고기와 비숫했다. 아니면 날개를 접고 활공하는 새나.

"오, 제법인데? 맞아, 그런 모양을 본떠서 이런 디자인이 된 것 같더구나."

문득 밖을 보니 항구가 아래로 사라져 가는 것이 보였다.

바람도 체감도 소리도 없었기에 몰랐는데 아무래도 이미 출항한 듯했다.

"밖을 잘 봐두는 게 좋아. ──이 배는 말이지, 폭풍으로 단번에 가속하거든."

폭풍……?

남자의 말대로 창문을 통해 밖을 바라보았다. ……리노키스, 같은 창문으로 볼 필요는 없을 텐데. 옆 창문에서 보라고. 가깝고 좁아. 달라붙지 마.

일정한 높이까지 도달하자 벽을 따라 쳐져 있는 통신관에서 목소리가 울려 퍼졌다.

──"가속을 시작합니다. 크게 흔들릴 수 있으니, 뭔가를 잡고 있거나 바닥에 엎드려 주세요."

주의 멘트와 함께 카운트다운이 시작되어 창틀을 붙잡았다. ……리노키스, 굳이 받쳐줄 필요 없어. 어깨 끌어안지 마.

──"삼, 이, 일, 점화."

쿠우우우우웅!

'뇌음'보다도 더 큰 폭발음과 함께 선체가 크게 흔들렸다.

옆에서 큰 부하가 걸리며 후방으로 몸이 밀리는 것을 버텼다.

하지만 그것보다——

"……."

분명 눈 밑에 있었던 리스톤령 본도의 항구가 순식간에 보이지 않았다.

"후우. 이제 괜찮습니다, 리노 씨."

상당히 고성능의 방풍 처리를 한 것인지 나아가고 있다는 감각이 전혀 들지 않았다.

그러나 시각은 제대로 그것을 인식했다.

멀리 보이는 작은 부유섬이나 구름 같은 것들이 엄청난 속도로 후방으로 슉 날아갔다. 정말 말도 안 되는 속도로 나아가고 있었다.

"……반나절이라."

이 속도라면 확실히 반나절이면 도착할 것 같았다.

지금까지 탄 어떤 비행선보다도 압도적으로 빠르다. 대단한 기술력을 가진 배였다.

솔직히 탐난다.

……하지만 이건 도저히 입학 축하 선물로는 사기 어렵겠지.

"릴리와 만나는 건 처음이지. 이분은 투르크 세드니 씨. 세드니 상회 대표의 아드님이야."

리노키스가 남자를 소개했다.

세드니 상회의 대표라고 하면…… 아, 회장인가.

그렇다면 니아 리스톤으로서 세드니 상회를 방문했을 때 협상했던 그 사람의 아들인 거군.

아마 그 회장 이름이 마르주 세드니였나.

10억 크람을 벌겠다는, 아이의 헛소리로밖에 들리지 않았을 나의 요구를 많은 말을 듣지 않고 전부 다 받아들여준 통이 큰 사람이었다.

돈을 버는 것은 리노키스와 다른 제자들에게 맡기고 있었기 때문에 나와는 거의 접점이 없었다. 신세를 지고 있는 이상 언젠가 대표에게는 인사하러 가고 싶다. 이번에는 제대로 약속을 잡고.

그리고 이 남자 투르크.

상인처럼 보인다고는 생각했는데 정말 상인이었다. 심지어 그 마르주 세드니의 아들이라고 한다. 그렇다면 대상회의 후계자라는 것일까.

……혹시 상당한 거물은 아닐까.

그런 사람이 일부러, 평범한 모험가 리노와 동행하다니. 순전한 우연일까, 아니면 리노에게 그만한 기대나 희망을 품고 있는 것일까.

"투르크 씨. 이 귀여운 아이가 제 제자 릴리예요. 귀엽죠?"

두 번이나 귀여움을 강요하지 마.

"제자요? 꽤 어린아이로 보이는데……."

"맞아요. 제 제자이자 제가 아끼는 여동생, 아니, 아끼는 딸…… 아니…… 뭐, 아주 가깝고 아끼는 존재죠. 귀엽죠?"

뭐야, 그 친구 이상 연인 미만이지만 사귀고 있다고 해도 과언은 아닌 사연 있어 보이는 애매하지만 친밀한 관계는. 그리고 이제 귀엽다는 말 그만해.

"그렇군요. 복잡한 사정이 있나 보군요."

역시 상인이라고 해야 할까. 관심은 있어 보이지만 깊이 파고들 생각은 없어 보였다.

"이런, 서서 이야기하는 것도 그렇지요. 아침 식사를 준비해 두었으니, 식사하면서 앞으로의 이야기를 나눌까요?"

앞서 들은 대로 정말 빠른 속도만을 중시한 비행선이다 보니 식당도 좁고 객실도 적다고 한다.

어디까지나 이동에만 집중한 것이다.

"짐 같은 걸 더 실을 수 있다면 물류 사정도 많이 달라질 것 같은데 말이죠. 하지만 여러 문제도 꽤 있습니다."

도착한 세 사람은 살짝 비좁은 테이블 위에서 가벼운 아침 식사를 받았다.

"그래서 지금은 오로지 사람을 나르는 게 주된 목적입니다. 뭐, 상인에게는 이래 보여도 유용성이 높지만요."

그렇겠지. 이웃 나라까지 반나절 만에 갈 수 있다면 이용할 사람은 얼마든지 있을 것 같다.

"그나저나 리노 씨. 반돌루즈에서는 마수 사냥을 하신다고요?"

정말 말이 많은 사람이구나 생각하며 투르크의 상대는 리노키스에게 맡겼는데.

그 화제가 나온 순간, 무언가를 깨달은 우리는 동시에 고개를 끄덕이며 납득했다.

투르크의 목적은 모험가 리노가 어떤 마수를 노릴 것인가 하는 점이었다.

순식간에 알투아르에서 이름을 알리기 시작한 실력 좋은 신인 모험가는 10억 크람을 모으기 위해 움직이고 있다.

그런 배경을 알고 있다면 당연히 이웃 나라에 가는 이유도 짐작할 수 있을 것이다. 물론 마수 사냥을 하겠다는 신청도 했고. 상회에는 스케줄표도 제출했다.

그렇다면 상인이 거기에 편승하는 이유는 무엇일까.

"네, 알투아르에서는 조금 움직이기 힘들어졌는데, 마침 반돌루즈에 갈 일도 생겨서 겸사겸사 사냥도 해 볼까, 하고요. 말하자면 단기벌이죠."

"움직이기 어렵다…… 혹시 거점을 옮기실 생각으로? 왕도에서 나온다거나?"

"거기까지는 아직 생각 안 했어요. 다만 이 아이——."

응? 나?

"귀여운 릴리와 저의 관계를 별로 알리고 싶지 않거든요. 더는 알투아르의 왕도에서는 귀여운 이 아이를 데리고 다닐 수가 없어요. 하지만 이 귀여운 아이에게도 여러 가지 경험을 하게 해주고 싶거든요. 제 귀엽고 사랑스러운 애제자니까요."

이와 관련한 이야기는 전부 리노키스에게 일임했다. 나는 그저 고개를 끄덕이는 정도다.

나의 사정을 깊은 부분까지 알고 있는 리노키스인 만큼 꽤 능숙하게 설정을 만들어냈다. 그리고 나중에 귀엽다는 말은 금지해 두자. 방해만 되니까 그만해.

"앞으로도 이런 돈벌이가 있을지 모르겠지만 그땐 꼭 다시 이 배에 태워주세요."

"네, 물론입니다. 다만 거점을 왕도에서 옮기실 땐 반드시 미리 알려주세요! 약속하는 겁니다? 타국으로 옮긴다고 하시면 저 울 겁니다!"

역시 상인, 거침없이 달려든다. 놓치지 않겠다는 강한 의지가 느껴졌다.

하지만 뭐, 괜찮겠지.

반나절 만에 갈 수 있다면 당초 예상보다 반나절 이상의 시간적 여유가 생긴다.

그 시간은 절반은 투르크에게…… 더 나아가 세드니 상회를 위해 쓸 수 있지 않을까.

"저기, 스승."

어른들의 대화를 방해하지 않기 위해 잠자코 있던 나는, 굳이 이 타이밍에 말문을 열었다.

"투르크 씨는 반돌루즈에서 사냥했으면 하는 마수가 있는 것 같은데요? 이 정도로 신세를 지고 있으니 가능하다면 희망을 물어봐도 좋지 않을까요?"

뒤에서는 입장이 반대인 내 말은 이미 결정 사항이나 다름없었다.

그 사실을 모르는 투르크의 눈이 빛났다. 기대에 찬 눈으로 제안한 나와 그것을 판단하는 입장의 리노키스를 바라본다.

그렇군, 역시 그런 속셈을 갖고 동행한 건가. 뭐, 장사꾼답다. 공짜로 자선사업 같은 것을 할 리가 없지.

"그럼 너무 죄송하죠! 리노 씨도 계획이 있으실 거 아닙니까? 하지만 만약 제 요청을 들어주신다면 조금 더 좋은 가격에 매입해 드릴 수도 있긴 합니다."

응, 그럼 나쁜 이야기는 아니다. 우리가 손해 보는 것도 아니니까.

하지만 분명 매입 가격을 더한다고 하더라도 세드니 상회의 이익이 더 클 것이다.

돈이 얽힌 어른들의 대화는 어른들에게 맡기고 나는 먼저 객실에 들어가기로 했다.

침대와 선반 정도 밖에 없는 좁은 방이다. 하지만 좁아도 개인실이다. 불신감이 강한 리노키스와 따로 방을 쓸 수 있는 점은 다행이었다. 열쇠도 달려 있고.

아니나 다를까 기본적으로는 1인실뿐이라고 했다. 2인실이 없으니 어쩔 수 없지. 일단 열쇠는 걸어두자.

"으음……!"

기지개를 켜고 침대에 몸을 던졌다. ……딱딱하다. 아프다.

하지만 어제까지 계속되던 과밀 스케줄 촬영으로 몸도 마음도 피폐해진 상태라 곧바로 수마가 덮쳐왔다.

일어날 때쯤이면 도착해 있을까?

기대된다.

이번 생에는 첫 마수 사냥인가.

빨리 마음껏 주먹을 휘두르고 싶다.

앞으로 있을 즐거운 며칠간의 시간에 설렘을 느끼며, 내 의식은 침대 속으로 가라앉아 갔다.

——"긴급 사태 발생! 긴급 사태 발생!"

깊이 빠진 잠 속에서 의미를 알 수 없는 잡음이 들어왔다.

긴급, 사태, 발생.

의식이 말을 제대로 인식하기도 전에 다음 잡음이 들려왔다.

——"3초 후 긴급 정지합니다! 3, 2, 1,——."

덜컹!

"어……?!"

거칠게 요동치는 큰 충격에 일순 몸이 떠올랐고…… 쿵 하고 벽에 머리를 세게 부딪치며 침대에서 굴러떨어졌다.

"……아파."

방심했다. 정말로 방심했다.

외적이나 침입자라면 기척을 알아채고 바로 반응할 수 있었겠지만 단순한 음성만으로는 일어날 수 없었다.

인기척이 없으면 안 되는 건가…… 생각지도 못한 의외의 맹점이었다. 전생 때는 야습으로 백 명 규모가 엄습해도 멀쩡하게 대처했던 것 같은데 말이다. 말 그대로 식은 죽 먹기였는데.

뭐, 덕분에 잠은 완전히 깼지만.

세게 부딪친 머리와 팔꿈치를 문지르면서 몸을 일으켜 창밖을 바라보았다.

저녁……도 아니네. 아직 하늘도 파랗고 햇빛도 보인다. 그렇다는 건 반돌루즈에 도착한 것은 아니다.

멀리 보이는 부유섬이 움직이지 않는 것을 보니, 지금 이 비행선은 정지 상태인 것 같은데……

"……긴급 사태?"

자고 있을 때 그런 말이 들렸던 것 같은데…… 잠결에 들은 것이라 확실하지는 않았다.

……음. 혼자 생각해 봤자 소용없지.

어디, 모처럼 잠도 깨버렸으니 잠시 상태를 보러 가볼까.

방을 나서자 창문에 달라붙어 있는 선원 몇 명이 눈에 띄었다. 작업복을 보니 정비사로 보였다.

그렇군, 건너편 쪽인가.

내가 방에서 본 방향은 우현 쪽이었는데, 아무래도 좌현 쪽에 문제가 있는 모양이었다.

"잠깐 실례."

젊은 작업원 옆, 살짝 비어 있는 공간에 끼어들어 창밖을 보고 ──어떻게 된 상황인지 납득했다.

저게 긴급 사태인가.

저러면 비행선을 세울 수밖에 없겠지. 완전한 긴급 사태가 발생했으니까.

"저거, 어떻게든 할 수 있을까요?"

옆에 있던 작업원에게 묻자, 그는 떨떠름한 표정을 지어 보였다.

"음…… 결정하는 건 선장이니 내가 판단할 수는 없겠지만, 개인적으로는 방법이 없지 않을까 싶구나. 상황은 안됐지만 이 배의 장비로는 아무것도 할 수 있는 게 없어……."

그렇군. 이동만 중시한 비행선으로는 싸울 만한 장비가 없다는 건가.

뭐, 뭔가에 표적이 된다 해도 이 정도의 비행 속도라면 대개는 도망칠 수 있을 테니까. 아마 속도를 위해 무장 무게도 줄였겠지.

"참고로 저건 스카이 피시(비행어)의 일종인가요?"

"맞아. 저건 스퀴드란다."

호오. 스퀴드구나.

"이 근처에서는 자주 나오나요?"

"그렇지도 않아. 스카이 피시 자체가 드물고. 저 사이즈는 쉽게 보기 힘드니까. 하지만 나온다면 또 어디든 나올 수 있기야 하지."

그렇군. 하긴 스카이 피시니까.

그럼 저것은 운 나쁘게 조우한 것도 모자라 운 나쁘게 습격까지 받아버린 상황인 건가.

스카이 피시는 하늘을 헤엄치며, 눈앞에 있다고 생각하기도 전에 한순간에 지나가 버리는 철새에 가까운 존재다.

아주 옛날에 발생한 부유섬 현상과 같은 시기부터 목격 정보가 나오기 시작한 탓에 바다의 생물 역시 부유섬 현상의 영향을 받아 그렇게 되지 않았을까 하는 이야기가 나왔다.

어차피 포획도 어렵고 종류도 크기도 아무런 통일성이 없는 생물이다. 유일한 공통점은 '본래는 바다의 생물이고, 마수다'라는 것뿐.

그래서 하늘을 나는 해양생물은 대체로 스카이 피시(비행어)라고 불린다.

나와 작업원들이 보고 있는 긴급 상황은, 거대한 스카이 스퀴드가 자기 몸만큼 큰 비행선을 붙잡고 있는 광경이었다.

붙잡힌 비행선에서는 이미 붉은 연기가 피어오르고 있다. 아마 비상사태를 알리는 봉화일 것이다.

반투명 표피에 속이 하얀 신체를 가진 스카이 스퀴드는 여러 개의 굵고 긴 촉수를 비행선에 휘감아 절대로 놓치지 않겠다는 듯 꽁꽁 옭아매고 있었다.

저것은 포식 행위일까, 아니면 적으로 간주하고 습격하는 것일까. ……잘은 모르겠지만 저 모습을 보니 자력으로 도망치는 것은 불가능해 보였다.

비행선은 조작 불능에 빠진 것인지 이쪽과 마찬가지로 멈춰 있었다.

그렇다 치더라도 크다.

저 정도로 크면 어설픈 공격은 아무런 효과가 없을 것이다. ……그건 그렇고 저게 바로 스퀴드구나. 작은 건 본 적도 먹어본 적도 있지만, 그런 게 저 정도 크기가 되면…….

상당한 위협이다. 겉보기에는.

"저건 비싸게 팔릴까요?"

"음? 아아…… 글쎄. 살이나 뼈는 잘 모르겠지만 저 정도로 크면 마석도 클 테니까. 분명 비싸지 않을까?"

흐음. 그렇군.

돈이 된다면 처리할 가치는 있어 보였다.

습격당한 비행선이 아직 원형을 간직하고 있는 이상 생존자는 있을 것이다. 이곳은 하늘 위라 도망칠 곳이 없으니 분명 선실에 틀어박혀 있겠지. 저항하려고 했던 선원은…… 뭐, 좀 안타까운 상황일지도 모르지만.

도움을 준 것에 대한 보상도 받을 수 있을 것이고, 저 사이즈의 마수라면 마석도 기대해 볼 수 있을 테니 그럭저럭 괜찮은 벌이가 되지 않을까.

──"업무 연락, 업무 연락."

그런 생각을 하고 있는데 나를 깨운 통신관에서 다시 목소리가 울려 퍼졌다.

──"당선은 무장 부족이므로 앞선 배의 구조 신호를 일시 보류, 빠르게 반돌루즈로 키를 잡고 거기서 구조를 요청하기로 한다."

오, 그렇구나. 지금은 지나친다는 결단을 내린 건가.

나쁜 판단은 아니다.

싸울 장비가 없는데 들이닥쳐봤자 무모한 짓이고 헛되이 죽을 뿐. 승산 없는 싸움에 도전하는 것은 용기나 만용이라고도 할 수 없었다. 그저 죽음을 향해 가는 자살행위다.

무의미한 발악을 하면 정말로 생존율이 사라진다. 완전한 공멸이다. 피해만 늘어나는 짓이다.

그런 무모함은 무(武)밖에 모르는 바보가 벌이는 것만으로 충분하다.

──"지금부터 재가속을 개시한다. 각자 무언가 잡거나 엎드리도록. 셋, ⋯⋯."

아, 잠깐, 잠깐!

아까 본 그 폭풍으로 가속하려는 것인지 벌써 카운트가 시작되어서 황급히 선체의 앞쪽으로 향했다.

"잠깐만! 들려?!"

조종간이 있을 선단. 벽을 사이에 두고 반대편으로 가는 문을 열려고 하는데 문이 잠겨있었다. 여는 대신 세게 노크했다.

"뭐, 뭐야?"

제시간에 도착한 모양이다.

카운트가 멈추고, 잠금장치가 풀리는 소리와 함께 문이 열리며 투르크가 얼굴을 드러냈다.

"릴리?"

그의 뒤에서 리노키스도 얼굴을 비췄다. 여기 있었구나. 마침 잘됐다.

"스승, 저 스카이 스퀴드 돈이 된다나 봐. 도와주면 사례금도 받을 수 있을 테고, 저거 죽이자."

"뭐. 저걸? 아가…… 릴리가? 아니, 내가?"

안다.

이해해, 그 동요하는 마음.

익숙하지 않으면 비행선만큼 큰 마수는 개인의 힘으로는 상대할 수 없다고 생각하기 쉽다.

하지만 '기'가 있으면 저 정도는 의외로 처치할 수 있다.

오히려 상대가 크고, 무겁고, 강한 편이 더 마음껏 싸울 수 있어서 즐겁다.

하지만 뭐, 리노키스 마음이 내키지 않으면 어쩔 수 없어.

"아아, 그렇죠. 저 정도의 잔챙이는 스승이 나설 필요도 없죠. 제자인 제가 대신 죽이고 올게요."

"잠깐, 잠깐, 잠깐! 잠깐만! ——아, 그쪽도 잠깐만 기다려 주세요. 금방 끝나니까요!"

앞에 있던 투르크를 밀어내고 내 곁으로 온 리노키스는 내 손을 끌어 벽가로 데려갔다. 투르크한테도 잠시 기다리라고 말하고.

"아가씨, 무슨 생각을 하시는 거예요? 저런 건 당연히 무리라고요."

작은 소리로 항의해 온다.

"무리? 어째서?"

나도 함께 작은 소리로 물었다.

"저 크기 봤잖아요?!"

"의외로 가능한 사이즈네."

"안 된다고요! 식후 디저트로 좀 큰 케이크가 나왔을 때 할 법한 대사를 여기서 하지 마세요!"

응?

⋯⋯응, 정확하네. 감각적으로 보면 완전히 그거다. 딱 그거다.

"마음이 내키지 않으면 스승은 남는 게 어때? 길가의 먼지를 치우는 건 제자가 해 둘 테니까."

"먼지가 아니잖아요, 저건! 배 한 척을 잡아먹는 거수라고요!"

⋯⋯귀찮네. 일단은 일분일초를 다투는 긴급 상황이고, 인명까지 걸려 있는 시급한 상황인데 말이지.

"그럼 어쩔래?"

더는 속닥거리며 대화하는 것도 귀찮아져서 정면에서 대놓고 물어보았다.

"암투기장 건이 있으니까 멋대로 갈 생각은 없어. 널 쓰러뜨리고 나 혼자 가는 것과 나랑 너랑 같이 가는 것과 나를 보내주는 것. 네가 원하는 걸 골라."

"……치사해요. 그러면 선택지가 없잖아요……."

무슨 소리인가.

"이런 때에 무릎 휘두르는 것이 격투야. 왜 단련한다고 생각해? 유사시에 일어나지 않는다면 단련하는 의미가 없잖아."

"아가씨를 지키기 위해서죠! 호위! 전 호위예요! 강해진 건 위험에 뛰어들기 위해서가 아니라고요!"

아, 그랬구나. 그랬지.

"내 호위라면 저 정도는 왼 주먹과 왼 무릎만으로 이길 수 있을 정도로 강해지도록 해. 나라면 손도 발도 쓰지 않고 이길 수 있어, 저 정도는."

"그걸 할 수 있는 쪽이 비정상이에요!"

뭐라는 건지. 리노키스도 이미 그 비정상의 입구에 선…… 안돼, 정말 놀고 있을 때가 아니다.

"대화할 시간은 없어. 사람 목숨이 걸린 일이니까 그것까지 잘 고려해서 대답해. 어떻게 할 거야? 너도 갈 거야? 아니면 남을 거야?"

"……알았어요, 정말……."

됐어.

생각지도 못한 타이밍이었지만 이번 생의 첫 출전이다. 끓어오르는구나!

"가시는 겁니까?! 정말로?!"

"네. 제가 다치거나 죽으면 릴리가 죽을 만큼, 네, 죽을 만큼 슬퍼하니 위험한 사냥은 하고 싶지 않지만⋯⋯ 이번에는 인명을 우선시하겠습니다."

조금 전까지 우는 소리하던 사람이 맞나 싶을 정도로 리노키스의 표정은 결연했다. 쓸데없이 비장하다.

"아니, 하지만! 저렇게 큰 마수를 어떻게 할 수 있단 말입니까?! 사람 한 명이 어떻게 할 수 있는 크기가 아니잖아요!"

"확실히 편하지는 않겠지만, 승산은 있습니다."

옆에서 듣고 있으면 웃음이 날 것 같은 투르크와 리노키스의 대화가 끝나고, 투르크와는 또 다른 중년 남자⋯⋯ 이 배의 선장이 승낙했다.

"사후 협상은 제가 할 테니 사냥이 끝나면 봉화를 꺼주십시오. 안전이 확인되면 저희 쪽에서 비행선을 보내겠습니다."

지금은 누구의 눈으로 봐도 긴급 상황이다.

하지만 그렇다고 멋대로 다른 배에 올라타거나 마수를 사냥하면서 싸우다 무언가를 파손하거나 분실하면 책임 문제가 발생할수도 있다고 한다.

그런 것을 신경 쓸 때가 아니라는 생각도 들었지만, 그런 약속사항들이 필요하다는 것도 이해는 갔다. 그 부분은 어쩔 수 없다.

하지만 상황이 상황이다.

역시 선박 책임자에게 일일이 말하거나 허락을 받을 시간은 없었다.

그러니까 그 정도 협상은 나중에 투르크가 해줄 거라고 믿는다. 전폭적인 지원이라는 점이 무척 마음에 들었다.

"물론 반돌루즈 황국이나 비행선 길드에도, 뜯어낼 수 있는 곳에서는 싹 다 뜯어낼 겁니다. 안심하세요."

오호라, 믿음직스럽군.

역시 알투아르에서 1, 2를 다투는 세드니 상회의 상인이다. 참고로 이곳은 이미 반돌루즈 국내라고 한다. 거의 가장자리이긴 하지만.

"준비가 다 됐다고 합니다. 하층의 선미로 가주세요."

선장의 말에 따라 나온 리노키스는 하층…… 탑승했을 때 지나왔던 아래층으로 내려갔다.

"단선 준비가 끝났습니다!"

기다리고 있던 선원의 안내를 받아 선미로. 곧장 단선이 실린 구획으로 인도되었다.

여기는 창고일까? 지금은 큰 짐도 없이 몇 대의 단선이 늘어서 있을 뿐이다.

벨트나 고정구로 단단히 고정된 단선 중에서 한 대만 바닥에서 약간 떠올라 있는 것이 보였다.

저것이 바로 우리가 탈 수 있게 준비해 놓은 배였다.

단선(單船).

기본적으로 1명부터 탈 수 있는 소규모 인원용의 초소형 비행선이다. 더 엄밀히 말하면 섬 간의 비행을 가정하지 않은 육상용 비행선이다. 섬 간 비행 중의 탈출이나 외부에서의 짧은 작업, 이동 등을 위해 실려 있는 것이었다.

형상은 발이 없는 말 같았다.

형태는 좀 다르지만, 리스톤 저택에도 있다. 양친은 매일 항구까지 단선을 타고 이동했다. 나는 좀 더 큰 마차형 혹은 상자형을 타는 경우가 대부분이었기에 이런 형태의 단선에 타본 적은 없었다.

크기가 작은 만큼 적재량은 뻔하고, 구조상의 문제로 방풍 가공이 어려워 초고도 비행…… 다시 말해 섬에서 떨어진 장소에서 나는 것은 권장되지 않는다.

그러나 단거리 이동이라면 이것이 가장 간편하다.

다만 적지 않은 속도가 나오기 때문에 안전 문제상 거리에서 타는 것은 금지되어 있다. 적어도 알투아르에서는. 다른 나라에서는 아닐 수도 있다.

그래서 거리에서는 별로 볼 기회가 없기도 하고 아직도 말이나 마차를 선호하는 사람도 많다. 왕성에서 학교에 다니는 힐데트라도 마차로 통학한다.

굳이 비행선을 띄울 정도는 아니지만 도보로 가기엔 먼 단거리를 이동한다면 이것이 제격이다.

곧바로 리노키스가, 아니, 우수한 모험가 리노가 단선에 앉았다.

총출동하여 단선 준비를 해줬을 선원들이 기대와 불안이 뒤섞인 뜨거운 눈빛을 보내왔다.

지금부터 거수를 사냥하러 가는 모험가에 대해 많은 생각을 품고 있을 것이다.

기대하고 있는데 미안하지만. 죽이는 건 나다.

나도 리노키스 뒤에 뛰어올랐다.

"더 꽉 잡아! 꽉 끌어안아!"라며 잠꼬대를 늘어놓는 리노키스에게 눈물이 날 정도로 아슬아슬하게 꽉 잡겠다는 약속을 확실히 해 두고,

"준비는 됐습니까?! 뒷문을 열겠습니다! 삼, 이, 일,──."

선원들의 구령에 외벽이 열렸다. 우리를 태운 단선은 하늘로 빨려 들어가듯 고속선에서 내던져졌다.

바람이 강하고 춥다.

비행선 안에서는 전혀 느낄 수 없었던 겨울의 바깥 공기가 한꺼번에 덮쳐왔다. 이번에는 농담도 장난도 아니고 정말 강하게 리노키스를 끌어안았다.

상상 이상의 강풍으로 몸이 날아갈 것 같다. 그리고 평범하게 춥다.

"갈게요, 아가씨!"

내던져진 채 가랑잎처럼 날아가던 단선이 리노키스의 운전으로 하늘을 달리기 시작했다.

말려들지 않도록 고속선은 스카이 스퀴드의 촉수가 닿지 않는 거리를 유지하고 있었다. 그런 만큼 거리가 좀 있지만.

이 단선은 상당히 속도가 빨라서 포획된 비행선까지 순식간이었다.

스카이 스퀴드가 움직였다.

하얀 몸이라 검은색의 눈동자가 더욱 돋보였다. 내 키 정도 되어 보이는 눈이 움직이며 다가오는 우리를 확실히 쳐다봤다.

녀석이 우리를 인식했다.

"아가씨, 어떻게 하죠?"

바로 지척까지 다가간 곳에서 리노키스는 일시 정지했다.

스카이 스퀴드가 이쪽을 보고 있으니 대책 없이 돌진하면 무조건 촉수에 맞아서 추락하리라 생각한 모양이다.

내가 있으니까 상관없는데.

"이대로 갑판에…… 음?"

저게 뭐야?

……아, 그렇구나.

떠 있는 비행선과 그것을 옭아매고 있는 스카이 스퀴드.

그리고 그 틈새를 메우듯이 비행선에 주렁주렁 매달려 있는 몇 가닥의 로프. 그 끝에는 사람이 매달려 있었다.

뭔가 했더니, 저건 구명줄에 매달려 있는 사람이다.

아마도 선원들이 스카이 스퀴드에 대항하려다 실패해 비행선에서 내던져졌거나, 혹은 위험에서 벗어나기 위해 스스로 뛰어내린 것 같았다.

현명하다. 확실히 구명줄은 있는 편이 나았다.

높이가 높이인 만큼 아래가 바다일지라도 떨어지면 조금도 버티지 못할 것이다.

일단 배의 외장째로 스카이 스퀴드를 뜯어낸다는 수단은 패스하자.

벗긴 외장에 매달려 있는 사람도 같이 떨어질지도 모른다. 뭐, 그건 녀석이 날뛰어도 마찬가지지만.

좋아, 방침은 정해졌다.

신속하게 처리하자. 처음에 주의를 끌어서 난동을 부리기 전에 단번에 죽인다.

마수를 상대하는 건 이번 생에선 처음이니까 조금 더 놀면서 승부감을 되찾고 싶었는데, 상황상 그런 시간은 허용되지 않았다.

"이대로 들이박아! 촉수는 내가 막을게!"

"네! 근데 저건 촉수가 아니라 다리예요!"

어, 그래? 다리야?

"갑니다!"

리노키스는 거침없이 스카이 스퀴드가 노려보는 앞에서 직진했다.

다리와 몸통의 틈새로 보이는 갑판을 향해 달리기 시작한다.

순간 스카이 스퀴드의 몸이 크게 꿈틀거렸다.

거구가 미끄덩거리며 움직이는 모습은 마치 다가왔다가 빠져나가는 파도 같았다.

촉수…… 아니, 다리 하나가 비행선에서 떨어지더니 크게 휘둘러지며── 이쪽을 향해 빠르게 내려왔다.

날카로움이 없는 완만한 동작이지만, 가까이서 보는 다리는 무척 굵고 길어서 피하기 어려웠다.

게다가 리노키스는 피하려는 기색도 없이 내가 요청한 대로 똑바로 직진했다.

이대로라면 확실하게 맞을 것이다.

"영차."

리노키스의 어깨를 잡고 뒷좌석에서 일어났다. 그리고 바람을 때리듯이 떨어지던 무거운 연체 다리를 건드려서 바로 옆으로 흘려보냈다.

퍼엉!

그리고 내가 만진 연체 다리는 폭발했다.

나도 모르게 혀를 찼다.

빛 좋은 개살구 녀석. 생각보다 약해서 실망이다.

스카이 스쿼드의 요격을 흘려보낸 나는 단선에서 뛰어내려 갑판에 착지했다.

한발 늦게 리노키스도 단선을 갑판 난간에 부딪히듯이 세워 강제로 멈추게 한 뒤 내려섰다.

스카이 스쿼드는…… 명확한 적으로 판단한 것인지 나를 응시하며 몸을 비틀고 있었다.

도망갈 생각은 없나.

놔줄 생각도 없지만, 여기서 도망가려고 한다면 놔줘도 상관없다고 생각했다. 비행선과 인명이 우선이니까.

아까 다리를 폭발시켰던 '기권 · 파루류'로 실력차를 이해했다면 도망칠지도 모르겠다는 생각도 했는데.

비행선을 덮쳤다가 아픈 꼴을 겪었다, 라는 걸 학습하면 앞으로는 덮치지 않을 것이다. 아마.

생각보다 약한 것 같고, 이미 내 의욕도 사라졌다. 더 이상 무리해서 싸우고 싶지도 않았다.

하지만 아무래도 역효과가 난 모양이다.

다리를 날려버린 것에 분노하고 있었다.

"아가, 릴리! 나는 어떻게 해?!"

응.

"매달려 있는 사람을 빠르게 회수해! 스퀴드는 내가 상대할 테니 무시해도 좋아! 그리고 회수한 사람의 구명줄을 너한테 묶어둬!"

스카이 스퀴드는 나를 표적으로 삼았다.

나한테 공격이 집중된다면 문제없다.

쓸데없이 공격이 분산돼 버리면 비행선에 대미지가 생길 것이고, 그렇게 되면 매달려 있는 사람들이 위험했다. 지금은 주의를 끌어서 녀석의 움직임을 제한한다.

그러고 나서 죽인다. 신속하게.

"알았어!"

자, 어디 보자.

아니나 다를까 갑판에는 아무도 없다. 다소 날뛰어도 불평은 나오지 않겠지.

"이리 와."

말이 통할 거라고는 생각하지 않았지만, 도발한다는 것 정도는 전해졌을지도 모른다.

스카이 스퀴드가 다리 두 개를 크게 치켜들었다. 내 등 뒤에서도 세 개가 다가오고 있다. 하나는 배에 실어둔 짐인지, 큰 나무 상자를 잡아 들어 올렸다.

음, 약해 보이는 것치고는 머리를 쓴다. 특히 도구를 사용하는 부분을 보면 지능은 낮지 않은 것 같다. ……만일을 위해 나무상자는 부수지 말고 받아 두자. 안에 뭐가 들었는지 신경 쓰인다. 돈 벌러 왔다가 짐에 대한 변상을 하고 싶진 않으니까.

뭐, 딱 그 정도다. 문제는 없다.

리노키스가 공중에 매달린 사람들을 다 회수할 때까지는 제대로 상대해 줄까.

스카이 피시.

바다에 뿌리내린 대륙을 부수고 수많은 부유심을 발생시켰다는 '대지를 찢는 자 비케란더'의 영향 중 하나로, 바다 생물 진화의 한 형태라고 알려져 있다.

말 그대로 하늘을 떠다니는 물고기다.

언젠가 바다로 돌아간다는 말도 있고, 영원히 하늘을 계속 헤엄칠 것이라는 말도 있고, 솔직히 뭐가 뭔지 잘 알려지지 않은 생물이다. 하늘을 바다로 착각하고 헤엄치고 있는, 딱 그 정도의 존재였다.

크기는 제각각이고 종류에도 통일성은 없다.

이번 스카이 스쿼드처럼 믿기 힘들 정도로 거대한 것도 있고, 많은 사람이 식탁에서 보는 일반적인 해조 사이즈도 있다. 예전에 오라비와 봤던 부악(富嶽)가오리도 스카이 피시다.

유명한 것은, 거의 큰 부유섬 만큼이나 거대한 비행고래 '모우모 리'의 존재이다.

빛을 먹는 자 모우모 리.

천공을 헤엄치는 고래가 태양을 가로막아 드리운 그림자를 보고 옛날 사람들은 '빛을 먹는 생물'이라며 두려워했다고 한다.

그런 일화를 가진 '모우모 리'는 벌써 수백 년 동안이나 대공(大空)이라는 이름의 바다를 유유히 헤엄치고 있다. 그 부악가오리보다 더 거대하고 오래 산다니 믿기 힘든 이야기다.

그 웅장한 모습은 신의 화신 또는 신의 사자라고도 불리며 어느 나라에서는 신앙의 대상이 되고 있다는 소문도 있다.

지금도 건재해서 하늘을 헤엄치는 고래는 전 세계 어디에 있든 몇 년에서 십몇 년에 한 번씩은 모습을 볼 수 있다고 한다.

전생에서는 본 것 같은데, 이번 생에는 아직이다.

스카이 스쿼드의 공격을 때로는 피하고 때로는 받아냈다.

갑판을 내리칠 것 같은 각도의 공격은 한 손으로 방어하며 가능한 한 비행선에 부담을 주지 않도록 대처했다.

특별한 문제는 없다.

이 녀석의 점액 때문에 전신이 온통 비릿하고 끈적끈적하고 미끌미끌해진 것 외의 피해는 없다. 딱 그 정도다.

이따금 근처에 있는 물건을 주워 들고 이쪽을 응시하고 있는 검은 눈을 향해 던져서 주의를 끌었다.

감정이 보이지 않는 녀석의 눈에 점점 분노와 초조함이 더해지는 느낌이었다.

쉽게 사냥당하지 않는, 그것을 넘어 거슬리게 자꾸만 건드려 대는 나에게서 시선이 벗어나는 일은 없었다.

예상한 대로다.

나는 미끼다.

내가 시선을 끄는 동안 자유롭게 움직일 수 있는 리노키스가 공중에 매달린 선원들을 수거해 조용히 열린 선실로 밀어 넣어 대피시키고 있었다.

"릴리! 이쪽은 끝났어!"

오, 회수가 끝났구나.

그럼 놀이는 여기까지다.

"뭐든 좋으니까, 창으로 쓸 수 있는 무거운 막대에 구명줄을 묶어놔!"

"어…… 아, 알았어!"

내 의도가 전달됐는지 어떤지는 모르겠지만 리노키스는 지시대로 움직이기 시작했다.

그러는 사이 나는 더 이상 참지 않고, 덮쳐 오는 스퀴드의 다리를 '파루류'로 폭발시켜 나갔다. 해산물이 터져나가는 충격음이 울릴 때마다 스카이 스퀴드의 다리가 점차 짧아졌다.

끼기기긱.

그것은 스카이 스퀴드의 비명이었을까. 아니면 비행선이 삐걱거리는 소리였을까.

나를 만지면 다리가 터져 갈기갈기 찢긴다는 이해할 수 없는 현상에 스퀴드의 검은 눈이 살짝 흔들렸다.

동요에서 두려움으로. 확실히 감정이 움직였다.

"안 돼."

스카이 스퀴드가 도망치는 동작에 들어가기 전, 한 발짝 뛰어 거리를 좁힌 나는 스퀴드의 머리 위로 날아갔다.

"이제는 안 놔줄 거야."

도망갈 거라면 처음에 도망갔으면 좋았을 텐데. 그때였다면 놔줬을 텐데.

더 이상 놔줄 생각은 없다.

다소 날뛰어도 문제없는 상황이 됐으니까. 단번에 결판을 내버리자.

다리에 '내기'를 조절해 '중기(重氣)'를 넣었다.

이 마수는 빛 좋은 개살구였으니 기술은 필요 없다. 위력이 너무 높으면 마석이 파괴될 것이고, 몸통도 돈이 될지도 모른다. 가능한 한 원형은 유지하고 싶다.

그러니 그냥 갑판을 향해 발로 차면 끝이다.

연체에는 그다지 효과가 없겠지만,

찰나의 부유감과 함께 급강하하여 스카이 스퀴드를 습격——탄력 있는 스퀴드의 머리를 발로 차서 갑판에 내던졌다.

"찔러!"

발로 찬 자세 그대로 허공에 떠 있는 내가 그렇게 말하자마자, 리노키스는 내던져진 스퀴드의 눈을 향해 구명줄을 묶은 금속 막대를 깊숙이 찔러 넣었다.

좋아, 이것으로 끝이다.

······시시해.

첫 출진치고 손맛이 너무 없다.

다음에는 좀 더 강한 마수를 상대하고 싶다.

금속 막대에 맞은 스카이 스퀴드는 잠시 날뛰는가 싶더니, 내가 마지막으로 창을 한 번 더 찔러 넣자 금세 움직이지 않게 되었다.

음, 움직임을 구속하는 창을 박아둔 것이 정답이었다. 배가 망가졌다면 본말전도였을 테니까.

"어때? 의외로 할 수 있었지?"

내 기대와는 거리가 먼 마수였지만, 리노키스에게는 좋은 경험이 되지 않았을까.

이 정도면 준비 운동이 없어도 충분히 이길 수 있는…… 응?

뚫어져라 나를 내려다보던 리노키스가 불쑥 내뱉듯이 말했다.

"아가씨, 너무 강한 거 아니에요?"

아니. 새삼스럽게 뭐야, 응?

"네가 날 너무 낮게 본 거야. 알겠어? 난 네 생각보다 수십 배, 어쩌면 수백 배는 더 강해."

스승은 언제나 제자에게 굉장해 보이고 싶은 생물이다.

존경해. 존경의 시선을 보내라고. 자아, 보내!

"아하하, 또 그런다. 그건 너무 과장이죠. 가끔 어린애 같은 허세를 부리신다니까."

…….

어이없다는 듯이! 어이없다는 듯이 '네, 네, 알겠어요, 굉장하네요~' 라는 느낌으로 흘려버리다니! 정말 열받게 하는 제자로군.

"뭐, 그런 점도 귀엽다고 해야 하나, 귀엽지만요."

쓸데없는 사족까지. 열받는다.

그보다 보지 못한 것인가. 스승이 싸우는 모습을. 말로 하진 않았지만, 이것저것 보여줬잖아. 신경이 쓰이지 않았나? ……뭐? 사람을 구조하느라 전혀 못 봤다고? ……흠, 그렇군. 아아, 그래. 뭐, 딱히 상관은 없지만.

딱히! 상관없지만!

비행선에서 매달려 있던 사람은 6명으로, 다치긴 했지만, 사망자는 없었다.

다만 배에 설치된 방풍 처리가 미치지 않는 장소에서 계속 강풍에 노출되어 있던 탓에 컨디션이 저조했다.

가뜩이나 추운 계절이라 몸이 꽁꽁 얼어버린 것이다. 뭐, 그래도 생명에는 지장이 없었지만.

"모험가이십니까…… 정말 살았습니다. ……그렇다고 해도 굉장한 실력이시군요……."

습격당한 비행선의 선장은 살아 있었다.

공중에 매달려 있던 무리는 호위를 겸한 선원으로, 스카이 스쿼드의 습격을 받았을 때 한발 앞서 모두를 선실로 피난시켰다고 한다.

덕분에 기적적으로 사망자는 한 명도 나오지 않았다. 뭐, 배가 아직 날고 있는 것만 봐도 납득이 갔다.

외장 부분에는 흠집이 잔뜩 나 버렸지만, 중요한 내부 기관은 완전히 무사하다고 했다. 요컨대 고기는 잘렸지만 뼈는 잘리지 않은 것이다.

참고로 이 배는 부유섬 사이를 이동하는 정기선으로 일반 손님이나 짐을 운반하고 있었다고 한다.

아직 손님까지는 선실에서 내릴 수 없지만, 이곳에는 거대한 스카이 스쿼드의 시체가 널브러져 있다. 아마 하선할 때 또 한바

탕 난리가 날지도 모른다.

스카이 스쿼드에게 습격당한 지 그렇게 오랜 시간은 지나지 않았다. 시간이 지났다면 확실하게 추락했을 것이다. 참으로 운이 좋은 상황이었다.

하늘 위에서는 도망칠 곳도 없고, 이렇게 단단히 구속된 상황에서는 긴급 탈출용 단선이나 소형선도 내보낼 수 없다. 이대로는 모두 끝…… 그런 앞이 보이지 않는 상황에서는 절망밖에 없다.

실낱같은 희망을 걸고 봉화를 올리며 구조의 손길을 기다린 것이다.

그리고 선장과 선원들은 선실 창문을 통해 우리가 타고 있던 고속선이 근처에서 정지하고, 단선이 나오고, 이쪽으로 다가온 것까지 보고 있었던 모양이다.

……싸움하는 모습은 못 봤어? 엄청나지 않았어? 콕 집어 누구라고 하진 않겠지만 굉장하지 않았어? 굉장했지? ……못 봤어? 선실에서 갑판은 안 보이는 구조라고? ……흐음. 딱히, 아무것도 아니야.

"사람도 배도 무사해서 다행이에요."

모험가 리노는 죽은 스카이 스쿼드를 보고 놀라는 선장과 선원들에게서 쏟아지는 찬사의 눈빛을 온몸으로 받고 있었다. 기분 탓인지는 모르겠지만 표정도 늠름해 보인다.

응, 약간 납득하기 힘든 부분도 있지만 그렇다고 해도 7살 난 아이가 죽였다고 하면 현실성이 너무 떨어진다. 그보다는 리노키스가 사냥했다고 하는 편이 현실적일 테니 이는 어쩔 수 없는 일이다.

게다가 이 일로 반돌루즈에도 '모험가 리노'의 이름이 다소나마 알려질 것이다. 이번 돈벌이는 그녀의 이름을 널리 알린다는 것도 목적 중 하나다. 그러니까 이것으로 충분하다.

참고로 니아 리스톤의 생일은 가을의 끝, 겨울의 시작이었기 때문에 벌써 일곱 살이다. 세월의 흐름은 빠르기도 하다.

봉화의 연기는 이미 멈췄고, 고속선이 천천히 이쪽으로 다가왔다.

뒷일은 리노키스, 그리고 협상을 맡겠다고 자청한 투르크에게 맡긴 뒤 나는 한발 앞서 배로 돌아가기로 했다.

비린내가 나는 미끌거리는 온몸을 빨리 어떻게든 처리하고 싶었다.

어차피 아무도 내 쪽은 보고 있지 않으니 더는 이렇게 있을 이유도 없다. 모험가 리노가 있으면 문제없겠지.

돌아가서 다시 한숨 자자.

목욕탕이 있다면 더 좋을 것 같은데, 분명 없겠지.

이쪽으로 이동해 온 투르크와 선장 두 명과 교대하듯 나는 고속선으로 돌아왔다.

"우와, 미끌미끌."

"뭐야, 이 끈적이는?"

"아, 난 이런 거 못 만져."

"좀 야해 보인다."

속도를 중시한 고속선이다.

아니나 다를까 목욕탕은 없었고, 몇 안 되는 여성 선원들이 따뜻한 물을 준비한 뒤 몸을 닦아주었다.

약간 거슬리는 반응도 없진 않았지만, 한번 신경을 쓰면 계속 신경이 쓰일 것 같아 세세한 것은 개의치 않기로 했다.

그녀들은 몸을 닦아주면서 모험가 리노와 스카이 스퀴드의 싸움에 관해 물어보았다. 하지만 말할 수 있는 사실이 없어 '정신을 차리고 보니 끝나 있었다'라고만 대답해 두었다.

다소 비린내가 남아 있는 것 같긴 했지만, 이 상황에서는 더 씻는 것도 한계가 있었기에 이쯤에서 포기했다.

자, 한동안은 교섭하느라 움직이지 않을 것이다.

예정대로 좀 쉴까?

이번에는 잠에서 깨는 일 없이 저녁까지 제대로 쉴 수 있었다.

도중에 한 번 크게 배가 흔들렸지만, 아마 가속할 때의 움직임일 것이다.

잠을 푹 잔 기분이다.

이것으로 26편을 촬영한 피로는 풀렸을까? 스카이 스퀴드와의 싸움은 지칠 만한 상대도 아니었으니 그쪽은 아무런 영향도 없었다.

붉은빛이 들어오는 창문을 통해 밖을 내다보니 이번엔 제대로 이동하고 있었다. 철새들을 앞서갈 정도의 빠른 속도로 날고 있다.

……음, 휴식은 이 정도면 충분하겠지. 지금 어떻게 되어가고 있는지 확인하러 가볼까.

방을 나와 지나가던 선원에게 투르크와 모험가 리노의 거처를 묻자 둘 다 식당에서 차를 마시고 있다는 말을 들었다.

그쪽으로 얼굴을 내밀자, 들은 대로 두 사람이 있었다.

무슨 이야기를 하는지는 모르겠지만 아이가 방해해도 괜찮을 것 같은 분위기다. 뭐, 정 방해될 것 같으면 바로 돌아가면 그만이다.

"협상은 끝났나요?"

그런 것을 물어보며 아침을 먹었을 때와 같은 자리에 앉았다. 리노키스와 투르크가 같은 의자에 앉아 있었기 때문이다.

"좀 혼잡해질 것 같아서 말이야. 저쪽 승객들도 불안해 보였고 선체 내부에 고장이 있을지도 모르니까. 그래서 일단은 해산하고 교섭은 후일에 하기로 했단다."

투르크의 설명은 충분히 납득할 만했다. 확실히 그런 상황에서 오랜 시간을 할애해 협상 같은 것을 할 여유는 없을 것이다. 한시라도 빨리 안전한 곳으로 가는 것이 우선이다.

"스쿼드의 마석은?"

"일단 회수했어. 몸통은 저쪽이 가져가 버렸지만."

이번에는 리노키스가 대답했다.

"이 배에 저 무게는 실을 수 없으니까요. 어쩔 수 없죠."

그렇군. 조금이라도 돈이 된다면 좋겠는데.

"아가씨, 이제 곧 반돌루즈에 도착할 거야."

오, 그렇구나. 역시 빠르네.

잠깐 멈추긴 했지만, 어찌어찌 저녁 식사 시간 전에는 도착할 수 있었다.

비행황국 반돌루즈.

여기서 잠깐의 돈벌이 생활이 시작된다.

나에겐 휴가나 다름없다. 피가 치솟고 살점이 튀는, 두근거리는 실전의 나날을 보낼 수 있을 테니까.

한 번이라도 진한 사투를 맛보고 싶다.

뭐, 기대하는 만큼 실망할 뿐이겠지만.

그래도 두근거린다.

정말로 기대된다.

　반돌루즈 황국의 수도 유네스고에 도착한 것은 밤이었다.

　상인 투르크가 준비해 준 고속선은 정말로 빨랐다.

　미리 듣기는 했지만 정말 하루도 안 걸려서 도착했다. 터무니 없는 배다. 이렇게 금속이 다 드러나 있는데.

　스카이 스쿼드와 조우하면서 다소 지연이 발생했지만, 그럼에 도 여유로웠다.

　예정대로 오늘은 얌전히 호텔에서 보내기로 했다. 하늘이 밝은 시간대였다면 잠시 거리를 둘러볼 여유도 있었겠지만, 뭐 딱히 문제는 없다.

　이번에는 표면상 알투아르 왕국 제2 왕자 히에로 알투아르의 초대라는 형태였기에 고급 호텔을 제공받았다.

　체류 비용은 제대로 이쪽에서 낼 생각이었는데, '언젠가 니아 리스톤을 만나고 싶다고 생각하고 있었으니 신경 쓰지 않아도 된 다'라는 왕자 측의 배려로 호텔비는 그쪽에서 부담해 주었다. 감 사한 배려.

　그런 배경도 있고, 왕자 체면상 저렴한 여관 같은 곳을 배정해 줄 리가 없었다. 덕분에 반돌루즈 황국에서도 특히나 유명하고 격조 높은 고급 호텔에 머물게 되었다.

　"저, 무슨 일이 있었던 거죠……?"

　다만 너무 격조가 높은 탓에 접수할 때 나에게 제재가 걸려버렸다.

정확하게 말하면, 확실하게 남아 있는 비릿한 향기에.

일단 불법이 되지 않도록 나라의 큰 어른들에게는 전해 두었지만, 은밀한 방문이었다. 그래서 호텔에서도 리스톤 가문의 이름은 거론하지 않는 방향으로 가게 되었다.

어디까지나 나는 모험가 리노의 동행인이자 들러리였다.

지금의 리노키스와 나는 모양새부터가 고급 호텔과는 어울리지 않았다. 어딜 어떻게 봐도 귀인이나 귀족으로는 보이지 않을 것이다.

하지만 왕자의 이름으로 예약되어 있으니 베테랑 느낌의 호텔맨은 싫은 내색도 하지 않고 접수를 진행해 주었——지만 나의 냄새만은 안 되는 모양이다.

"오는 길에 스카이 스쿼드와 만나서 싸우게 됐거든. 이 아이는 직접 접촉한 탓에 그 냄새가 옮은 거야."

리노키스, 모험가 리노의 설명으로 납득한 것인지 아닌지는 모르겠지만.

"대단히 송구스럽지만, 목욕을 한 뒤 옷을 갈아입으시지 않으면 저희 호텔로서는 대응할 수가 없습니다……."

정말 미안하다는 표정으로 되받아쳤다.

꾸밈없이 말하자면 이유는 아무래도 상관없으니 그 냄새를 어떻게 좀 해라, 라는 말이었다.

뭐, 당연한 대응이라고 생각한다.

바로 쫓아내지 않는 것이 오히려 친절한 것이 아닌가 하는 생각마저 들 정도였다.

……그보다 난 이미 익숙해져서 아무것도 느껴지지 않는데, 혹시 주위에 상당히 냄새가 나는 게 아닐까.

"갈아입을 옷은 있는데, 욕실은 이쪽에서 준비해 줄 수 있을까?"

"물론입니다."

리노키스의 질문에 호텔맨은 고개를 끄덕이더니 벨을 울려 여종업원을 불렀다.

"그녀를 목욕탕으로 안내해."

"알겠습니다."

여기서부터는 그녀를 따라가면 될 것 같았다.

"아, 목욕이라면 나도 같이 갓."

분명 그런 말을 꺼낼 것 같아 미리 준비하고 있길 다행이다. 잠이 덜 깨 헛소리를 시작한 리노키스의 허벅지를 탁 때려 입을 다물게 했다.

"먼저 가 있어. 알겠지?"

"……네."

하여간. 타국에 와서까지 부끄러운 짓 하지 마라.

종업원용 대욕탕에 끌려갔다.

"아가씨는 어디서 오셨어요?"

"알투아르 왕국에서. 방금 막 도착했어."

연령상 혼자 놔둘 수 없다고 판단한 것인지 망을 보는 여성 종업원 한 명이 딸린 상태에서 잡담을 나눴다. 그렇게 두 번 정도 머리와 몸을 감고 천천히 탕에 몸을 담근 뒤에야 겨우 개운해졌다.

고속선 안에서 대부분은 닦았지만 역시 완전히 처리하지 못해 머리카락 같은 곳이 끈적끈적했다. 악취와 함께 수수께끼의 점액도 무사히 씻겨나갔다.

새 옷으로 갈아입은 뒤 입고 있던 옷은 따로 맡겨 세탁을 부탁했다.

로비로 다시 돌아와 아까 카운터에서 대응을 맡았던 호텔맨이 점검을 마친 뒤에야 겨우 방에 들어갈 수 있었다.

귀인…… 이 나라에서는 귀족이라고 하는데, 귀족용 방은 자신의 하인과 함께 묵을 수 있는 구조였다.

방의 등급은 둘째치고 구조는 학교의 기숙사와 똑같았다.

"역시 전 이쪽이 더 편해요."

방에서 기다리던 리노키스는 익숙한 시녀복을 입고 있었고 당장에 홍차를 내릴 수 있도록 준비를 마친 상태였다.

"이제 저녁 먹을 건데 옷을 갈아입었어?"

"옷을 갈아입는 정도는 얼마든지 가능하죠. 귀찮은 무장도 호텔 안에서는 필요 없으니까요."

아아, 평범하게 옷을 입는 것과 모험가 장비를 착용하는 것은 귀찮음이 전혀 다르긴 하지.

천천히 홍차를 한 잔 마시고 앞으로의 일정을 미리 확인했다.

"내일 아침부터 부유섬으로 떠날 거예요."

"응."

겨울 방학은 한정되어 있었기에 체류 일정은 늦출 수는 없었다. 지금부터는 최대한 스케줄에 따라 시간의 낭비 없이 움직이고 싶었다.

목표 금액은 3억 크람.

최소라도 1억은 벌어가고 싶었다.

"사냥터로 향하는 비행선 수배는 전부 세드니 상회가 해주기로 했어요. 저희는 항구에 가기만 하면 되고 마수를 사냥하기만 하면 돼요. 처리한 마수의 환금도 세드니 상회가 해줄 테니까요."

"신세를 지겠네."

"그쪽도 일이니까요. 수수료도 매번 생기고 있으니까 그렇게 신경 쓰실 필요 없어요."

그래도 파격적인 대우를 받고 있다는 기분이다. 그런 최신 고속선까지 준비해 준 것만 봐도 크게 신경을 써 주고 있다는 증거였다.

상인에게는 아주 조금 신세를 지는 정도가 딱 좋다. 너무 받는 건 좋지 않다고 생각하는데…… 뭐, 이런 것도 낡은 사고방식이려나.

"히에로 왕자와는 언제 만나?"

"도착 날짜는 전해드렸는데 그쪽의 일정이 정해지지 않았다고 들었어요. 그쪽에서 먼저 접촉하길 기다릴 수밖에 없겠네요."

그렇군, 아직 정해지지 않았나.

거리낌 없이 이쪽 예정에 끼어드는 것은 민폐지만…… 뭐, 어쩔수 없지. 그쪽도 매직비전과 관련하여 이 나라에 와 있는 것이니 나와도 무관하지는 않았다. 그와 만나는 것이 어쨌든 최우선이다.

…….

하지만 예감은 들었다.

"왕자와 관련해서 예정에 없는 일이 벌어질 것 같아."

"아가씨. 그런 말을 하면 정말 그렇게 돼요."

호오. 나쁜 일은 입 밖으로 내면 이뤄진다는, 이른바 언령의 논리인가.

……그렇지.

듣고 보니 의외로 그럴지도 모른다.

될 수 있으면 예정대로 왕자와는 가볍게 얼굴만 보고 헤어지고싶었다.

뭐, 입 밖에 낸 탓인지 아닌지는 모르겠지만, 예감은 결국 적중하게 된다.

비행황국 반돌루즈의 수도 유네스고는 부유섬이다.

부유섬 중에서는 상당히 큰 편이지만 한 나라의 수도 규모로 봤을 땐 작았다.

알투아르 왕국의 수도는 바다에 뿌리내린 대지 위에 자리하고있지만, 세계 각국에서 보면 알투아르 쪽이 드문 경우였다.

나라로서 가진 땅도 그렇게 넓지는 않지만── 크고 작음을 따지지 않는다면 반돌루즈는 알투아르보다 많은 부유섬을 가진 나라였다.

그렇기 때문에.

수도도 부유섬이고, 많은 부유섬을 국내에 거느린 반돌루즈는 사람을 연결해 나라라는 형태를 이루기 위해 어떻게 해서든 부유섬 간의 이동을 효율적으로 만들 필요가 있었다.

부유섬의 수만큼 사람들의 취락이 있었고, 취락의 수만큼 규율과 사상이 생겨난다── 과거에는 실랑이나 대립은 일상다반사였다고 한다.

그것들을 한데 모으기 위해서는 부담 없는 커뮤니케이션이 필수였다.

덕분에 비행선 기술이 발전할 수 있었고, 그런 이유로 세계에서 인정받는 비행선 기술을 가진 나라로 성장한 것이다.

과거에는 부유섬과 부유섬, 국내 안에서도 연락을 주고받는 데 어려움을 겪었다고 하는데, 이제는 이 나라의 비행선이 세계 제일이라고 누구나 말하게 되었다.

심지어 백성들의 생활에 밀착되어 있어 누구나 손쉽게 이용할 수 있을 정도로 친근한 존재가 된 상태다.

……라고 수업에서 배웠나.

지금 중요한 것은 크고 작은 부유섬이 많다는 점이다.

부유섬은 급격한 환경 변화에 적응한 결과 저마다 전혀 다른 생태계를 확립하게 되었다.

극단적으로 말하면 엄청나게 귀중한 약초나 광석이 바로 옆의 부유섬에서 발견되기도 하고, 잘 아는 생물인데도 형체를 알아보기 힘든 수준으로 모습이 변화하기도 한다.

부유섬 별 생태계는 그 정도로 큰 차이가 있어도 이상하지 않을 정도였다.

이번에 돈벌이 장소로서 반돌루즈를 선택한 것은 미개한 부유섬이 많기 때문에, 라는 이유는 아니었다.

오히려 반대로, 주변의 부유섬에 대한 조사를 제대로 했기 때문이다. 뭐, 조사의 손길이 자세하게 뻗쳤는지까지는 알 수 없지만.

다시 말해 부유섬의 수만큼 생태계가 존재하고, 생태계의 수만큼 서식하는 마수는 한정된다는 것이다.

어디에 어떤 마수가 살고 있는지, 어느 부유섬에 어떤 던전이 있는지.

그것을 알고 있으면 섬 단위라는 서식 지역 내에서 효율적으로 마수를 찾을 수 있었다.

그리고 그것을 사냥해서 돈으로 만들자, 라는 것이다.

호텔에서 하룻밤을 보내고 다음 날 이른 아침.

방에 있는 욕조에 몸을 담그고 나갈 채비를 했다. 마법 염색은 며칠 간은 효과가 지속되기 때문에 더할 필요는 없어 보였다.

하늘이 아직 어두운 시간, 호텔에 있는 식당으로 향했다.

아무래도 너무 이른 시간이다 보니 이용객은 없었다. 요리사들도 막바지 준비에 한창이었다.

요리사에게 간단한 걸로도 괜찮으니 먹을 것을 내달라는 무리한 요청을 해서 아침 식사를 제공받은 뒤, 음식을 먹으며 오늘의 일정을 이야기했다.

"우선 소드 디어야."

리노키스가 아닌 모험가 리노의 말에 제자 릴리인 나는 고개를 끄덕였다.

"투르크 씨의 주문으로 최소 3마리. 뿔은 부러지지 않게, 모피도 상처가 적으면 비싸게 사주고, 가능하면 마석도 빼지 않은 채 그대로 갖고 싶다고."

고속선 준비.

현지에서의 전폭적인 지원.

항행 중에 조우한 스카이 스퀴드에 관한 교섭.

이 정도의 여러 사건이 겹친 결과, 투르크에게서는 상당한 주문이 들어왔다고 한다. 리노키스가 말하길 "사양하는 얼굴로 뻔뻔하게 요구하더군요"라고.

뭐, 딱히 공짜로 움직이라는 것도 아니니, 되도록 투르크의 주문은 다 받아들여 줄 생각이었다.

적정 가격에 매입해 준다.

딱 좋지 않은가.

상인도 아닌 우리가 분수에 맞지 않는 욕심을 내면 발등을 찍히는 게 당연하다. 그러지 않고 파는데 드는 수고와 시간을 아껴야 더 효율적으로 많이 벌 수 있었다.

나아가 지불면에서 신뢰를 가질 수 있는 상대와의 거래라면 더욱 좋다.

"세드니 상회는 잘 협조해 주고 있잖아? 그들이 일하는 방식에 불만이 없다면 그들의 뜻에 어느 정도 맞춰주는 것도 좋을 것 같아."

"뭐, 릴리가 그걸로 괜찮다면."

"불만이야?"

"난 비싸게 사주는 상대가 있다면 그쪽에 팔고 싶어. 목숨을 걸고 싸우는 거니까 더 비싸게 팔고 싶지."

그렇군. 뭐, 그 마음은 모르는 것도 아니다.

"스승. 돈도 물론 중요하지만, 돈을 버는 방법은 이미 알고 있잖아? 하지만 신뢰는 달라. 이건 확실하게 가꿀 방법도 키울 방법도 없어. 그리고 잃으면 쉽게 되찾을 수 없기도 하지. 욕심을 부린다면 세드니 상회를 저버릴 생각으로 움직여야 해."

"안 그래. 어디까지나 희망이 그렇다는 거지."

응, 그럼 됐다.

……간접적으로 '리노키스도 내 신뢰에 대해 좀 생각해 보는 게 어때?'라는 의미를 담아 쳐다봤지만, 조금도 전해지지 않았다.

같이 자고 싶다고 하거나, 같이 목욕하고 싶다고 하거나. 학교에서는 사노월을 적대시하기도 한다. 무슨 생각인지 도무지 모르겠다.

정말 불신감을 지울 수 없는 제자다. 스승의 강인함도 제대로 이해하지 못하고. 스승은 항상 대단하다고 여겨지고 싶고 존경도 받고 싶다. 알고 있는 거야? 조금도 모른다는 얼굴로 태평하게 당근이나 먹고 있다니.

다소의 불만이 스멀거리는 아침 식사를 마친 후, 어제의 호텔맨의 배웅을 받아 항구로 가서 세드니 상회가 마련해 준 비행선에 올라탔다.

비행선 수배에 더해 반돌루즈 일대를 잘 아는 선장과 짐 운반을 주로 맡아줄 체격 좋은 선원들의 수배.

이 나라의 모험가 길드의 활동 신청과 필요 물자 보충.

여기까지가 세드니 상회의 서포트였다.

무척 고마웠다. 정말로 부유섬에 가서 사냥만 하면 끝, 이라고 할 정도로 대단한 일솜씨였다. 그 이외에는 우리가 신경 쓸 것은 아무것도 없었다.

이렇게 신세를 지고 있는데 마수의 매입 가격까지 요구하는 것은 지나친 욕심이었다.

뭐, 그런 것은 이제 됐다.

이제부터 즐거운 사냥 삼매경, 주먹을 휘두르는 나날이 시작되는 것이다. 너무 기대돼서 참을 수가 없다. 사치는 바라지 않으니,

어제의 스퀴드보다는 강한 마수가 있었으면 좋겠다.

자, 즐거운 돈벌이를 하러 출발이다!

◆

"정말 괜찮은 거야?"

그 질문에 대한 답은 어제 들었다.

"알투아르에서는 상당한 실력자로 유명하다더군."

오랜 친분이 있는 선원 주드에게 그렇게 대답했지만, 선장 반
데 역시 그와 같은 의문을 품고 있었다.

어제 "부디 실례되는 행동은 하지 말아주게"라며 세드니 상회
의 젊은 주인에게 신신당부를 받았다.

말도 안 되게 실력 좋은 모험가가 갈 거니까 잘 좀 부탁한다고.

그리고 오늘 아침에 찾아온 모험가가――

"내 딸보다 어린 계집애랑 열 살도 안 된 애던데?"

주드의 그 말도 선장의 소감과 정확히 일치했다.

"이제 그만 일로 돌아가."

합당한 걱정을 하는 주드를 몰아내고 반데는 키를 잡았다.

배는 이미 출항했다.

목적한 섬에 도착하는 것은 금방이다.

――내 딸보다 어린 계집애와 열 살도 안 된 아이.

그런 것은 반데도 알고 있다.

반데의 일은 그들을 마수가 살고 있는 부유섬으로 데려다주는 것.

틀림없이, 상회의 차기 회장 투르크 세드니에게 직접 명령을 받았다. 거기에 그 어떤 오해나 실수는 없었다. 이것이 일이다.

그녀들이 앞으로 향할 부유섬에 마수 사냥을 떠난다는 이야기다.

즉 위험한 장소에 위험한 생물을 처치하러 가는 것이다.

저런 풋내 나는 어린 여자 둘이.

"……."

불안도 걱정도 들 수밖에 없다.

주드가 품고 있을 감정을 반데 역시 품고 있었다. 분명 다른 선원들도 똑같은 심정일 것이다.

그러나 이것이 맞았다.

오늘 이 배의 일은 그녀들을 목적지로 데려다주는 것이다.

비록 자기 아들이나 손자보다 나이가 어리더라도, 그들을 위험한 섬으로 데려가는 것이 자기 일이었다.

꺼림칙함을 느낄 상황이 아니다.

고용된 사람으로서 할 수밖에 없었다.

이른 아침 반돌루즈의 하늘.

아직 어두운, 평소와 같은 하늘.

여느 때와 같은 하늘인데, 오늘 유난히 어두워 보이는 것은 분명 마음이 무겁기 때문일 것이다.

당일치기 선박 여행은 쉽게 오지 않는 편한 일일 텐데.

하지만 그런 불안과 걱정은 섬에 상륙하자마자 금세 걷히게 된다.

먼저 찾아온 곳은, 통칭 '가을섬'이라 불리는 섬.

부유섬 현상의 영향으로 겨울이 없는 섬…… 더 정확하게 말하면 사계절의 한난차가 틀어진 섬이다.

여름이 지나고 가을이 되면 그대로의 기온과 기후를 유지하면서 겨울 달력으로 들어간다. 일단 한겨울이 되면 적지 않게 기온이 떨어지긴 하지만 얼음이 얼 정도는 아니다.

식물이 풍부한 이 섬은 초식수가 많이 서식하고 있다.

그리고 사람은 많지 않다. 논밭이 짐승들로 인해 금방 훼손되기 때문에 짐승을 자원으로 삼는 방향으로 고착화된 섬이다. 가능한 한 자연을 그대로 남겨 두고 사냥꾼이나 모험가가 짐승을 사냥하러 오는 것이다.

여기서 노리는 것은 소드 디어.

수많은 육식수와 사냥꾼, 모험가들의 속을 태우는 거친 성품의 사슴형 마수다.

이름 그대로 튀어나온 뿔이 검처럼 날카로워서 그것을 휘두르거나 머리부터 몸을 부딪혀 오며 외적에게 달려든다.

사슴 같은 소심한 면도 있어서 눈치채면 도망가기도 하고, 도망가는 것도 빠르다. 여차하면 달려들기도 한다. 완전히 성장하면 평범한 사슴보다 한참은 큰데, 그 거구에 제대로 부딪혔다간 인간은 잠시도 버티지 못한다. 게다가 뿔이 흉기로 되어 있으니 잘못 맞으면 그대로 찔려 죽는다. 그런데 무리로 행동하고 있는 경우가 많다.

사냥에 익숙한 자가 없다면 제법 성가신 마수다.

"스승님. 이 섬, 따뜻하네요."

"그러게. 역시 가을섬이라는 느낌이야."

약 200명 정도의 촌락으로 되어 있는 항구에서 조금만 걸어가 자, 완전한 숲이 나왔다.

그 숲으로 향하는 길 앞, 신출내기 모험가 같은 모습의 여자와 채 열 살도 안 된 아이가 나란히 서 있었다.

"그럼 다녀오겠습니다. 빠르게 돌아올 테니 출항 준비를 미리 해주세요."

신출내기 모험가가 돌아보며 반데에게 말했고, 두 사람은 대답 도 기다리지 않고 숲으로 달려갔다.

출항 준비.

이쪽은 무사히 돌아올지 불안해서 엉덩이가 들썩거리는데, 그 들은 벌써 다음을 내다보고 있다.

그다지 강해 보이지도 않는, 신출내기 느낌을 풀풀 풍기는 모 험가가. 심지어 애까지 데리고.

여러 의미에서 씁쓸한 듯 얼굴을 일그러뜨린 반데는, 그럼에도 말했다.

"곧 나올 거다! 출항 준비를 해라!"

그러나 이것은 일이다.

아무리 걱정되든 불안하든, 오늘 반데의 일은 그들의 발이 되어주는 것. 주문을 받으면 응할 뿐이다.

"이봐, 선장, 저 녀석들 괜찮은 거 맞아?!"

"몰라! 됐으니까 준비해!"

주드의 그런 걱정은, 당연히 선장도 동감할 수밖에 없는 것이었다.

그렇게 출항 준비를 하는 동안.

"선장님! 단선을 꺼내 주세요!"

신출내기 모험가가 커다란 마대를 지고 돌아왔다.

숲에 간 지 얼마 되지도 않았는데.

반데는 심지어 배에서 내린 상태로 다음 목적지로 가는 루트를 확인하던 중이었는데.

"어? ⋯⋯아? 단선?"

"짐 운반용. 처치한 사슴을 옮겨 주세요."

"⋯⋯허?"

말의 뜻을 이해하지 못한 반데의 발치에 신출내기 모험가가 짊어지고 온 자루를 내려놓았다.

"이건 드래곤 헤드예요. 습격당해서 사냥했어요. 돈 좀 되겠죠?"

"허⋯⋯ 아, 네."

실력 좋은 모험가.

풋내나는 어린 계집애가, 굉장한 실력의 모험가.

사전에 들었던 것과 대조하면—— 오히려 정보대로가 아닌가.

"어이, 주드! 짐 운반용 단선을 꺼내!"

반데가 소리쳤다. 다른 곳에서 작업을 하던 주드가 뭐가 뭔지 모르겠다는 얼굴을 하고는, 단선을 운전해 신출내기 모험가와 함께 숲으로 향했다.

그것을 지켜본 후 반데는 그녀가 놓고 간 자루 속을 확인했다.

확실히 드래곤 헤드의 시체가 여러 마리 들어 있었다.

갈기가 난 거대한 쥐. 실루엣이 드래곤의 머리처럼 보인다고 해서 드래곤 헤드라 불리는 마수다. 평소엔 식물을 먹지만 배가 고프면 자신보다 큰 먹이에도 덤벼드는 사나운 쥐들이다. 싸움에 익숙하지 않으면 어른이라도 위험한 상대였다.

뭐, 신출내기 모험가를 자칭한다면 이 정도는 사냥할 수 있겠지.

"……?"

피 냄새가 나지 않는다는 것을 깨달았다.

짐승 특유의 냄새는 있지만 피 냄새가 없다.

시험 삼아 한 마리 잡고 꺼내서 관찰해 봤는데, ……외상 같은 것이 없다.

물론 쥐는 죽어 있다.

"……어떻게 한 거지?"

신출내기 모험가는 쇼트 소드를 매고 있었다. 그러니 싸운다면 검을 썼을 것이다.

그런데 쥐들은 외상이 없다.

적어도 반데로서는 이해할 수 없었다.

설마 독인가?

아니, 독 같은 자극적인 냄새는 없다. 그러니 아마 아니다.

"이봐, 이봐…… 이거 진짜 아냐?"

세드니 상회의 젊은 주인이 말했던 대로다.

부디 실례되는 행동은 하지 말아주게.

말도 안 되게 실력 좋은 모험가니까.

즉, 그 말이 정말 사실이라는 것이다. 겉만 보고 판단했지만, 그것이 크나큰 실수였다는 것이다.

앞으로 여러 섬을 돌며 마수를 사냥할 예정이었다.

솔직히 어떤 실력자라도 어려운, 엉망진창이나 다름없는 스케줄이라고 생각했다. 어느 용병단이나 유명한 클랜이라도 오는 줄 알았다.

그런데 찾아온 사람은 달랑 여자 둘이었다.

그것이 오늘 아침의 이야기였는데—— 이 쥐를 보고서야 그는 이해했다.

"출항 준비를 서둘러라!"

정말 실력 있는 모험가가 와서 스케줄대로 진행한다고 하면.

이곳에서의 체류 시간은 아주 짧아진다.

뒤늦게 작업을 서두르며 반데가 자기 일을 하고 있자, 방금 막 나갔던 주드가 돌아왔다.

타고 있는 단선에 여러 마리의 소드 디어를 싣고.

여전히 뭐가 뭔지 모르겠다는 아리송한 표정을 지은 채.

역시 틀림없다.

이대로 스케줄대로 진행된다면 오늘은 엄청나게 바빠질 것이다.

◆

오늘의 전과.

소드 디어, 8마리.

드래곤 헤드, 16마리.

어쌔신 이글, 3마리.

극지 대응형 슬라임, 특대 한 마리.

스노 타이거, 2마리.

스노 애로, 7마리와 알 4개.

카카저, 초특대 한 마리, 날뛰었을 때 떠오른 물고기 대량.

환수 미코바. 사냥하면 저주가 내린다는 말을 듣고 미토벌.

광나비, 33마리.

풋 머시룸, 특대 한 마리. 다만 마석만. 내용물은 현지에서 먹었다. 맛있었다.

첫날은 여기까지다.

즐거운 시간은 금방 지나가고 이제 해가 기울고 있다.

저녁이 되자 선장이 '더는 비행선에 실을 수 없다'고 해서 돌아가기로 했다. 아직 체력에는 여유가 있고, 드디어 내 승부의 감각도 돌아온 참이었는데.

뭐, 오늘은 이 정도로만 해 둘까.

비행선 갑판에는 산더미처럼 쌓인 마수들의 시체.

이렇게 한데 모아놓고 보니 사냥을 많이 했다. 하지만 몸쪽은 이제 겨우 준비 체조가 끝났나 싶은 정도였다.

어느 것을 잡아도 손맛이 없었기 때문이다.

수단을 바꾸거나 방법을 바꾸거나, 산을 오르거나 계곡을 뛰어 내리면서 나름대로 즐겨 보려고 고민은 했지만, 근본적으로 마수가 너무 약했다.

비유하자면 어른 인간이 개미를 짓밟는 것과 같다.

그것으로 어떻게 즐거움을 느낄 수 있을까.

뭐, 그래서 즐겁지 않았냐고 묻는다면 그래도 생각보다는 즐거웠다고 대답하겠지만. 사양 않고 주먹을 휘둘렀으니까. 약한 상대이긴 하지만.

역시 주먹 하나로 정리되는 세상은 복잡할 일이 없으니 편하다.

유일하게 즐거웠던 것은 도중에 사냥하지 않는 것이 좋다는 말을 들었던 환수 정도일까.

분명 미코바라고 했나.

물로 된 몸을 가진 신비로운 말이었다. 그것은 물리로는 어떻게 할 수 없는 존재였기 때문에 거의 사용하지 않는 종류의 '기'를 사용했다.

그것으로 뭔가를 때릴 기회는 압도적으로 적었기에 나름 귀중한 체험을 할 수 있었다.

"역시 투르크 공이 데려온 모험가네요……"

시작부터 나쁘지 않은 전과에 크게 기뻐하며 다음 부유섬을 향해 배를 띄우던 선장과 선원들이, 지금은 완전히 굳은 얼굴을 하고 있다.

"별거 아니에요."

리노키스는 태연한 얼굴로 대답했다.

90% 이상은 내가 사냥하고 리노키스는 처음부터 끝까지 "이제 그만하죠! 이대로 계속하면 멸종한다고요!"라고 외치며 말렸으면서. 또 혼자 늠름한 얼굴을 하고 있다.

하지만 뭐, 그 대응이 맞고 문제도 전혀 없다.

이 상태로 모험가 리노의 이름을 알려 나가자.

그 후에는 리노키스가 '기권 · 뇌음'으로 상반부를 날려버린 바람에 팔 수 없게 된 풋 머시룸을 다 같이 구워 먹으면서 반돌루즈 수도 유네스고로 돌아갔다. ……그나저나 이거 맛있다. 향기가 인상적이다. 호텔로 가져가면 제대로 된 요리로 만들어 주려나? 구운 것만으로도 이렇게나 맛있다면 기대가 될 수밖에 없는데.

그건 그렇고 역시 시간이 아깝다.

아직 해가 지고 있다. 돌아가기엔 이르다. 하지만 더 이상 마수를 회수할 수 없어 속행할 수 없다는 말을 들었다.

오늘의 사냥으로 어느 정도의 돈이 나올지는 모르겠지만……

뭐, 하루의 결과로써는 이 정도로도 나쁘지 않으려나.

사실 본격적으로 고액 마수를 잡는 예정은 내일 이후로 세워두었다. 오늘은 상황을 지켜보는 느낌이 강했다. 내 첫 출전이기도 했고. 어제 스퀴드를 만나지 않았다면.

하지만 이 근처의 마수는 강하지 않았기에 이 상태라면 굳이 관망할 필요도 없이 처음부터 위험도 높은 마수를 노려도 괜찮았을 것 같다.

듣자니 수천만 크람의 상금이 걸려 있는 마수가 있다고 한다. 그렇다면 역시 강하겠지. 금액의 단위가 다르니까.

상당히 위험해 보였지만 오히려 좀 위험한 상황에 빠져보고 싶을 정도다. 꼭 강한 마수였으면 좋겠다.

항구에 도착한 나와 리노키스는 신속하게 호텔로 돌아가기로 했다.

뒷정리는 세드니 상회에 통째로 내맡겼다.

정말로 편하다. 아무런 부족함도 없는 지원이 고마웠다.

"아, 잠시만 기다리세요! 멈춰주세요, 멈춰주세요! 그대로는 안 됩니다!"

그리고 호텔로 돌아온 나는 다시 어제의 호텔맨에게 제지를 당했다.

아마 겉모습 때문일 것이다.

리노키스가 실수하는 바람에 사냥감이 상처를 입으며 흩날린 피에 맞았기 때문이다. 나만. 하여간…… 아직 한참 수행이 부족한 제자다.

아, 이거 버섯인데. 뭔가 만들어 줄 수 있을까?

◆

니아 리스톤이 종업원용 대욕탕에서, 리노키스가 빌린 방의 목욕탕에서 땀과 오염을 씻어내고 있던 그 무렵.

"벌써 돌아왔나?"

수도 유네스고에 자리잡고 있는 세드니 상회 반돌루즈 지부 창고. 매입 이야기나 최신 정보를 교환하고 있던 투르크 세드니 곁에 상회에서 고용한 비행선의 선장 반데가 찾아왔다. 고참이자 신뢰할 수 있는 뱃사람이었다.

이 남자에게는 모험가 리노의 다리 역할을 부탁해 두었다.

그녀가 가고 싶다고 하는 장소에 가라, 가능한 한 요청에 응해라, 그리고 리노가 돌아오면 보고하러 와라. 그렇게 명한 뒤 움직이게 했다.

고속선에서 들은 바에 의하면 리노는 밤을 새워 사냥하지는 않는다고 했다. 낯선 땅이니까 햇빛이 있는 동안만 활동한다고.

현명한 판단이라고 생각했다.

하지만 그런 것치고는.

"빨리 왔네."

어둑어둑한 창고에서 출입문을 보자 아직 해 질 녘이라 밖은 환했다. 겨울철이라 해가 짧은 것을 감안하면 상당히 일찍 돌아온 것이나 다름없다.

무슨 예상치 못한 일이라도 있어서 일찍 돌아온 건가?

혹시 리노가 다친 것은 아닐까, 그런 걱정이 뇌리를 스쳤지만.

"그게, 예상치 못한 일이 생겨서……."

투르크의 걱정은 맞지 않았다.

"예상치 못한 일? 트러블인가?"

"아니…… 실제로 보는 게 빠를 겁니다. 와주실 수 있을까요?"

"아니, 무슨 일인데?"

"비행선에 다 실을 수 없을 정도로 사냥했다, 라고 하면 믿으실 겁니까? 안 믿으실 거죠?"

그렇게 말하며 반데는 발길을 돌렸다.

확실히 믿을 수 없다.

귀를 의심하는 것 외에 다른 반응은 보일 수 없었다.

하지만 흥미로운 이야기이긴 했다. 이 눈으로 확인하고 싶을 정도로.

"알았네. 같이 가지."

투르크는 확인하러 가기로 했다.

모험가 리노의 실력은 확실하다. 하지만 아무리 그래도 비행선에 다 실을 수 없을 정도라는 말을 들으면 과장이라는 생각밖에 들지 않는다.

그러나 성과가 없는 것은 아닌 것 같으니 확인은 해 두고 싶었다.

앞으로의 예정, 앞으로의 상회의 이익과도 관련이 되기 때문에 리노가 하루에 어느 정도의 마수를 처치할 수 있을지는 알아두는 편이 좋았다.

그렇게 생각했는데.

"설마…… 설마……?!"

항구에 정박한 상회의 배에는 주위의 시선을 막기 위한 천이 둘러쳐져 있었다.

언뜻 봐서는 알 수 없다. 하지만 그 천 아래에 있는 것을 알고 있는 투르크는 부자연스러운 산 모양으로 떠올라 있는 것을 보고 깨달았다.

배에 다 실을 수 없을 정도로 마수를 사냥했다는, 농담으로밖에 들리지 않았던 선장 반데의 이야기.

반데는 성실한 남자다. 재미없는 농담을 할 거라는 생각은 하지 않았지만 조금 과장되게 말한 게 아닐까, 정도는 생각하고 있었다.

하지만 사실이었다.

과장은커녕 말 그대로다.

정말 비행선에 다 싣지 못할 정도의 마수, 아니 보물 더미를 가지고 돌아온 것이다.

"소드 디어는 몇 마리인가?!"

자신도 모르게 걸음이 빨라지는 투르크의 물음에 황급히 뒤따

르던 반데는 "8마리입니다"라고 대답했다.

여덟 마리.

행운이다.

3마리는 투르크가 주문한 것이지만 어디까지나 '최소한으로 갖고 싶은 수'였다. 너무 많아도 곤란하지만 8마리 정도라면 기꺼이 매입할 수 있었다.

한 마리에 50만 크람 전후로 매입한다고 하면.

해체해서 소재로 여러 사람에게 팔아 버리면 100만에서 200만의 이익이 나온다.

특히나 도검을 연상시키는 뿔은 예술적인 가치가 높아 물건에 따라서는 그것만으로도 100만 크람은 한다. 흠집이 적은 상등품이길 바랄 뿐이다.

"스노 타이거는 있나?!"

트랩을 오를 무렵에는 이미 달리듯 걷느라 숨이 차오르고 있었다. 최근 운동 부족으로 무거워진 몸이 원망스럽다.

"두 마리 있습니다!"

맙소사.

두 마리라니.

"모피에 상처는?!"

"없습니다!"

그렇다면―― 투르크의 머리가 보물의 가치를 계산하는데, 채답이 나오기도 전에 보물 앞에 당도해 버렸다.

"천을 걷어!"

근처에서 로프를 정리하고 있던 선원에게 지시해, 마침내 그는 보물 더미를 보게 되었다.

"……."

경악. 말을 잃었다.

온갖 보물이 한꺼번에 눈에 들어와 초점이 도무지 맞질 않았다. 그렇다면 맨 앞줄부터 보도록 할까.

일단 소드 디어.

이 마수는 거대한 사슴이다. 도검을 닮은 날카로운 뿔이라는 무기가 있으며 포악하다. 평범한 모험가라면 몇 명이 달려들어 함정 같은 것을 만들어 죽여야 한다.

좀 더 말하자면 본래 초식이라 소심한 성질이었기에 도망가는 속도도 빠르다. 물론 어설픈 함정을 사용하면 뿔이나 모피에 상처가 나는 경우도 많았기에 가치는 떨어진다.

그런데 어떤가.

이 누워있는 근사한 소드 디어들은. 완전한 원형 그대로의 모습 아닌가.

"이건 어떻게 처리한 거지? 독인가?"

피 제거와 내장 처리는 되어 있지만 그 이외의 상처는 없어 보였다.

리노는 검을 들고 있긴 했지만, 알투아르에서도 잡은 사냥감에 칼자국 같은 것은 거의 없었다.

그렇기 때문에 세드니 상회에서도 그 능력을 높이 사고 있었다. 사냥만 하고 단순히 죽이는 것뿐이라면 다른 모험가들도 가능했기 때문이다.

깔끔하게 처치한다.

그래서 소재로서의 가치를 살릴 수 있다.

그 기술을 여기서도 볼 줄은 몰랐다. 심지어 이 정도의 양을.

하지만 만약 독을 사용했다면 고기를 먹지 못할 수도 있다.

소드 디어 고기는 맛있다. 매입을 원하는 레스토랑이나 귀족은 얼마든지 있다.

"목뼈를 부러뜨렸다고 하더라고요. 스노 타이거도 마찬가지고요."

말도 안 돼.

고정되어 있던 눈의 초점이 흔들렸다. 흔들리고 말았다.

이제 됐다, 다음엔 스노 타이거를 보자.

소드 디어도 성가시지만, 스노 타이거는 더 성가시다.

순수하게 개체 자체가 강해서 이 한 마리에 십여 명으로 이루어진 전문 모험가 팀이 괴멸할 수도 있었다.

일명 '죽음의 눈보라'.

눈보라와 함께 이동하며 눈보라와 함께 사냥감을 노리는 스노 타이거는 그와 싸우기 전에 날씨와 계속 싸워야 했다.

운 나쁘게 만나버리면 죽음을 각오할 수밖에 없는 것이다.

그런데 어떤가.

이렇게 아름다운 모피를 손상시키지 않고 남겨두다니, 과연 사람이 할 수 있는 일인 것일까.

이건 틀림없이 500만 이상의 값어치가—— 잠깐!

"저게 뭐야?!"

더는 눈이 멈추질 않았다. 계속 사방으로 흔들렸다. 흥분이 가시질 않는다. 트랩을 올라왔을 때부터 계속되는 두근거림도 격렬했다. 운동 부족인 몸이 미웠다.

"광나비입니다."

"그건 보면 알아! 내 말은 왜 병에 들어있냐는 거야!"

맞아, 문제는 생포했다는 점이다.

크지 않은 병이 여러 개 늘어서 있고, 그 안에서 빛이 숨 쉬고 있었다.

광나비는 이름 그대로 날개가 빛나는 나비였다.

생태는 잘 알려지지 않았지만, 몸에 작은 마석이 있어 마수라고 알려져 있다. 꽤 희귀한 나비로 찾는데만 해도 애를 먹는다.

빛나는 날개는 나비 자체가 죽어도 반년 정도는 계속 빛난다. 그 아름답고 덧없는 빛은 일부 호사가들에게 열광적일 만큼 인기가 있어 적지 않은 값에 팔리는데——.

살아 있는 광나비는 처음 봤다.

그것을 30마리 이상. 잡았다고 한다.

대체 어느 정도의 가치가 있는 것인지…… 아니, 이것은 가능성이다. 이 상태로 사육할 수 있다면 새로운 산업이 될 수 있을지도 모른다.

그 외에는 상처 난 드래곤 헤드와 스노 애로가 몇 마리 있어 "동행한 작은 아이가 사냥했다고 합니다"라는 말을 듣고 납득했다. 동시에 그런 작은 아이마저 이렇게나 강하다는 것에 또 한 번 놀랐다.

특히 눈에 띈 것은 유달리 큰 불바다뱀, 카카저였다. 저건 투르크가 주문한 마수이기도 하지만, 저렇게 크고 또 이렇게나 훌륭하게 원형이 남아 있는 경우는 매우 드물었다.

저것만 해도 얼마의 가치가 될까.

어쨌든 수도 종류도 너무 많아 상회에 지원을 요청했고, 보물들의 돈 감정은 심야까지 계속되었다.

오늘의 전과.

소드 디어, 8마리.

400만 크람.

드래곤 헤드, 16마리.

260만 크람. 3마리는 상처를 입어서 한 마리에 5만 크람.

어쌔신 이글, 3마리.

90만 크람.

극지 대응형 슬라임, 특대 한 마리.

신체는 파기, 마석만 70만 크람에 매입.

스노 타이거, 2마리.

둘 다 최상급이라 한 마리에 400만 크람.

스노 애로, 7마리와 달걀 네 개.

5마리에 50만 크람. 2마리는 상처가 나서 한 마리에 3만 크람. 알은 하나에 2만 크람.

카카저, 초특대 한 마리, 날뛰었을 때 떠오른 물고기 대량.

1,000만 크람. 추가로 모험가 조합에서 걸어둔 현상금 200만 크람. 물고기는 수가 많아서 일시 보류.

환수 미코바.

정보료 100만 크람.

광나비, 33마리.

280만 크람. 포획분 5마리는 한 마리당 30만 크람.

풋 머시룸 특대 한 마리.

마석만 20만 크람.

총 3,449만 크람.

◆

돈벌이 둘째 날.

"기다리고 있었습니다, 리노 씨."

오늘도 아침 일찍부터 항구로 향하자 이미 선장과 선원들이 기다리고 있었다. 어제와 같은 얼굴이다. ……어제 헤어질 땐 사냥 전과에 약간 창백한 얼굴들이 많았는데, 오늘은 의욕 넘치는 쾌

활한 얼굴을 하고 있다.

"오늘은 문제없습니다."

선장은 척, 오른손 검지와 중지를 세워 보였다.

"비행선을 두 척 준비해 뒀으니 더 많이 사냥해도 회수할 수 있습니다."

오, 두 척이나 준비해 주다니. 어제 사냥감을 다 싣지 못해서 그런 걸까.

그렇다는 건 투르크는 사양하지 않고 돈을 벌겠다는 뜻이지? 우리더러 거리낌 없이 사냥해라, 거리낌 없이 돈을 벌어와라, 그런 뜻이지?

좋아.

그렇다면 기대에 부응해야겠지.

"그리고 투르크 씨에게 받아 왔습니다. 이것이 어제 매입 금액 견적입니다. 확인을. 문제가 없다면 나중에 정식 서류에 사인을 해 주셨으면 합니다."

"네, 네—— 오, 오오……."

쭉 늘어선 리스트를 대충 훑어보던 리노키스는 맨 아래 항목을 보고 작게 신음했다.

"아가씨, 엄청난 금액이에요. 이 페이스로 가면 2억은 벌 수 있을 것 같아요."

그리고 무릎을 꿇고 내 귓가에 속삭이며 서류를 보여준다. 하지 마. 숫자 같은 건 보고 싶지 않아. 그런 건 겨울 방학 숙제 때

말고는 볼 생각 없다.

"맡길게. 다 맡길 테니까 당장 접어."

이젠 정말 지긋지긋하다. 숫자가 다 뭐란 말인가. 8자리가 넘어가는 덧셈 따위는 내 인생에 필요 없다.

"그런 건 나중에 해도 되잖아요? 빨리 가는 게 어때요?"

그런 것보다 사냥이다. 지금은 시간도 아깝다.

그래서 인사도 하는 둥 마는 둥 하고 배에 올랐고, 모험가 리노의 지시에 따라 항해가 시작되었다.

배가 두 척. 둘 다 화물선이다.

우리가 타고 있는 비행선을 따라 같은 모양의 배가 뒤따라왔다.

오늘은 많이 쌓을 수 있다, 라.

"스승."

무언가 결심한 내가 조종실로 향하자, 이 근방의 항공도를 사이에 두고 오늘의 예정을 이야기하고 있던 리노키스와 선장이 있었다.

내 귀찮은 일을 통째로 떠넘기기도 했고, 모험가 리노로서 정면으로 움직이니 떠안게 되는 책임도 어쩔 수 없는 부분이지만.

……전부 다 떠맡겨서 미안한 마음도 있지만.

뭐, 그 부분은 그렇다 치더라도 말이다.

"한 척 더 있다면 예정을 변경해도 되지 않을까요?"

사냥은 전체적인 일정과 날씨, 그리고 적재량을 고려해 조정한 것이었다.

앞서 반돌루즈에 오기 전에 효율적으로 돈을 벌 수 있도록 부유섬 이동 루트를 생각해 최대한 낭비를 줄인 계획을 짜두었다.

어느 섬에서 어떤 마수를 몇 마리 사냥하고, 다음으로…… 하는 식으로. 내가 움직일 수 있는 시간이 한정되어 있었기 때문에 그럴 수밖에 없었던 것이다.

하지만 예상과 달리 두 척이 가게 되었다.

그렇다면 반대로 처음의 예정대로 갈 필요는 없을 것이다.

목표는 10억 크람이다. 얼마 안 되는 돈벌이 기회를 낭비할 수는 없다.

"지금 막 그 얘기를 하고 있었어. 이것도 경험이니까 릴리도 참여해."

아, 그래. 내가 말할 필요도 없었구나.

리노키스의 자연스러운 권유에 응해 여기서부터는 나도 대화에 참여하게 되었다. 귀찮고 머리 쓰는 것도 서툴렀지만 내가 싸우는 상대의 이야기다. 이런 즐거운 대화에 참여하지 않는다는 선택지는 없었다.

"그럼 조금 이야기를 되돌리겠습니다."

선장도 나를 배려해 이야기 초반부터 다시 설명해 주었다. 나는 겉으로는 모험가 리노의 들러리 같은 사람인데. 황송할 정도다.

"투르크 씨에게 추가 주문이 들어왔습니다. 적정 가격보다 비싸게 매입할 테니 꼭 사냥해 줬으면 하는 마수가 있다고 합니다."

호오, 추가 주문이 있었나.

충분히 있을 법한 이야기다. 투르크에게 부탁받은 마수는 어제로 거의 다 사냥해 버렸기 때문이다.

첫째 날은 낯선 땅이니 최대한 관망하기로 결심했다. 내게는 이번 생에 처음 해 보는 사냥이기도 해서 가볍게 어깨도 풀 겸 내 자신이 얼마나 할 수 있는지도 확인하고 싶었다. 스카이 스쿼드는 생각지 못한 예외였다. 약했고.

그래서 첫째 날은 투르크의 주문을 우선시해 본 것이다.

여러 상황을 고려해 본 후 둘째 날부터 예정대로 움직일 생각이었으니 타이밍상 딱 좋기도 했다.

본격적으로 시작하면 돈을 버는 것이 최우선이 된다. 그러면 투르크의 주문을 들어줄 여유가 사라질 가능성도 있으니까.

"추가 주문은 스노 타이거와 카카저와 베르우드와 재문벌, 블러드크로스 크랩, 검객 사마귀…… 이 나라에서 위험하다고 알려진 마수뿐이군요."

응, 들어본 이름이다.

원래 사냥하기로 한 녀석들뿐이네. 딱 좋다.

"릴리는 어떤 마수를 보고 싶어?"

앞으로 싸울 마수의 이름을 듣고 대수롭지 않게 제자에게 의견을 구하는 모험가 리노.

"전부. 오늘 안에 최대한 다 돌아봐요, 스승."

"그래? 릴리만 좋다면 그렇게 할까?"

남이 보기엔 아이가 천진난만한 얼굴로 터무니없는 말을 하고,

그것을 스승이 허허 웃으며 다 받아주는 모습이었다.

그런 리노키스의 모습이 엄청나게 듬직해 보였던 것일까. 선장은 물론이고 주변에서 작업하던 선원들조차 손을 멈추고 존경과 동경의 눈길을 보내고 있었다.

온몸으로 '그 어떤 마수도 내 적수가 아니다'라고 말하고 있는 자신감 넘치는 모험가 리노의 모습은 신출내기 모험가라기보단 이름을 떨친 영웅 같았다.

——유명해지고 있다. 지금 확실히 리노의 이름이 유명해지고 있었다.

뭐, 은연중에 나오는 태도도 잘못된 것은 아니다. '어떤 마수도 적수가 아니다'는 실제로 사실이다.

왜냐하면 내가 죽이고 있으니까.

아침 해가 뜨고 완전히 하늘이 밝아졌을 무렵, 목표로 한 91하하층섬에 도착했다.

반돌루즈 황국 영내에 있는 부유섬에는 모두 번호로 된 이름이 붙여져 있었다. 나라 자체에 부유섬 수가 너무 많아 이름을 짓는 것이 번거로웠을지도 모른다.

거리의 이름이나 통칭 같은 것이 붙은 섬도 있지만 정식으로는 번호뿐이다. 항공도를 보면서 간다면 이쪽이 더 기억하기는 쉬웠다. 어제 갔던 '가을섬'도 통칭이다.

그리고 부유섬의 고도를 기준으로 상상층, 상층, 중층, 하층,

하하층으로 구분되어 있다.

하하층은 최하층으로 바다 근처 또는 바다와 접해 있는 섬을 말한다.

그래서 우리 두 사람은 단선으로 반쯤 바다에 뿌리내린 섬에 올라탔다.

비행선은 상공에서 대기하다가 사냥이 끝나면 내려올 예정이다.

그건 그렇고.

"저게 블러드크로스 크랩? 크네."

넓은 모래사장 위에 번쩍이는 붉은 등껍질.

하늘에서 먼발치로도 보긴 했지만, 같은 모래사장에 서서 보니 어지간한 산과 맞먹을 정도의 거구였다. 학교의 교사 수준까지는 아니지만, 기숙사 정도는 될 것 같았다.

선혈을 흠뻑 맞은 듯한 선명한 붉은 갑각을 가진 게. 오른쪽 집게발만 기묘하게 커서, 마치 비장의 무기를 과시하는 것 같았다.

등딱지 나 있는 십자로 보이는 무늬는 피에 물든 십자가처럼 보였다. 그것을 등에 지고 있는 모습은 어딘지 모르게 보는 사람에게 종교적인 경외감마저 느끼게 했다.

뭐, 내가 보기엔 그저 크기만 한 게지만.

저것은 한 마리만으로도 화물선이 가득 찰 것 같았는데, 그런 이유로 오늘의 첫 번째 사냥감이 되었다.

저 녀석을 실은 화물선은 일단 한 번 반돌루즈 수도로 돌아가 내려준 뒤 다시 합류할 예정이다. 오늘은 두 척이 있으니까.

참고로 이 게의 목에는 상금 2천만 크람이 걸려 있다고 한다. 이번 돈벌이에서 제일 거물이다.

"무식하게 크기만 한 게인데 말도 안 되는 가격을 매겼네."

내가 말하자 리노키스는 쓴웃음을 지었다.

"평범한 사람은 이길 수 없겠지만요."

듣자니 저것에 도전했던 자는 모조리 당해 이미 수백 명이나 죽었다고 한다. 참고로 이 녀석이 있는 탓에 이 섬은 아직 조사나 개척이 진행되지 않았다고.

게의 발견 이후 지금까지 약 백 년의 세월이 지났는데…….

뭐, 그런 역사적인 게가 이제부터 죽는 셈이다.

무정한 일이지만 어쩔 수 없다. 진검승부를 하며 녀석도 수많은 인간을 죽여왔을 테니까.

그 일을 탓할 마음도 없다.

앞으로 벌어질 일도 지금까지와 같은 진검승부.

그리고 결과적으로 저쪽이 죽을 뿐이다. 내가 더 강하니까.

"저기에 '뇌음'이 먹힐까요?"

"좀 힘들어. 저건 너무 커서 대미지가 안 먹힐 거야. 어느 쪽인가 하면 '굉뢰(轟雷)'가 더 효과적이겠지."

"간돌프인가…….."

내가 가르치는 모든 사람을 라이벌로 생각하는 리노키스는 어딘가 못마땅한 표정이다.

"미숙한 '굉뢰'로도 결과는 마찬가지겠지만."

참고로 '기권·굉뢰'는 간돌프에게 가르친 기술이다. 속도를 중시해 충격이 뚫고 나가는 '뇌음'과는 반대로 표면의 파괴력을 중시한 묵직한 주먹이다.

근면한 그의 성격상 지금쯤 필사적으로 수행하고 있을 것이다.

"자, 이제 시작할까?"

아직 이쪽을 눈치채지 못했다……. 어쩌면 사람 한 명 따위는 너무 작아서 신경 쓸 가치도 없다고 생각하는 것일지도 모른다. 그런 블러드크로스 크랩을 향해 걷기 시작했다.

"이길 수 있나요?"

"우문이네. 말했잖아? 무식하게 크기만 한 게라고."

가까워질수록 게의 갑각 곳곳에 상처가 있는 것이 보였다.

싸움의 역사다.

그 모든 것이 전쟁의 흔적으로, 게가 쌓아 올린 살아 있는 역사였다.

부럽다.

싸우다 죽을 수 있다니 좋지 않은가.

늙고 쇠약해져서 무언가에 진 것도 아니고, 싸우지도 못하고 죽는 것보다 훨씬 좋지 않은가.

나는 그것을 원했지만 결국 이루지 못했으니까.

게의 눈이 이쪽을 향했다.

거암 같은 오른팔을 들어 올리며 위협하는가 싶더니── 일말의 망설임도 없이 게의 공격 범위에 발을 디딘 나를 향해 무서운 속도로 내리친다.

매서운 타격음과 모래사장을 뒤흔드는 진동과 화려하게 날아가는 나.

하늘을 나는 나와 게의 눈이 마주쳤다.

내 모습을 영혼에 새겨 두도록 해. 다음 생명을 향한 기념품이 될지도 모르니까.

그런 내 뜻은…… 뭐, 전해지진 않겠지.

왜냐하면 게잖아.

"아가씨!"

맥없이 허공이 떠오른 나를 쫓아 리노키스가 다가왔지만.

"문제없어."

제대로 낙법을 취해 모래사장에 착지한 나는 다시 일어나 목을 울렸다.

제법 봐줄 만한 위력이었다.

저 덩치에 어울리지 않는 속도와 적당한 무게였다.

그 정도다.

"대충 알겠어."

지금의 나로는 일격필살은 무리였다.

갑각의 경도, 무게, 두께, 어느 것을 잡아도 일격에 쓰러뜨릴 수는 없었다.

정말로 마음에 든다. 진심으로 때려도 부서지지 않는 상대라니.

시간이 있었다면 차분히 놀아주고 싶지만, 공교롭게도 그리 많은 시간을 낼 수 없으니. 빨리 해치우자.

이 상황에 어울리는 기술도 떠올랐고.

"리노키스, 잘 봐둬. 습득하는 건 아직 먼일이겠지만."

그렇게 말하고 나는 한 걸음을 내디뎠다.

분명 비행선에서 선원들이 보고 있겠지만, 거리가 멀기 때문에 망원경으로 보고 있어도 세세한 것까지는 알 수 없을 것이다.

바로 죽여야지.

"이게 바로 '뇌음'의 한 단계 위 기술── '혜성'."

그렇게 말하고 몇 초 후.

나는 이미 게의 눈앞을 빠져나와 녀석의 발 근처에 있었다.

내 움직임이 보였을까?

리노키스에게, 게에게.

아니, 분명 안 보였을 것이다.

묵직한 충격음과 함께 게 다리 하나가 튕겨 날아갔다.

눈 깜빡임조차 허락되지 않는 속도의 영역, 그리고 인식조차 따라잡지 못하는 신체 외상.

기권 · 혜성.

한 걸음에 나아가, 두 걸음에 소리를 넘고, 세 걸음에 빛이 되는 초속의 발디딤. 날리는 것은 주먹이든 발차기든 상관없다. 내 수준이 되면 정해진 형태 같은 것은 없다.

약간의 도움닫기 정도만 필요한 평범한 기술로, 위력도 평범하지만.

이 정도의 상대라면 이것만으로 충분하다.

……애초에 이 몸으로는 이 이상의 기술은 힘들었다. 사용하는 순간 몸 안의 뼈가 부서지고 힘줄이 끊어질 것이다. 최악의 경우 폭발해서 자멸하지 않을까?

뭐, 됐다.

생물을 괴롭히는 취미는 없지만, 게의 급소를 일격에 공격할 수는 없다. 불가능한 것은 불가능하니 어쩔 수 없다.

조금씩 목숨을 깎아나가자.

용서해라, 게여.

오늘의 전과.

블러드크로스 크랩, 왕특대 한 마리. 특대 6마리.

재문벌, 133마리와 특대 벌집.

베르우드, 특대 한 그루, 열매 포함.

검객 사마귀, 3마리.

스노 타이거, 2마리.

어째신 이글, 6마리와 알 2개.

◆

풍문 정도는 들려오고 있었다.

알투아르 왕국에 굉장한 신인 모험가가 나타났다고.

귀가 밝은 사람, 정보의 가치를 아는 사람, 우연히 알 기회가

있었던 사람, 아는 사람에게 소문으로 들은 사람.

경위는 다양하지만—— 반돌루즈 황국에서 확실하게 이름이 나온 것은 이날 아침의 일이었다.

"이봐, 다들 들어봐! 게가 사냥당했대!"

베테랑 모험가가 모험가 길드에 물고 온 소식은, 일을 받으러 온 모험가나 상금 사냥꾼의 귀에 확실히 들어갔다.

하지만.

"게가 뭔데?"

그 누구도 감을 잡지 못한 채 웅성거리기만 했다. 게가 뭐야, 무슨 게, 어느 게야, 하면서.

반돌루즈의 모험가라면 누구나 그 거대 게를 알고 있다.

조금 나이가 든 사람이라면 토벌대에 참가했거나, 게를 피해 부유섬을 탐색했거나, 황국군이 움직인 대규모 토벌 작전을 봤거나, 그런 식으로 크든 작든 엮여 있었다.

그들은 익숙해진 것이다.

그 거대 게가 서식하고 있다는 사실에.

누구에게도 사냥당하는 일 없이, 머지않아 수명 등의 문제로 알아서 죽을 테니 방치하자. 그런 식으로 생각하고 있었다.

너무나 강대한 존재였기에 더는 싸우겠다고 마음먹는 사람은 거의 없었다. 가까이 가지만 않으면 피해는 나지 않으니 더더욱 그렇다.

만약 있다고 하면 신출내기이거나, 녀석에게 소중한 사람을 빼앗겨 복수에 불타는 자 정도였다.

누구나 그 게의 위협을 알고 있다.

사람이 이길 수 없는 존재라는 것도 알고 있고, 그 섬에 살아있는 것에 익숙해져 있었다.

그래서 눈치채지 못했다.

그것은 사람이 어떻게 할 수 있는 존재가 아니다. 그러기 후일 '빛을 먹는 자 모우모 리'나 '대지를 찢는 자 비케란더', 이름을 부르면 불길한 일이 일어난다고 하는 '밤의 지배자'처럼 특급마수로 인정될 것이다, 라고 생각하고 있었다.

"블러드크로스 크랩 말야. 그 무식할 정도로 큰 게!"

속보를 가져온 사람은 안쪽에서 나온 길드장이었다.

일순간 로비가 잠잠해지는가 싶더니, 그다음 순간 폭발이라도 한 것처럼 난리가 났다.

믿을 수 없다는 말을 연발하는 자, 상금액이 얼마였냐며 물어대는 자, 개인적인 원한으로 욕을 내뱉는 자, 또는 귀신이라도 본 것처럼 강직한 얼굴을 무너뜨리는 자.

여러 가지 반응은 있었지만, 그런 것은 아무래도 상관없었다.

중요한 것은 그 게가 사냥당했다는 사실이다.

길드장은 고액 상금의 지불 문제로 불려갔다가 슬쩍 확인하고 온 참이었다.

그것은 분명, 군에서조차 사냥하지 못했던 그 블러드크로스 크랩이었다.

그리고 이 나라에 널리 퍼지게 되었다.

블러드크로스 크랩을 토벌한 모험가 리노의 이름이.

같은 시각.

황국의 군부에서도 같은 보고가 이어지고 있었다.

"잡혔다고?! 그 게가?!"

상관 초소에서 서류 일을 처리하던 육군 총대장 가원은 눈이 휘둥그레질 정도로 크게 놀랐다.

"……."

똑같이 상관 초소에서 서류를 보던 공군 총대장 카카나는 차마 보고를 믿을 수 없어 눈살을 찌푸릴 뿐이었다.

블러드크로스 크랩 토벌 작전은 거국적으로 몇 번인가 진행한 적이 있었다.

한때 사이가 나빴던 육군과 공군은 어느 쪽이 먼저 그 거대 게를 잡을지 경쟁하며 서로가 상대보다 먼저 공을 세우려고 안간힘을 썼었다.

하지만 단독으로는 사냥할 수 없음을 깨달은 양군은 거대 게를 처치하기 위해 손을 잡았고, 육군과 공군이 동시에 총력전을 벌였지만—— 그럼에도 토벌에 실패했다고 하는 쓰디쓴 역사가 남아 있었다.

그 총력전의 피해나 손실이 컸던 탓에 나라는 이제 그 게에 집착하는 것을 금지했다. 수많은 작은 부유섬 중 하나를 내주는 정도는 아깝지 않다며.

국가나 군의 체면보다 실질적 손해를 중시한 결과였다.

이웃 나라에 기병왕국이 버티고 있어 더는 군에 피해를 낼 수 없었다는 사정도 물론 있었지만……

체면을 구긴 군의 입장에서는 역시 마음에 들지 않는 존재였다. 인연이 깊은 마수라 할 수 있었다.

그런 게가 사냥당했다고 한다.

"그게 사실이야? 누구한테서 온 정보지? 네가 두 눈으로 확인했나?"

카카나가 보고를 들고 온 신병을 노려보았다.

믿지 못하는 것도 무리는 아니다.

한 나라의 군이 총출동하여 사냥하려다가 번번이 실패한 것이다. 그로 인해 더 이상 토벌하려는 자도 나타나지 않았다.

특히 군인으로서 그것과 싸운 적이 있는 자의 입장에서는 그런 의식이 특히 더 강했다.

"예…… 예! 확인한 것은 순찰병인데, 모험가 길드의 길드장과 함께 확인하였고, 길드장이 그렇다고 판단했다고 합니다!"

카카나의 박력과 안력에 약간 기세가 수그러들긴 했지만, 신병의 대답은 분명했다.

"우리한테 보고가 왔으니, 거짓말은 아니겠지."

"알고 있어. 그저 믿기 어려워서 그렇지."

가원의 주장은 카카나도 잘 알고 있었다. 머리로는 '거짓말이 아니다'라는 것도 알고 있다.

단순히 믿기 힘들 뿐이다.

너무 실감이 안 날 뿐이다.

카카나 자신이 그 블러드크로스 크랩과 대치한 적이 있었기 때문에 더더욱.

"확인하고 와야겠어. 이봐, 단선 준비를 하도록. 내가 나가겠다."

정말 자신의 두 눈으로 보지 않으면 믿을 수 없다. 완전히 믿을 수는 없었다.

"알겠습니다!"

경례를 하고 신병이 나갔다.

그 게는 자기 부하를, 동료를 수십 명이나 빼앗아 갔다. 원망하는 마음이 없을 리가 없다.

어떤 한심한 꼴을 하고 있는지 보고 싶었다.

그리고 부하들의 무덤에 바쳐 주고 싶다── 너희들을 죽였던 마수가 드디어 토벌당했다고.

자기 손으로 할 수 없었던 것은 분하지만…… 과한 것은 바라지 않는다. 희보가 전해진 것만으로도 감지덕지다.

"흠…… 좋아, 나도 가볼까."

행거랙에 걸쳐둔 모자를 쓰고 코트를 걸치는 카카나를 보고 가원도 일어섰다.

"먼저 가보지, 가원. 역시 함께 가는 건 좀 민망하군."

"무슨 바보 같은 소리야. 행선지가 같은데 같이 안 가면 사이가 나쁘다고 생각할 것 아닌가."

과거 육군과 공군의 불화는 병사를 넘어서 시정에까지 영향을 미쳤다.

그 집 아들은 육군이다, 그 가게 아이는 공군이다, 그러면서 이상한 파벌이 생겨나 굉장히 곤란해졌던 과거가 있다.

"칫⋯⋯ 동승만큼은 사양이야."

그런 이유로 둘이 함께 일하는 방 '상관 초소'라는 장소가 생긴 것이다. 불화가 없다는 것을 총대장들이 몸소 증명하기 위해. 총대장은 보다시피 사이좋게 지내고 있으니, 일반병도 본가도 싸우지 말라는 뜻에서.

"서운하게 왜 이래, 카카나짱."

"짱이라고 부르지 마! 난 이제 서른하나야!"

"나는 서른일곱인데? 아저씨 중의 아저씨지. 슬슬 결혼해 줘도 될 것 같은데 말이야."

"입 다물어! 난 평생 결혼은 안 해!"

"같은 집에 사는데? 오늘도 같은 집에 가는데?"

"먼저 간다!"

둘만 있을 때는 젊은 시절 그대로.

소꿉친구라는 오래된 악연은 동거하는 연인 사이로 발전한 뒤에도 아직도 계속되고 있었다.

그런 그들은 이미 구경꾼들이 넘쳐나는 항구에서 거대 게와 재회했다.

블러드크로스 크랩.

집게도, 다리도, 모든 것이 뿔뿔이 해체된 끔찍하기 짝이 없는 모습이긴 하지만 영락없는 게였다.

기묘할 정도로 두껍고 큰 등딱지에는 그날 쏜 대포탄의 자국이 희미하게 남아 있었다── 확실히 그 개체가 맞았다.

보고 있으려니 그날의 격전이 떠오르며 쓰라린 기억이 되살아났지만…… 그런 것보다.

"누가 죽인 거지?"

지금 가장 궁금한 것은 한 나라의 군조차 상대하지 못했던 블러드크로스 크랩을 누가, 어떻게 처리했는가 하는 점이었다.

어디 유명한 용병단이라도 흘러들어온 것인가 했는데──.

"……알투아르에서 온 모험가 리노……?"

그리고 그 이름을 알게 되었다.

"카카나, 잠깐 괜찮을까?"

조금 더 정보를 알아내려던 카카나를 가원이 불러세웠다.

"뭐? 방해하지 마…… 뭐야?"

언짢은 기색을 감추려고도 하지 않고 돌아보는 카카나.

그 앞에 있는, 부드럽게 미소 지은 가원을 보고 몸을 기울인다.

주위에 알리고 싶지 않은 이야기를 할 때의 얼굴── 진지함은 한 톨도 없지만, 실은 그 반대. 진지하게 무언가 생각하고 있을 때의 얼굴이다. 오래 사귄 만큼 알 수 있었다.

"이 건에서는 이제 손 떼."

작은 소리로 그렇게 속삭인다.

"역시 움직인 건가."

"그래, 이건 이미 뒤쪽 안건이야."

힐끗, 엉뚱한 방향으로 시선을 돌리는 가원.

그 끝을 스치듯 확인한 카카나는 곁에서 멀어졌다.

"알았어. 하지만 이쪽에서 접촉할 수 있다면 뒤로는 보내지 않을 거다. 괜찮지?"

"카카나짱, 상냥하네."

"닥쳐. 다른 나라 사람을 이 나라 사정에 끌어들이고 싶지 않을 뿐이야. 국제 문제도 피하고 싶고. 불만 있어?"

"아니. 거긴 나도 동감."

그런 대화를 나눈 뒤 가원은 움직이기 시작했다.

사냥당한 거대 게를 보러 온 구경꾼들 사이로 빠져나와 창고 옆 골목으로 들어갔다.

"이쪽에서 한다. 알겠나?"

낮은 남자의 목소리가 속삭였다.

정신을 차리고 보니 그곳에는 건장하고 덩치 큰 남자가 서 있었다.

아니, 원래부터 그곳에 있었다.

어둠 속에 동화되어 기척을 감추고 있었을 뿐이다.

"이쪽에 응한다면 이쪽에서 대처하겠습니다."

"……아아, 그거면 됐어. 응하지 않으면 움직인다."

딱 거기까지만 대화를 나누고 덩치 큰 남자는 사라졌다.

"힘이 넘치는 영감이로군."

그렇게 중얼거리고는 가위도 걷기 시작했다.

아까의 덩치 큰 남자의 이름은 올터 이그사스라고 한다.

지금은 사라진 육군 6사단 집행부의 전직 대장이다.

옛날에는 유격부대로 칭해졌던 소수정예 공작병. 시대의 흐름에 따라 이름이 바뀌고, 나아가 시대의 흐름에 의해 사라져 간 정예가 모인 부서다.

오랜 시간 전쟁이 사라지면서 필요성을 물어 사라진 것이다.

그 올터 이그사스는 집행부 마지막 전 대장이었다. 한동안 군의 후진 양성에 종사하다가 황국을 수호하기 위해 뒤로 넘어갔다.

군이나 법으로는 손쓸 수 없는 자를 배제하기 위해 비밀리에 움직이는 자경단을 만들었다. 힘 좀 쓴다는 깡패나 군인들을 모아 육성하여 나름의 무력을 갖췄다.

뭐, 가위 입장에서 보기엔 사병단이라고 하는 편이 더 알기 쉬울 것 같았지만.

현재로서 문제는 없다.

이미 쉰을 넘긴 노병이지만 올터는 아직 현역. 아까의 모습을 봐도 '애국심'이라는 행동이념은 변하지 않은 것 같았다. 부하들의 관리도 제대로 하고 있을 것이다.

문제는 올터가 사라진 뒤의 자경단인데.

처음부터 인품이나 성격에 문제가 있어 보이는 패거리를 모았으니, 만약 그것을 한데 모을 자가 없어진다면.

분명 폭주할 것이다.

언젠가 마피아의 한 일각으로 전락할 것이라는 생각마저 들었다. 올터의 제자라고 할 수 있는 부하들은 강했다. 강하기 때문에 겁이 없고, 건방지고, 힘을 써서 강제로 해결하려 들었다.

그렇게 되면 황국의 방해, 해가 된다. 지금은 잘 작용하고 있다. 그러니까 묵인하고 있지만 만약 그렇지 않다면…….

언젠가 그 끝을 고할 때가 올지도 모른다.

온화한 미소 뒤에서, 가원은 그런 것들을 생각하고 있었다.

그리고 그날 저녁, 초소로 돌아온 두 사람에게 다시 한번 보고가 들어왔다.

이 부근에서 위협적인 존재로 알려진 마수가 차례차례 사냥당했다는 정보를 확인하기 위해 두 사람은 다시 한번 이 항구에 오게 되었다.

점점 더 뒤쪽의 안건이 되겠구나, 라고 가원은 생각했다.

이렇게까지 할 수 있는 모험가를 알려고 하지 않고, 나아가 방치한다니, 가능할 리가 없다. 이는 확실한 위협이다. 개인이 가진 무력으로는 허용치를 넘어섰을 정도다.

모험가 리노라는 자가 군부의 접촉에 응한다면, 괜찮다.

그러나 만약 응하지 않는다면 뒤쪽에서 올터가 움직일 것이다.

사고도, 사상도, 방식도 융통성이 없는 돌머리에 시대를 따라

가지 못하는 노인네지만—— 그래도 올터는 강하다. 개인으로만 보면 현역을 포함해도 아마 최강일 것이다.

타고난 애국심을 이유로 난폭한 짓도 아무렇지도 않게 저지르니, 뭐 결과가 어떻게 되든 분명 싸움이 벌어지겠지.

리노가 얌전하게 응해 준다면 평온하게 끝날 텐데, 라고 빌면서.

가원은 그녀가 머무는 호텔에 면회를 신청하는 전언을 보냈다.

오늘의 전과.

블러드크로스 크랩, 왕특대 한 마리. 특대 6마리.

초특대는 포상금 2천만 크람. 특대 여섯 마리는 600만 크람.

재문벌, 133마리와 특대 벌집.

1,330만 크람. 벌집은 유충과 묶어 200만 크람.

베르우드, 특대 한 그루, 열매 포함.

500만 크람. 열매는 한 개에 3만 크람으로 306만 크람.

검객 사마귀, 3마리.

900만 크람.

스노 타이거, 2마리.

어제와 마찬가지로 최상급으로 한 마리에 400만 크람.

어쌔신 이글, 6마리와 알 2개.

810만 크람. 알은 하나당 5만 크람.

합계 6,826만 크람.

첫째 날의 3449만 크람과 합쳐서 1억 275만 크람.

돈벌이 셋째 날 이른 아침.

오늘은 약간 눈발이 흩날렸다. 겨울다운 날씨지만 이 정도면 문제없을 것 같아 출발 준비를 하기로 했다.

"리노 님, 전언을 맡아 두었습니다."

호텔을 나가면서 방 열쇠를 맡길 때, 이제는 완전히 안면을 튼 호텔맨이 그런 말을 전했다.

정말 자주 불러세우는구나. 그는 어제도 게 냄새가 안 된다며 나를 멈춰 세웠다.

짐작 가는 바는 있다. 그 거대 게의 체액이다.

그 크기는 아무리 나라도 일격에 끝낼 수 없었기 때문에 다리나 집게발 같은 관절을 하나씩 부서뜨렸다. 그 과정에서 묻은 것이다.

게 냄새라면 딱히 상관없지 않나. 맛있을 것 같기도 하고. 그렇게 생각했지만, 그런 문제가 아니라고 해서 얌전히 목욕탕으로 안내받았다.

뭐, 그런 여담은 놔두고.

"드디어 온 것 같네, 릴리."

그래. 히에로 왕자와의 면회다.

일단 그쪽이 표면적인 주목적이었기에, 니아 리스톤으로서 최우선으로 완수해야 할 업무였다.

"……?"

……음?

호텔맨은 잘 닦인 목제 카운터에 반으로 접힌 쪽지를 열 장 늘어놓았다. 앞면에는 전언 상대의 이름이 적혀 있다. 안에 용건이 적혀 있을 것이다.

상정하고 있던 것은 제2 왕자 히에로 한 명뿐이었는데, 이게 무슨 일인가.

"신원이 확실한 것은 이 10건입니다. 나머지 35건에 대해서는 이름을 밝히지 않은 데다가 신원도 불명하여 접수를 받지 않았으니, 양해를 부탁드립니다."

삼십…… 아아, 그런 거군.

"이름이 알려진 것 같네요, 스승."

"어제 거물을 사냥해서 그런가."

어제 오전에 항구에서는 큰 소동이 벌어졌다고 한다.

블러드크로스 크랩이 운반되어 온 탓이었다. 상금 액수가 압도적이었던 만큼 반돌루즈에서는 꽤 유명한 모양이다.

소동의 절정은 게 처리가 끝난 후 남의 눈에 띄지 않게 된 낮쯤에 지나간 것 같지만.

열광이 채 식지 않은 무리들이 우리가 돌아오는 것을 항구에서 기다리고 있기도 해서 좀 귀찮았다.

뭐, 이름과 달리 아직 얼굴은 알려지지 않은 덕분에 평범하게 눈앞을 지나 돌아왔지만.

"어떻게 하지?"

음…… 역시 호텔맨 앞에서 리노에게 온 전언을 제자가 읽고 판단하는 그림은 누가 봐도 이상하다.

"일단 중요한 전언만 여기서 확인해 두고 나머지는 비행선을 탄 뒤에 해도 되지 않을까요? 선장님이 기다리고 계시니까 서두르죠."

"아아…… 그래, 그럴까?"

리노키스는 보낸이의 이름이 '히에로'라고 적혀 있는 한 장만을 남기고 나머지 9장은 주머니에 집어넣었다.

"만약 이분의 관계자가 오면 알겠다고 전해줘."

쪽지에 눈길을 준 리노키스는 호텔맨에게 그렇게 말했다.

히에로와의 면회는 최우선 사항이었기에 내 대답은 필요 없다. 어찌 되었든 이쪽이 예정을 맞출 뿐이다.

오늘은 호텔 뒷문으로 나와 골목을 지나 한참을 돌아 항구로 향했다.

현관은 매복한 사람들이 많았기 때문이다.

게 사건 이후로 모험가 리노에 대해 궁금해하는 사람이 많이 늘어났을 것이다.

"순조롭게 이름이 퍼지고 있네."

"그러게요. 격투 대회를 위한 좋은 선전이 될 것 같아요."

맞다. 돈을 버는 김에 할 수 있으니, 수고도 줄어들고 편했다.

"안녕하세요."

오늘도 배 앞에서 기다리고 있던 선장과 합류했다.

꽤 이른 아침이지만 항구에도 사람이 많았다.

아마추어도 많았지만, 확실히 일반인이 아닌 사람들의 시선도 느껴졌다.

일단 간단히 얼굴을 가리는 분장을 해서 숨기고는 있지만 이미 눈에 들었을지도 모른다.

누군가가 다가오기 전에 빠르게 비행선에 타고 날아오르기로 했다.

"완전히 유명해지셨군요. 여러 사람이 당신에 대해 물어봤습니다."

조종실로 직행해 배를 띄우자마자 선장은 우리가 있는 테이블로 왔다. 항공도를 펼친 채 그를 기다리고 있던 참이다.

이제부터 오늘 일정을 의논할 예정이다.

"반돌루즈에 있는 동안에는 저희에 대해서는 가능한 한 이야기하지 마세요."

"네, 투르크 씨한테도 그런 말을 전해 들었으니까요. 당신에 대한 질문을 받으면 세드니 상회에 물어봐라, 라는 한마디로만 대답하고 있습니다."

여기서도 세드니 상회의 서포트가 빛나는구나. 유능하다.

"그러면 오늘은 어떻게 할까요?"

"오늘은 딱히 정하지 않았어요."

"허어, 그렇군요. 환금률 높은 마수를 노리시려고요?"

그렇다, 첫째 날과 둘째 날 폭넓게 사냥하고, 확실히 마수의 가격이 밝혀진 셋째 날엔 처음 목적했던 고액의 마수를 중심으로 사냥하기로 했다.

사전에 세웠던 예정도 있었지만, 보다 돈을 더 벌 수 있는 방향으로 전환한 것이다.

무서울 정도로 비싼 블러드크로스 크랩은 그 한 마리뿐이다. 더 사냥하고 싶어도 불가능했기에 방침의 변경은 필요했다.

좀 더 돈을 벌 수 있는 방향으로 말이지.

"그러면 먼저 어제의 견적을 드리겠습니다. 꼭 좀 참고해 주십시오."

"고마워요. 오, 오오…… 6천만 이상……."

선장에게 건네받은 서류를 보고 리노키스의 눈이 빛났다. 그렇구나, 어제 벌이가 6천만 크람을 넘었나.

"첫째 날을 합치면 1억이 넘습니다. 정말로 굉장한 실력이군요."

더 칭찬하도록 해. 내 주먹은 10억 이상의 가치가 있으니까. ……뭐, 선장을 제외한 선원이 선망의 눈길을 보내는 대상은 내가 아니라 모험가 리노이긴 하지만.

"투르크 씨에게 들어온 주문은?"

서류의 금액에 떨고 있는 리노키스와 선망의 눈길을 보내는 선장 사이에 끼어드는 형태로 질문을 날렸다. 그런 건 필요한 걸 알려준 다음에나 해 줘.

"그래, 역시 카카저가 갖고 싶다고 하더구나."

아아, 카카저 말인가.

어제 잠깐 찾아봤는데 결국 못 찾았다.

"고액 마수를 노린다면 카카저를 노려도 좋을 것 같습니다. 그 저께 정도 크기면 한 마리에 천만 크람이니까요. 게다가── 리 노 씨라면 비장의 수단도 쓸 수 있고요."

비장의?

의미심장한 시선을 보내는 선장의 말에 리노키스는 심호흡하 고 서류를 접었다.

"그러게…… 그거면 괜찮겠지?"

그렇게 묻기에 일단 고개를 끄덕였다.

선장이 말한 '비장의 수단'이 뭔지는 모르겠지만, 한 마리당 천 만이라면 노리는 상대로서는 나쁘지 않다.

그건 그렇고.

"전언, 열어볼까."

갑판 한가운데에서 마주 앉은 우리는 우선 호텔에서 맡아두었 던 전언을 확인해 보기로 했다.

"아, 그래야죠. ──받으세요, 아가씨."

종이를 받아 펼쳤다. 이곳에는 우리밖에 없었기 때문에 누군가 에게 보일 걱정은 없었다.

어디 보자…… 흠.

반돌루즈의 귀족이 두 명이고, 황국군의 총대장, 모험가 길드의 길드장, 상업 길드의 길드장, 반돌루즈 지부의 성왕교회, 유명한 모험가 팀 여러 건, 그리고 아동 양호 시설인가.

저명한 이름도 섞여 있지만 내용은 모두 비슷비슷했다.

보고 싶다, 이야기를 하고 싶다, 기부해라, 이렇게 세 가지.

일부는 '이 시간에 와라'라고 하는, 이쪽의 사정도 묻지 않고 일시를 지정해 불러내는 막무가내식 전언도 있는데, 이런 것에 어울려줄 이유는 없었다.

우리는 알투아르 왕국의 백성이었기에 이 나라의 법을 따를 필요는 있어도, 이 나라의 귀족 계급이나 지배자 특권의 통례나 관례를 따를 필요는 없었다.

어차피 2, 3일만 더 있으면 반돌루즈를 떠날 테니 무시해도 되겠지.

"나머지는 아무래도 상관없지만, 아동 양호 시설이 좀 신경 쓰이네요."

"그러게."

요약하자면 내일 먹을 것도 곤란하니 조금이라도 기부해라, 라는 내용이다.

솔직히 잘 알지도 못하는 상대에게 돈을 달라고 말하는 무리는 선뜻 믿음이 가지 않는다.

하지만 가난으로 궁핍한 아이가 정말로 있다면 못 본 척할 수 없다는 마음도 있었다. 수치심도 체면도 개의치 않고 다른 누군가에게 돈을 달라고 구걸할 정도의 상황에 처해 있는 거라면 그 아이가 불쌍하다.

그러나 뭐, 다른 나라의 사정에 간섭하는 것이 내키지 않는다는 마음도 있다. 다른 나라 사람이 정치나 경제에 참견하는 것은 트러블의 원인이 된다.

"세드니 상회에 조사를 부탁하고 실정을 알게 되면 얼마 정도 낸다, 라는 방향으로 가는 게 좋지 않을까?"

"그렇, 죠. 그럴까요?"

음, 무시하기엔 영 개운치 않으니까—— 이런.

"도착이네."

"빠르네요. 잘 부탁드려요."

그래, 그래.

나는 갑판 끝에 서서 바로 눈앞에 자리한 해수면을 내려다보았다.

……큰 편, 이라고 생각하는데 얼마 정도 될까?

샤아악!

해수면을 뚫고 큰 입을 쩍 벌리며 거대한 바다뱀이 튀어나왔다.

카카저(불바다뱀)다.

어지간한 크기라면 무엇이든 다 잡아먹는다는 바다의 포식자. 일단 습격한 다음 먹을 수 있는 것은 먹고, 그렇지 않은 것은 죽인 뒤 버려 버린다. 상당히 사나운 성질을 가진 마수다.

몸은 잿빛 비늘에 덮여 있는데 열린 입안이 불타고 있는 것처럼 새빨갛다 하여 '불을 먹는 뱀'이라는 의미로 이런 이름이 붙여졌다고 한다.

비행선이 해수면 근처를 날고 있으면 이렇게 덮쳐 온다.

목적은 우리⋯⋯라기보단 우리가 타고 있는 비행선이다.

쿵!

해수면에서 뛰어올라 비행선 위로 그림자를 드리우는 카카저 ──그 바로 위를 잡고 나는 있는 힘껏 바다로 날려버렸다.

화려한 물보라를 일으키며 등장한 카카저는 그 이상으로 높은 물기둥을 일으키며 바다로 다시 떨어졌다.

"다녀오겠습니다!"

그리고 구명줄을 묶은 얇은 옷의 모험가 리노가 바다로 뛰어들었다.

누가 봐도 숨통을 끊으러 가는 사람처럼.

물론 대외적인 것이다.

실제로는 아까 내 발차기로 카카저는 머리뼈가 부서져 이미 죽었다.

선장이 말한 '비장의 수단'은 저공으로 해수면을 날아 비행선을 덮치러 온 카카저를 역으로 공격한다는 것이었다.

즉, 비행선을 미끼로 삼아 유인한다는 계책이다. 낚시와 비슷하다고 볼 수도 있다.

우리는 선원들을 대피시킨 화물선 갑판에서 덮치는 것을 기다리기만 하면 된다. 오늘도 두 척이 나와 있으니까.

모험가 리노의 힘이 있으면 괜찮을 것이다, 라는 거칠고 무모한 방법이었다. 뭐, 그런 거친 무모함도 싫지는 않지만.

이 사냥에서 고생하는 것은 사냥하는 내가 아니라 겨울 바다에 뛰어들어야 할 리노키스다.

추운 하늘 아래서 힘들겠지만, 뭐 애써주길 바란다. 이 또한 수행이다. 그것도 혹독한 수행이다. 혹독한 수행이라고 하면 내가 하고 싶을 정도인데, 리노키스가 뜯어말려서 어쩔 수 없다. 그녀는 정말 혹독한 걸 좋아하는구나. 독차지할 정도로.

"후에에에에, 추워어어어어……!"

리노키스가 해수면에서 얼굴을 내밀었다. 역시나 '바닷속에서 끝내고 왔습니다'라는 느낌으로.

그리고 뒤늦게 카카저의 거구가 떠올랐다.

죽은 카카저를 수거하기 위해 배가 해수면까지 다가가자 흠뻑 젖은 리노키스가 구명줄을 타고 갑판으로 기어 올라왔다.

비행선은 방풍에 더해 기온까지 올려둬 따뜻했으니, 몸은 제대로 녹일 수 있을 것이다.

……벌써 두 마리째가 오고 있지만.

몸을 닦기 전에 한 번 더 가줘.

오늘의 전과.

카카저, 왕특대 3마리, 대 3마리.

랜스 샤크, 특대 2마리.

톱 해파리, 특대 한 마리.

◆

이 호텔 로비에는 테이블이 있다.

주로 만남에 이용하는 장소로 방을 빌린 손님을 기다리거나, 반대로 외부에서 오는 사람을 기다리거나. 그런 용도가 대부분이었다.

한 테이블에 나란히 앉은 남자 두 명도 그런 종류의 이용자였다.

"정말로 만날 거야? 역시 돌아가는 게 좋지 않겠어?"

왼쪽 남자가 말하자 오른쪽 남자가 대답했다.

"왜 돌아가. 힘들게 기숙사를 빠져나왔는데. 그 니아 리스톤을 만날 기회라고, 나한테는 거의 없는 기회야."

뭐가 기회라는 거야, 라고 왼쪽의 남자는 생각했다.

조심스럽게 말해도 '당장 꺼져'라는 말이 타당하다. 입장상 말할 수 없었지만 말할 수 있는 입장이었다면 가차 없이 내뱉었을 것이다.

그 소녀는 이제는 알투아르 왕국의 옥석.

현 매직비전업계에 있어서 결코 바꿀 수 없는 존재였다.

아직 채 열 살도 되지 않은 현 단계에서 이 정도다. 앞으로 더 성장하고, 더 빛나며 알투아르 왕국 안의 사람들을—— 혹은 온 세상을 매료시키는 유일무이하고 고고한 지보가 될 것이다.

매직비전에 오랜 시간 관여한 힐데트라나 최근 급격히 인지도를 높이고 있는 실버가의 레리아렛도 마찬가지다.

그들은 지금도 눈이 부시지만 앞으로 더 강한 빛을 발할 것이다. 온 세상을 밝히는 듯한 태양과 같은 존재가 될 것이다.

그런데.

그런데 왜 빛을 잡아먹을지도 모르는 해충을 가까이할 필요가 있단 말인가.

알투아르 왕국 제2 왕자 히에로 알투아르. 스무 살.

살짝 바깥쪽으로 휘어진 금발이 특징인 아름다운 용모의 왕자님이다.

예전에는 제1 왕자를 밀어내고 왕위를 노리던 야심가였지만, 학교 고등학부를 졸업함과 동시에 주어진 '방송국 국장 대리'라는 직책을 부여받으며 야심을 잊었다.

훌륭할 정도로 매직비전의 가능성에 매료된 탓이었다.

이제는 이 일을 그만둬야 한다면 왕위는 물론이고 왕족이라는 신분마저 내버려도 상관없다는 생각마저 들었다.

히에로를 옥좌에 앉히려고 계속 밀어주던 어느 고위 귀인의 딸과의 약혼도 이제는 성가신 것에 지나지 않았기에 깨끗하게 끝내 버렸다.

덕분에 지배자 계급의 세계에서는 상당히 아슬아슬한 입장이 되어 버렸지만…….

그런 것은 아무래도 상관없다는 듯이 사교계와도 멀어졌고, 한 결같이 일에 몰두하는 그는 그것으로 행복해 보였다.

적어도 야심에 일그러진 얼굴보다는 더 건전하게, 숨길 것 없는 당당한 생활을 할 수 있게 되었다.

숨길 것이 없어지며 과거의 정적도 눈에 띄게 줄어들었고, 지금은 제1 왕자와의 관계도 회복되어 원만했다.

삶이 무척 편해졌다. 무엇보다 삶의 보람을 찾았다는 사실이 좋았다.

그런 히에로의 옆에는 요염한 흑발과 왼쪽 눈 밑에 두 개 난 작은 점이 인상적인, 딱 보기에도 경박해 보이는 남자가 있었다.

그의 이름은 크리스토 볼트 반돌루즈. 열여덟 살.

반돌루즈 황국의 제4 황자였다.

10대임에도 이미 탕아 같은 분위기를 두르고 있는, 황자다움이라곤 한 톨도 느껴지지 않는 이 경박한 사내는 히에로가 가져온 매직비전에 강한 관심을 보였다.

그 덕에 인연이 생겨났고, 나이도 가까워 금세 허물없는 친구 사이가 되었다.

반돌루즈에 매직비전의 문화를 침투시키려면 절대적으로 필요한 발판이자 인맥이다.

그렇기 때문에 무시할 수 없는 존재이기도 했다.

하지만 무엇보다.

"있지, 니아는 정말로 발이 빨라? 그냥 그렇게 보이게 찍어서 보여주는 거 아니야? 조작한 거 아니야?"

이 녀석은 경박한 데다 입도 가볍고 경박하다. 묘령의 여성을 상대로 단 두 마디 만에 유혹을 끝낼 것 같은 정말이지 경박한 남자였지만, 매직비전의 열성적인 팬이었다.

그렇지 않았다면 절대 니아 리스톤을 만나게 하고 싶지 않고, 만나게 했을 리도 없다. 무슨 수를 써서라도 막았을 것이다.

"정말 하는 거라고 듣긴 했는데, 글쎄? 나도 그녀와는 처음 보는 거라 잘 모르겠어."

히에로도 만난 적은 없다.

하지만 힐데트라를 통해 니아의 이야기는 자주 들었다.

매우 차분하고, 누구를 만나더라도 절대 실수는 하지 않을 정도로 아이답지 않은 아이, 라고 한다. 국왕폐하인 휴렌츠와 똑바로 마주하고도 그를 바보로 만들 수 있는 아이라는 말을 들었을 땐 조금 놀라기까지 했다.

요컨대 '외교에도 써먹을 수 있다'는 것이 여동생의 의견이었다.

일반적인 아이라면 여러모로 걱정이 들었겠지만, 일반적인 아이가 아니라면…… 그런 생각에 크리스토를 데려온 것이기도 했다.

크리스토는 황자라는 입장상 그렇게 쉽게 나라를 떠날 수 없다. 그런 그가 처음으로 매직비전에서 활약하는 연기자와 만날 기회인 것이다.

만나게 하고 싶지 않고, 지금도 당장 꺼지라는 마음은 여전했지만…… 보고 싶어하는 그 마음은 아플 정도로 이해했기에 마지못해 승낙했다.

그는 히에로가 판매 홍보용으로 가져온 영상은 매회 챙겨 보고 있고 거기에 출연하는 사람에게도 강한 흥미를 보였다.

니아 리스톤도 그중 한 명이다.

아무리 탕아라도 6살이나 7살 난 여아를 상대로 허튼 생각을 하지는 않을 것이다.

하지만 그것은 '지금'의 이야기다.

10년 지나면 가능성은 있다.

이 만남이 머지않아 알투아르, 아니 전세계가 니아 리스톤이라는 지보를 잃을 가능성으로 발전하는 것은 아닐까.

이 남자가 니아 리스톤이라는 빛을 더럽히는 짓을 하는 것은 아닐까.

그렇게 생각하는 것만으로 이제, 이젠 그냥, 그냥——!

"이봐, 살기가 나오잖아. 너무 그렇게 드러내면 위험하지 않겠어?"

히죽히죽 웃으며 지적하는 크리스토를 보고 살기가 더 늘어날 법도 한데, 히에로는 심호흡하며 마음을 가라앉혔다.

깊이 생각하면 '옆의 친구를 죽일 수밖에 없다'라는 결론에 도달할 것 같아서, 더는 생각하지 않기로 했다.

곧 그 니아 리스톤이 온다.

이제 와서 이러쿵저러쿵 해 봤자 이미 늦었다.

◆

──오늘 저녁, 같이 식사하시겠습니까?

그것이 오늘 아침 도착한 제2 왕자 히에로의 전언이었다. 전언을 받은 그 자리에서 바로 승낙했으니, 이제부터 만날 예정이다.

"이제 곧 시간이네."

"그렇군요. 나갈까요?"

우리는 조금 일찍 사냥을 끝내고 호텔로 미리 돌아왔다. 일단 히에로랑 만나는 일이 이번 돈벌이의 주목적이니까. 어떻게 해도 뺄 수 없었다.

저녁 약속을 위해 만반의 준비를 마쳤다.

돌아오자마자 목욕하고, 땀과 바닷물을 씻어내고, 머리를 말리고 정돈했다. 마법약으로 색을 바꾸고 있던 내 머리카락도 해제약을 써서 본래의 흰머리로 되돌렸다.

그리고 여러 준비를 마친 뒤 느긋하게 홍차를 마시면서 해가 지기를 기다렸다.

아침부터 흩날리던 눈발이 본격적으로 내리기 시작했다.

이대로라면 내일 사냥은 힘들지도 모른다.

그런 생각을 하고 있자 '손이 멈춰 있다'라는 주의를 받았고, 수차례의 재촉을 받으며 지겹고 끔찍하고 진저리나는 겨울 방학 숙제를 마친 뒤에야.

약속 시간이 다가왔다.

"갈까."

오늘 밤은 모험가 리노와 동행한 릴리가 아닌, 니아 리스톤과 시녀 리노키스였다.

나는 평소 사용하는 어른스러운 드레스를 입고 리노키스는 시녀복을 입었다.

아직 역할을 바꾼 지 며칠밖에 지나지 않았는데 벌써 조금 그립게 느껴지는 평소의 모습으로, 우리는 방을 나섰다.

히에로가 제시간에 와 있다면 분명 로비에서 기다리고 있을 것이다.

오늘의 전과.

카카저, 왕특대 3마리, 대 3마리.

초특대는 3마리에 2,400만 크람, 대는 세 마리에 1,500만 크람.

랜스 샤크, 특대 2마리.

1,000만 크람.

톱 해파리, 특대 한 마리.

300만 크람.

합계 5,200만 크람.

첫째 날과 둘째 날에 번 1억 275만 크람과 합쳐서 1억 5천 475만 크람.

◆

돈벌이 넷째 날.

"아가씨, 오늘은 날씨 때문에 비행선이 못 뜬대요."

아침 일찍 방에 찾아온 호텔맨은 모험가 차림의 리노키스가 맞이했다.

호텔맨이 세드니 상회의 전언을 가지고 왔기 때문이다.

만일을 위해 외출할 준비를 하고 있었던 것이 다행이었다. 모험가로 움직이던 리노키스가 시녀복을 입고 나오면 이상하니까.

전언을 받고 문을 닫은 리노키스는 테이블에 대기하고 있던 나에게 그렇게 말했다.

"역시 취소됐네."

오늘은 돈벌이는 무리인가.

나도 나갈 수 있도록 연습복은 입고 있었지만, 아직 머리는 염색하지 않았다. 간밤에 되돌렸던 흰머리 그대로다.

창밖을 보자 제법 많은 기세로 하얀 것들이 나부끼고 있었다. 강설량도 그렇고 바람도 많이 부는 모양이다.

항행이 중지되는 것도 납득이 가는 거친 날씨였다.

어젯밤부터 날씨가 나쁘다는 생각은 하고 있었고, 선장도 '내일까지도 눈이 이렇게 내리면 배를 띄울 수 없을지도 모른다'고 말했었다.

그리고 아니나 다를까, 피하고 싶었던 사태가 찾아왔다고 할까. 이런 안타까운 소식이 전해지고 말았다.

강설로 인한 악천후 때문에 비행선을 띄울 수 없다는.

이것만큼은 어쩔 도리가 없다.

무리해서 날다가 나는 도중 사고라도 생겨서 배가 추락하는 일이 생기면 본말전도였다. 생명과 직결되는 만큼 무시할 수 없는 일이다.

비록 하늘일지라도 기본적으로는 어부와 똑같다.

날씨와 파도 상황에 따라 배를 띄울 수 있을지 없을지가 결정되는 것이다. 자연을 얕보아서는 안 된다.

"그리고 어제의 마수 견적이 도착했습니다. 확인하실래요?"

"안 해. 맡길게."

나한테 숫자 보여주지 마. 숙제만으로도 지긋지긋한데.

……하지만 뭐, 그거다.

"그래도 얼마나 벌었는지는 궁금하네."

"확실히 궁금하긴 하네요."

리노키스는 그렇게 말하며 지금 내가 떠민 봉투를 열고 안의 서류를 살폈다.

"그 고속선이 온다면 내일까지 사냥을 갈 수 있을 것 같긴 한데, 그게 아니라면 오늘로 끝이니까요. 그런데 오늘 일정마저 사라지면 돈벌이는 여기서 완전히 종료되는 거죠."

음. 실질적으로 어제가 마지막 날인 셈이 되는 것이다.

세드니 상회의 투르크에게는 우리의 체류 일정을 전해 두었지만, 왔을 때 탄 고속선을 돌아올 때도 준비할 수 있을지는 알 수 없다고 했다.

그리고 내일도 악천후라면 오늘과 마찬가지로 사냥은 중단된다.

학교의 3학기 개학일은 어떻게 해도 바꿀 수 없는 일정이니 내일 알투아르행 배를 타는 것은 확정이다.

다만 몇 시에 돌아가느냐가 달랐다.

내일 아침 일찍 돌아가느냐, 내일 저녁까지 유예가 있느냐 하는 것이다.

반나절이 있다면 얼마라도 더 벌 수 있을 테니 신경이 쓰일 수밖에 없는 부분이었다.

"음, 첫날부터 어제까지 합하면 1억 6,000만 남짓이네요."

1억 6,000만 남짓.

"이상치의 절반이네."

"목표는 3억 크람이었으니까. ……그렇다고 해도 금전 감각이 틀어질 것 같은 대화네요."

응? 응…… 뭐, 애초부터 금전 감각이 거의 없는 나에게는 10억이 큰돈이라는 정도밖에는 파악하지 못했지만. 지금도.

"사실상 3일 만에 1억 5천만을 넘겼으니 저는 충분하다고 생각하는데요."

그렇게 말한 리노키스는 서류를 접어서 봉투에 넣었다.

"그래서 오늘 예정은? 어제의 약속을 완수하는 걸로 할까?"

응, 이렇게 되어 버린 이상 다른 돈벌이를 목표로 해도 좋겠지.

"저는 반대예요. 황자인지 뭔지는 모르겠지만 그 남자는 경박해요. 아가씨에게 가장 다가오지 않았으면 하는 타입의 경박한 남자라고요. 정말 경박하기 짝이 없어요."

아니, 어제부터 계속 그렇게 말하는데.

"나이를 생각해 봐. 나는 일곱 살이고 저쪽은 열여덟 살이야."

이렇게나 나이 차이가 나는데 무슨 걱정이 있단 말인가.

"뭘 모르시네요. 아가씨는 은근 그런 부분이 있다니까요."

묘하게 깔보는 듯한 눈빛으로 그런 말을 들었다. 어? 뭔데? 어떤 부분이 있다는 거야?

"잘 들으세요. 아가씨는 어른이니 아이니 하는 경계선을 뛰어넘어 이 세상 모든 존재보다 귀엽다는, 그런 부동의 사실을 갖고 있어요. 귀여우면 다 괜찮다는 인간이 저를 필두로 쓸어버릴 정도로 많다는 뜻이에요. '아이니까 괜찮아'라는 그런 불안정하고 미약한 근거만 믿고 안심하고 있다간 아픈 꼴을 볼지도 모른다고요. 앞으로 저 이외의 어른들을 볼 때는 '이 녀석은 아이라도 괜찮은 녀석일지도 모른다'라는, 언제나 의심하는 정신을 지니고 계셨으면 좋겠어요. 아시겠어요?"

응. 그렇군.

들을 가치가 없는 녀석이었네. 장황하게 지껄이지만 실속이 없는 녀석이다.

"그럼 갈까?"

"제 이야기 들으신 거 맞아요?! 그 남자는 경박하니까 안 된다고 말씀드린 거라고요! 그 남자는 가볍고 알맹이 없는 남자예요!"

아이라도 괜찮다는, 쓸어버려야 할 필두 따위가 뭐라고 지껄였지만 들을 가치가 없으니 더 듣지 말자. 정말 모든 면에서 신뢰할 수 없는 시녀다.

어젯밤의 일.

"진짜다…… 진짜야! 굉장해! 니아 리스톤이야!"

호텔 로비에서, 약속했던 알투아르 왕국 제2 왕자 히에로 알투아르와 합류했을 때의 일이었다.

만나자마자 주인공인 히에로 알투아르를 밀어내고 나온 그는 잔뜩 흥분해 있었다.

그가 바로 반돌루즈 황국 제4 황자 크리스토 볼트 반돌루즈였다.

히에로에게 '서로 비공식 석상이니까 딱딱한 격식은 필요 없어'라는 제안을 받아 나는 흔쾌히 그것을 수락했다.

크리스토는 나중에 들키면 일이 복잡해질지도 모르니까, 라는 이유에서 이름을 댄 것이라고 했다.

실로 감사한 배려였다. 모르는 상태로 높으신 분과 엮였다가 나중에 귀찮은 일이 벌어질 수도 있으니 말이다.

그는 '오늘 밤의 난 황자가 아니라 단순한 팬이라고 생각해 줘'라고 말했고, 히에로에게 '방해돼, 비켜'라며 몇 번이고 엉덩이를 걷어차이면서도 내가 출연한 프로그램이나 기획에 대해 술술 떠들어대기 시작했다.

그 모습은 정말로 평범한 한 명의 팬 같았다.

아니, 평범한 팬은 아니다.

그 모습은…… 그래, 가끔 의욕적인 모습으로 말을 걸어 오는 방송국 사람과 많이 닮아 있었다.

그 기획을 봤는데, 그 기획의 의도는, 그 기획의 취지는, 그때의 언행은, 등등.

그런 의문점을 묻고, 의견을 말하고, 본인이 머릿속에 그리는 기획이나 프로그램에 대해 출연자로서 어떻게 생각하는지 의견을 듣고 싶어 하는.

그런, 조금 겉도는 열성적인 방송사원 같았다.

그렇기 때문에 나도 대화를 흘려듣진 않았다.

히에로가 왜 크리스토를 데려왔는지, 왜 나를 만나게 했는지 조금 알 것 같았다.

분명 그를 돌파구라고 생각하는 거겠지.

이 반돌루즈 황국에 매직비전이라는 문화를 뿌리박고 길러낼 인물로서 크리스토에게 눈독을 들이고 있는 것이다.

황자라는 점도 포인트지만, 특히 본인에게 강한 의욕과 열의가 있다는 점이 좋았다.

그것이 효과가 있을지 어떨지는 알 수 없지만, 애초에 동기와 열정이 없는 사람은 성공하지 못한다.

그런 의미에서는 매직비전이 없는 나라임에도 불구하고 그는 이미 출발선에 서 있는 것이나 다름없었다.

이미 마음만은 방송국 사원, 이라는 출발선에.

그런 크리스토와 식사를 하면서 이런저런 이야기를 나누었다.

주인공인 히에로가 때때로 '넌 이제 돌아가'라든가 '당장 꺼져' 같은 말을 중얼거렸지만, 데려온 것은 히에로 자신이다.

그도 데려온 이상 이렇게 될 것을 어느 정도 짐작했을 테니 나도 크리스토와의 대화를 우선시했다. 뭐, 질문하는 것에 대답하는 정도였지만.

그리고 오늘.

"진짜 가실 거예요? 그만둬요."

"이것도 다 홍보와 보급 활동이야."

돈을 벌러 나가지 못하는 이상 어차피 오늘은 할 일이 없었다.

몰래 와 있다는 입장상 당당하게 반돌루즈 관광을 하는 것도 내키지 않았다. 눈도 오고 있으니 썩 나가기 좋은 상황도 아니다.

그렇다면 어제의 크리스토 이야기를 들어봐도 좋을 것 같았다.

"내일 잠깐 가족끼리 모일 예정인데 괜찮다면 너도 오지 않을래? 너와 좀 더 대화해 보고 싶어. 네 이야기를 더 듣고 싶거든. 부디 시간을 내줬으면 좋겠어"라고, 그에게서 그런 권유가 있었던 것이다.

들어 보니 크리스토 친구의 생일이라 시간이 있는 또래 친구들끼리 모인다고 한다. 히에로도 초대를 받았다. 들어보니 마시고 먹거나 하면서 조용히 보낼 예정이라고.

비공식 모임이라 누구라도 부르면 누가 와도 상관없다고 했다.

초대를 받았을 당시엔 '시간이 있으면 가겠다'라고만 대답해 두었다.

나의 최우선은 두 가지. 히에로와 만나는 것과 돈을 버는 것. 그래서 거절할 생각이었는데, 날씨로 인해 돈벌이가 중단되어 스케줄이 비어 버렸다.

이렇게 시간이 생겼으니 가도 되지 않을까 싶은 것이다.

잠시 얼굴을 내밀어 상황을 보고, 방해될 것 같으면 빨리 돌아오면 그만이다.

히에로가 간다면 분명 매직비전의 판매 이야기도 겸하고 있을 것이다. 내가 얼굴을 비춰서 조금이라도 그를 도울 수 있다면 결과를 좌우하는 결정타가 될지도 모른다.

이 또한 매직비전 보급 활동으로서 연줄 만들기의 일환이다.

언젠가 반돌루즈가 매직비전을 도입했을 때 내가 이쪽으로 불려 올 일이 있을지도 모르고.

그때를 위한 기반 만들기……. 그렇게 생각하면 나쁜 이야기는 아니었다.

일단은 할 일이 없으니까.

"그러니까 히에로 왕자에게 연락을 넣어. 리노키스가 가지 않는다면 내가 직접 갈게."

"……알았다고요, 정말……."

히에로와의 만남은 점심시간 직전.

식사는 가면 적당히 마련되어 있을 테니 그쪽에서 먹을 예정이다.

"기다리게 해서 죄송합니다."

약속 시간에 호텔 로비로 향하자, 사람이 대기하고 있었다.

"안녕, 니아. 어서 와."

어젯밤과 똑같은 테이블에 앉아 기다리던 제2 왕자 히에로는 내가 오자마자 일어나 인사를 건넸다.

밖으로 튀어나온 금발이 인상적인데, 그것까지 포함해 왕자다운 풍모를 지닌 잘생긴 청년이었다. 배어 나오는 기품이나 숨길 수 없는 상류층의 분위기로 인해 언뜻 보기에도 귀족으로밖에 보이지 않는 인물이다.

아는 사람이라면 붉은 점이 찍힌 녹색 눈동자만 보고도 바로 누군지 짐작할 수 있을 것이다.

그건 그렇고 이제 보니 그 왕과도 확실히 좀 닮은 것 같다. 부모와 자식이니까 닮아도 이상한 일은 아니지만…….

하지만 성격까지 그 풋내기와 닮았다고 하면 좀 열받을 것 같았다. 그것만은 아니기를 빌자.

"어제는 내가 멋대로 성가신 녀석을 데려와서 미안했어."

성가신 녀석이라는 건 크리스토를 말하는 건가.

"필요한 일이었겠죠? 의미 없이 데려왔을 거라는 생각은 안 들어요."

그러자 잔잔하게 미소 짓던 히에로의 표정이, 왕족의 징표인 붉은 점이 찍힌 초록색 눈동자가 미약한 압력을 뿜어냈다.

"힐데와 마찬가지로 과한 아이 취급은 하지 않는 편이 좋을까?"

녀석을 데려온 이유를 알고 있다면 그에 걸맞은 대우를 할 텐데 괜찮겠느냐, 라는 뜻이었다. 그 정도는 일단 귀인의 자식으로서 알고 있었다.

"너무 복잡한 이야기는 따라갈 수 없지만 아이 취급은 필요 없어요. 사탕만 받으면 좋다고 웃는 순진한 성격은 아니니까요."

"알았어. 그럼 그렇게."

이제부터 바로 이동할 줄 알았는데 "나가기 전에 조금 이야기할까"라고 하며 히에로는 다시 자리에 앉았다. 나도 그의 옆 의자에 앉게 되었다.

은밀한 이야기를 하려면 이 정도로 가까운 편이 좋다. 등 뒤에 리노키스가 서 있는 것은 누군가가 엿듣는 것을 막기 위함이었다. 그녀는 미심쩍지만 우수한 시녀이기도 했다.

"네가 크리스토의 권유에 응하려고 한 건 나의 보급 활동에 협력할 마음이 있다는 걸로 해석해도 괜찮을까?"

"그럴 생각으로 응했어요. 다만 히에로 왕자에게 방해가 된다면 바로 물러날게요."

히에로는 이 나라에 매직비전을 퍼뜨리려고 하고 있다.

판매하는 상대는 나라.

좀 더 말하자면 이 반돌루즈의 상층부, 요인들이다.

내가 모르는 갈등이나 권력자와의 알력싸움 등, 어쨌든 성가신 권력관계나 대인관계가 복잡하게 얽혀 있을 것이다.

부주의하게 움직인다는 것은 바꿔 말해 히에로가 이 나라의 지배자 계급 세계에서 벌이는 외줄타기를 방해할 가능성이 있다는 뜻이기도 하다. 혹은 쌓아온 여러 가지를 무너뜨릴 수도 있었다.

좋은 뜻에서 벌인 일이 역효과가 나는 일은 자주 있는 이야기다.

그것만은 피하고 싶었다. 그러니까 행동을 벌이지 않는다는 판단도 필요한 것이다. 어떻게 되든 상관없이 일단 해 보자, 이 얼마나 경솔한 짓인가.

"너라면 괜찮겠지. 모든 일을 망칠 정도로 어린아이는 아닌 것 같아. 어제의 크리스토와의 대화에서도 무난하게 정확한 대답을 내놨었지."

"그건 그쪽이 배려를 해 준 덕분에 자연스럽게 그렇게 된 것뿐이에요."

크리스토는 선언한 대로 황자가 아닌 팬으로서 나를 대해 주었다.

알투아르 왕국의 중추와 관련될 법한 이야기나 매직비전의 구조, 시스템 등에 관한 이야기는 일절 언급하지 않고 프로그램과 기획에만 초점을 맞추고 있었다. 그것도 내가 대답하기 쉽도록 말이다.

대답하기 어려운 질문은 없었다.

누구와도 막힘없는 대화를 이끌어낼 수 있는 그 입담이 아마도 그의 무기일 것이다.

보기와는 달리 방심할 수 없는 상대라는 것이 크리스토에 대한 나의 감상이다. 경박하지만, 그러나 그 경박함도 그의 무기 중 하나라고 나는 판단했다.

"그걸 이해할 수 있다면 문제없어."

그렇구나. 그럼 크게 몸을 사릴 필요는 없겠다.

"그럼 제가 어떻게 움직이면 좋을까요?"

"특별히 제한하지는 않겠지만, 내가 유도하는 방향 그대로 따라줬으면 좋겠어. 초면이나 다름없는 너를 이용하는 것 같아서 마음은 좀 걸리지만……."

"목적이 같고 이해도 일치하죠. 저도 이 나라에 오기 위해 당신을 이용했어요. 피차일반입니다. 그런 것보다 지금은 매직비전을 퍼뜨리는 것이 더 중요해요. 그렇지 않나요?"

"……응. 맞는 말이야."

히에로는 일어나더니 나에게 손을 내밀었다.

"갈까, 니아."

그 손에 나는 내 손을 포갰다.

"네."

아무래도 에스코트를 해 주려는 모양이다. 왕자의 에스코트라니 대단히 황송하다.

밖으로 나가자, 정면에 온통 검은색에 장식도 아름다운 상자 모양의 대형 단선이 기다리고 있었다. 크기로 봐서는 6인승 정도일까.

아마 히에로가 타고 온 것으로 보였다. 이것을 타고 눈이 내리는 거리를 이동하는 것이다.

"이쪽에서는 비행선이 거리를 달리는군요."

과연 비행황국이라고 해야 할까. 알투아르에서는 거리 위에서 비행선을 타는 것은 기본적으로 금지되어 있다. 예외는 유사시, 긴급 사태 때 정도다.

"왕후 귀족에게만 허락되어 있어. 게다가 속도나 고도도 크게 낼 수 없고. ……언젠가는 서민도 개인적으로 소지하고 사용할 수 있는 시대가 올지도 모르겠네. 그때는 접촉 사고가 늘어날 것 같지만."

얇게 쌓인 눈을 밟으며 찬바람을 피해 단선에 올라탔다.

안은 앞뒤로 구분되어 있었고, 앞쪽이 하인석…… 정확히는 운전석이 된다. 나와 히에로는 뒤에서, 호위로 동행한 리노키스는 운전자와 함께 앞에 타게 되었다.

내부는 따뜻했다.

와인 레드색의 벨벳 원단을 입힌 인테리어는 귀족 전용인 만큼 고급스러운 완성도를 자랑했다. 과연, 고급 지향 단선이라……

앗.

"출발해 줘."

내가 무언가를 떠올린 것과 동시에 히에로가 출발 지시를 알렸다.

그렇다, 잊고 있었다. 양친에게 부탁받았던 입학 축하 비행선,

그걸 보러 가질 못했다.

완전히 기억에서 잊고 있었다.

사냥에 열중한 탓이다. 그리고 이웃 나라에 와서까지 그 싫어하는 숙제에 쫓긴 탓이다.

으음…… 잠깐이라도 보러 갈 시간이 없네. 있다면 앞으로 갈 파티에서 돌아오는 길 정도일까.

이렇게 되면 차라리 세드니 상회에 상담해서 준비해 달라고 하는 편이 나을 것 같기도 한데…….

……뭐, 상관없겠지.

개인 소유의 비행선이 지금 꼭 필요한 것도 아니고, 나중에 생각하자.

날씨가 안 좋아서 밖을 걸어 다니는 사람은 적었지만, 열려 있는 가게는 많아 보였다.

중간에 단선을 세운 히에로가 앞으로 갈 모임에 내놓을 간단한 선물을 대신해 비싼 와인을 상자째 구매했다.

그 옆에서 나도 양친 선물용으로 같은 와인을 두 병 샀다. 마시고 싶다. 하지만 연령상 절대로 안 된다. 부칠 짐으로 리노키스에게 건네자, 가게 주인을 통해 호텔에 전달되도록 처리를 끝냈다. 그런 방법도 있는 건가.

어제는 크리스토를 우선시한 탓에 거의 대화를 나눌 수 없었던 탓에 가는 도중에는 히에로와 대화를 나눌 수 있었다.

하지만 이제는 서로의 직업병이라고 해도 좋을 것 같다.

어떻게 해도 화제가 매직비전 방향으로 가 버리는 것이다.

"'요리하는 공주님'을 떠올린 사람이 네 오빠라며? 꼭 포상해주고 싶어."

"그 말 힐데에게도 들었어요."

"그 실버 방송국의 종이 연극은 너무 아까웠어. 꼭 왕도 방송국에서 탄생했으면 했는데."

"똑같은 의견이에요. 그 부분은 정말 억울해요."

그런 이야기를 나누는 사이에 단선은 목적지에 도착했다.

"조금 아쉽지만 갈까?"

이동 중에 나눈 이야기가 즐거웠던 덕분에 시간은 순식간이었다.

히에로는 한발 앞서 내 반대편으로 내리는가 싶더니, 일부러 돌아서서 문을 열어준 뒤 내릴 때도 에스코트를 해주었다. 배려도 스마트한 왕자님이다.

……이 남자가 알투아르 왕국 왕도 방송국 국장 대리인 건가.

분명 전 국왕이 정식 국장이자 매직비전업계의 톱이라고 했었지.

하지만 그것은 대외적인 것이고 실제로는 명함뿐.

국장 대리인 히에로 알투아르야말로 매직비전업계의 조종대를 쥐고 있는 셈이었다.

그 왕의 아들인 만큼 상당한 수완가라는 것은 이 짧은 시간만으로도 잘 알 수 있었다.

왕은 머릿속에서 가족을 밀어낼 정도로 왕이라는 직책에 심취해 있었는데, 이 남자는 방송국 국장 대리라는 직책에 빠져 있는 모양이었다.

그 증거로 히에로는 매직비전의 프로그램을 80에서 90%는 보고 있었다. 아니, 어쩌면 다 보고 있을지도 모른다.

실버령이 참전하기 전이라면 그렇게 어렵지 않았겠지만, 지금은 아니다. 매일 몇 편씩 새로운 프로그램이 생겨나고 있었기에 보는 것만으로도 반나절은 날아간다.

국장 대리라는 권한을 이용해 영상을 보존한 마석으로 직접 프로그램을 보고 있다고 한다. 덕분에 방송되는 시간이나 장소에 구애받지 않는다는 강점은 있지만…….

그렇다고 해도, 이렇게 타국에까지 와서 활동할 정도로 바쁜 몸인데 대체 언제 볼 시간이 있단 말인가.

그렇게 생각하면 일 이외의 히에로의 생활은 모두 매직비전을 보는 것으로 소화해 내는 것은 아닐까, 라는 무서운 상상에 도달했다. 제대로 잠은 자고 있는 것일까.

……굳이 확인은 하지 않았다.

히에로가 특별히 그것을 내세우고 싶어 하는 것도 아니고, 짐작해 주길 바라는 모습도 아니었고, 자랑하고 싶은 것도 아닐 테니까.

다만 손에 넣기 어려운 인재임은 확실해 보였다.

어쩌면 그가 사라진다면 매직비전업계는 멈춰서 버리는 것이 아닐까. 그가 짊어지고 있는 책무가 너무 커 보였다.

……리스톤가의 재정도 걱정이 되긴 하지만 근본적인 의미에서도 하루빨리 매직비전업계를 궤도에 올리고 싶다.

그리고 조금이나마 히에로의 짐을 덜어주고 싶다.

방송국 국장 대리는 생각보다 격무에 시달리는 모양이니까.

의식과 정신은 고통 없이 지낼 수 있을지 모르지만, 육체가 그것을 잘 따라오는지 아닌지는 별개의 문제다.

젊을 때는 다소의 무리나 무모한 짓도 할 수 있지만 그것에도 한계는 있다.

과로로 쓰러지지 않는다면 좋겠는데 말이지.

"하스키탄가에 오신 것을 환영합니다."

히에로와 대화를 나누는 사이 단선은 이미 부지 안으로 들어간 상태였다. 정원을 지나 문에서 꽤 떨어진 저택 앞까지 도착해 있었다.

내리자마자 중년의 집사가 마중을 나왔다.

……집, 크네.

뭐, 반돌루즈 황국 제4 황자 크리스토의 초대였으니 당연히 서민 계급의 지인이 모일 리는 없겠지. 음, 하스키탄가? 들어본 적은 없지만 이 나라에서는 상당한 명문가, 상당한 고위 귀족으로 보였다.

반돌루즈의 매너 같은 것은 잘 모르지만…….

좋아, 이쪽의 예의범절은 잘 모르니까 곤란한 상황에서는 아이 행세를 해서 극복하자. 실제로도 애고.

"니아! 기다렸어, 니아!"

이런.

미리 와 기다리고 있던 것일까. 문을 지나자마자 크리스토가 열렬히 환영해 주었다. 혀 차지 마라. 다 들린다.

"와줬구나! 날 보러 와준 거구나! 감동이야!"

"벌써 낮인데 아직 잠이 덜 깼어?"

히에로의 차가운 일침도 대놓고 무시하고는 "자, 가자" 하며 내 등에 두른 손을 꾹꾹 누른다. 어디론가 안내하고 싶은 모양이다. 히에로, 공식 석상에서 황자를 상대로 '죽어버려'라는 말은 좀 그렇지 않을까. 서로의 입장만 놓고 보면 사실상 국교 문제다.

우선은 가문 사람들과 인사를 나누고 싶었는데, 크리스토의 반강제 권유에 일단 그쪽 먼저 가보기로 했다. 이 흐름을 보면 부족한 대우를 받지는 않을 것이다.

끌려간 곳은 벽난로에 불이 지펴진 따뜻한 방…… 응접실일까, 손님방일까. 그리 넓지는 않지만, 양질의 가구들이 잘 갖춰져 있어 지내기 좋을 것 같은 방이었다.

"니아가 왔어! 알투아르의 공주님이야!"

아니, 공주님은 힐데트라다. ……물론 유명인을 칭하는 의미에서 말한 것이겠지만, 동업자 중에 정말로 공주님이 있으니 말이다.

헷갈리는 호칭이다.

그런 엉성하고, 성의 없고, 그리고 사실과는 다른…… 어쨌든 크리스토가 이상한 소개를 건넨 상대는, 3명이다.

오른쪽부터, 크리스토와 꽤 닮은 여성. ……맞지? 중성적이라 확실하지 않지만. 나이도 그와 비슷하거나 조금 어려 보였다.

가운데는 제법 몸집이 큰 붉은 머리의 청년. 나는 물론이고 리노키스의 발끝에도 미치지 못하지만, 꽤 단련한 것 같았다.

그리고 왼쪽에는 눈길을 끄는 미모를 지닌 여성. 다크 브라운의 긴 머리가 탐스러웠다.

세 사람은 벽난로 앞에 놓인 소파에 앉아 담소를 나누고 있었던 모양이었다. 아마 우리가 오기 직전까지 크리스토도 여기에 있었겠지.

"왔구나. 음…… 미안하지만 먼저 히에로 왕자에게 인사할 수 있을까."

붉은 머리 장신의 남자가 일어나, 크리스토의 초대를 받은 내 바로 뒤를 따라오고 있던 히에로에게 먼저 가볍게 인사했다.

"히에로 전하, 방문해 주셔서 감사합니다. 하지만 정말 가문 사람들의 모임이다 보니 오늘만큼은 신분도 입장도 잊어주시면 좋겠군요."

"물론이지. 난 크리스토와 자네, 친구 둘에게 불려 온 것뿐이니까, 잭."

아하, 붉은 머리를 한 그가 이 저택의 인물인가. 다들 십 대 후

반 정도인 것을 보니 크리스토와 신분이 아닌 수평적 관계로 교류하는 사이 같았다.

간단한 인사를 마친 붉은 머리는 내 앞에 한쪽 무릎을 꿇었다.

"어서 와, 니아 리스톤. 네 모습은 히에로 전하가 보여줬던 매직비전에서 이미 여러 번 봤어."

살짝 어색한 미소가 오히려 호감이 갔다. 그는 분명 아이를 어려워하거나 여자나 아이에게 별로 익숙하지 않은 것이겠지. 그런 의미에서는 크리스토의 경박함이 더욱 두드러졌다.

"나는 잭퍼드 하스키탄. 오늘은 내 약혼자의 생일이야."

흐음.

"처음 뵙겠습니다, 잭퍼드 님. 니아 리스톤입니다. 오늘은 제 고집으로 히에로 왕자님께 부탁하여 동행하게 되었습니다. 아무래도 이국이라는 점도 있어 예절이 다르진 않을까 걱정되는데, 다소 무례한 부분은 부디 용서해 주시길 바라요."

드레스의 끝자락을 잡고 머리를 살짝 숙이는, 라임 부인에게 배운 귀인용 인사를 전해 두었다. 이 나라의 예절이 어떻든 적어도 이 정도면 무례한 인사법은 아니겠지.

"자, 밖이 많이 추웠지? 벽난로 앞으로 와. 저쪽 두 사람을 소개해 줄게."

일단 환영은 받는 것 같다.

적어도 내가 온 것에 대한 악감정은 누구에게서도 찾아볼 수 없었다.

……

하지만 겉으로 보기엔 전원이 꽤나 높은 위치로 보였다. 상위 귀족의 영식, 영애라는 느낌이랄까.

먼저 붉은 머리의 청년 잭퍼드.

이 저택의 크기, 부지의 넓이로 미루어 봤을 때 하스키탄 가문은 대귀족이라고 해도 좋을 정도였다. 게다가 이름이 알려진 자라면 황국에 대한 발언권도 클 것 같았다.

크리스토와 똑같이 생긴 여자는 아마도 황족이겠지.

그의 친여동생이거나 이복동생일까. 아니면 친척? 뭐, 잘은 모르겠지만 관련 없는 타인으로 보이지는 않았다. 그렇다면 황국의 수장을 향한 발언력을 갖고 있을 가능성은 있었다.

짙은 갈색 머리의 여성은 히에로와 똑같았다.

누가 봐도 귀족, 누가 봐도 공주라는 느낌으로 미모와 기품을 겸비한 존재였다. 어쩌면 그녀도 황족의 관계자일지도 모른다. 뭐, 어쨌든 돈은 많아 보인다. 권력이 없더라도 돈이 있으면 상관없었다.

그리고 반돌루즈 황국 제4 황자 크리스토.

그의 경우는 굳이 말할 필요도 없다. 돈도 권력도 발언력도 기대할 수 있는 데다 매직비전을 향한 관심이 지대하다.

이 나라에 매직비전이 도입된다고 하면 반드시 크리스토가 선두에 서서 발전시켜 나갈 것이다.

그렇군.

멋진 모임이잖아.

여기서 잘 팔 수만 있다면 매직비전 도입에 크게 진전이 있을 것 같았다.

잭퍼드 하스키탄의 소개를 받아 여자 두 명과 인사를 주고받았 는데── 거의 예상대로였다.

예상에서 크게 빗나가지 않고 거의 맞아떨어졌다고 해야 할까.

크리스토와 쏙 빼닮았던 여자는 크로우엔 볼트 반돌루즈. 아니 나 다를까 그의 여동생이었다. 이복 남매라고 하는데 상당히 닮 았다.

경박한 미남자를 그대로 형상화한 것 같은 생김새의 오라비와 달리 여동생은 조금 딱딱해 보이는 이미지였다. 역시 날카로운 눈매 때문일까.

그리고 이 네 명 중에서는…… 아니, 히에로 왕자를 포함해서 다섯 명 중에서는 그녀가 제일 강했다. 뭐, 상식의 벽을 넘지 않 는 수준이었기에 도토리 키재기일 뿐이지만.

다크 브라운 머리의 여성은 필레디아 코큘리스.

기병왕국 마벨리아 왕족의 먼 친척뻘 되는 고위 귀족으로, 공 주님급의 대우를 받는 것이 당연할 정도로 대단한 거물이었다. 돈도 있고 권력도 있다. 아주 좋다.

아리따운 얼굴 생김새도 그렇지만 어두운색의 머리카락과 흰 피부의 대비가 아름다웠다. 머리색으로 인해 도드라지는 목덜미의 창백함이 오히려 더 요염한 색기를 내뿜고 있었다.

바로 그녀가 잭퍼드의 약혼녀라고 한다.

그리고 그녀가 제일 약하다. 뭐, 약하다기보단 귀족 여성으로서 육체를 단련한 적이 없는 것뿐이지만. 그냥 평범한 여성이다.

"크로우 이외에는 다들 동갑이고 내년에 수학(修學)관을 졸업해. 잭과 필은 졸업하자마자 바로 결혼할 예정이야."

얼추 자기소개가 끝나고 벽난로 앞에 자리한 소파에 앉자, 크리스토가 간략하게 서로의 관계성을 설명해 주었다.

수학관이라는 것은 알투아르에서 말하는 학교를 의미하는 것 같았다. 거기서 동급생인 친구 세 명과, 여러모로 인연이 있어 보이는 연하의 크로우엔이 섞여 있었다.

이른바 사이좋은 귀족 4인방이라는 건가.

"처음 아니야? 잭을 무서워하지 않은 아이는."

필레디아가 바로 옆에 있는 잭퍼드에게 꽤 강렬한 미소를 보냈다. 아하, 그녀는 보아하니 좋아하는 이성에게 심술을 부리는 타입이구나.

"처음은 아냐. 두세 명은 있었어."

그렇지 않다며 잭퍼드가 대답한다. 과연, 저 약혼자 두 사람은 저런 관계인가. 뭐, 사이가 좋아 보여서 다행이다.

참고로 잭퍼드의 얼굴은 그렇게 무섭지는 않았다. 눈썹이 진해 날렵하고 진지한 얼굴이다. 외모만 보면 썩 요령은 없어 보였다.

"니아 리스톤이 그 개 아이구나. 매직비전에 나오는. 크리스토도 좋아했지."

아, 크로우엔이 심한 말을 한다. 개 아이는 좀 의미가 다르잖아.

"그래, 맞아. 그 개 아이 말이야."

'그래, 맞아'가 아니지. 왜 크리스토는 동의하는 거야? 개 아이라는 말은 의미가 다르다니까.

"매직비전이라…… 히에로 전하의 체면을 세워주기 위해서라도 검토는 하고 싶은데, 금액이 금액이다 보니까."

잭퍼드의 진지함을 띤 중얼거림에 저마다 다른 반응을 보였다.

필레디아는 별 관심 없는 듯 와인을 입에 댔고, 크로우엔은 자신과는 상관없다는 태도로 별다른 의지가 느껴지지 않았다.

"그 정도로 대단한 기술인데? 본전 정도는 금방 되찾을 수 있어."

몸이 앞으로 기울어졌을 정도로 긍정적으로 생각하고 있는 것은 크리스토 뿐인가. ……어쩌면 긍정적이라기보단 단순히 깊이 생각하지 않고 있을 가능성도—— 아니, 그는 머리가 좋은 사내다. 경박하고 어설퍼 보이지만 타산이나 승산은 확실히 생각하고 있을 것이다.

"실제로 그건 어떤 형태로 이익을 내는 거야? 군사적 이용이라면 얼마든지 이점이 떠오르지만 알투아르에서는 그런 방법은 쓰지 않는 것 같고."

잭퍼드의 의문은 나도 궁금한 부분이다.

어떤 형태로 이익이 발생하고 있는지는 나도 잘 모른다.

분명 광고료가 어쩌네 하는 이야기는 들은 적이 있지만…… 실제 어느 정도의 돈이 어떻게 움직이고 있는지에 대한 지식은 전혀 없다.

"나도 궁금해. 이미 몇 번인가 히에로 님께 듣긴 했지만 가능하면 파는 입장인 경영자가 아니라 단순한 관계자의 의견을 듣고 싶어."

그렇구나. 크로우엔의 말대로 나도 조금 궁금하네…… 응?

…….

아, 여기서 말하는 '경영자가 아닌 단순한 관계자'라는 건 나를 말하는 건가? 경영자는 히에로이고 나는 매직비전 관계자니까.

정신을 차리고 보니 모두가 나를 쳐다보고 있었다.

히에로가 말이 없는 것을 보니 내가 대답해도 되는 모양이다. 뭐, 내용이 이상하게 흐른다고 생각되면 알아서 말려주겠지.

"아이라서 자세한 내용을 알려주지는 않았지만, 광고료가 움직인다고 알고 있습니다."

"광고료?"

"상품, 장소, 혹은 이벤트 등을 알리는 방법입니다. 여러분들도 이미 보셨을 거라 생각하지만──."

나는 프로그램에서 술을 마시는 기획…… 뭐, 벤델리오가 나오는 '리스톤령 산책담'이지만, 그것을 예로 들어 간단하게 설명했다.

방송에서 술을 마신다.

방송을 보고 흥미를 느낀 사람이 그 술을 산다.

이 두 가지 구조를 통해 이익이 발생한다, 라는 것이다…… 아마 이것 이외에도 있을 것 같지만, 내가 아는 것은 이 정도였다.

"그리고 그것의 응용이죠. 새로 생긴 식당 안내, 명물 요리 안내, 극의 안내처럼 '널리 알린다'라는 점에 있어서는 이보다 더 훌륭한 것이 없습니다. 어쨌든 대부분 시각 정보도 따라오니까요. 아주 조금이라도 어떤 것인지 볼 수 있으면 흥미를 느끼기 쉽습니다. 영상은 말보다는 웅변입니다."

이 정도면 괜찮을까? ……히에로가 아무 말도 하지 않는 것을 보니 문제는 없는 것 같았다.

"니아, 중요한 이야기를 잊지 않았어?"

아니, 아직인가 보다. 뭐야, 히에로. 나한테 머리 쓰게 하지 말라고.

"만약 싫지만 않다면 네가 성장해 온 과정에 대한 이야기를 들려주는 게 어때?"

성장?

……아아, 그 이야기 말인가.

이미 알투아르에서는 대부분이 알고 있는 이야기이지만 정작 그 당사자는 걸핏하면 잊어먹는다는, 그 이야기.

"조금 얘기가 길어질 수도 있는데 괜찮으시겠어요?"

그리고 나는 리스톤 가문이 매직비전 참전을 결정한, 니아 리스톤의 목숨에 관련된 이야기를 꺼내게 되었다.

벌써 3년 전 이야기다.

내가 니아 리스톤이 된 지도 벌써 3년이다.

여러 가지 일들이 있었지만…… 솔직히 말하자면 최근 3일 동안 벌인 무(武)를 이용한 사냥과 촬영 일 외에는 바로 떠오르지 않았다. 그리고 끔찍한 벤델리오를 향한 증오.

나머지는 지긋지긋한 숙제 정도인가. 정말이지 아무리 시간이 지나도, 잊으려고 해도 끝까지 따라붙는 기름때 같은 녀석이다. 숙제가 대체 웬 말인가. 그딴 게 무슨 소용이 있단 말인가. 숫자라든가. 8자리 숫자라든가. 그런 건 내게는 특급마수보다 더 흉악한 천재지변이고 재앙이다. 그런 것을 떠올린 녀석의 속을 도통 모르겠다.

뭐, 숫자 같은 인류 최대의 재앙은 그렇다 치고.

잭퍼드, 필레디아, 크로우엔, 그리고 크리스토에게 나의 시작 이야기를 들려주었다.

예전에는 죽음에 이르는 병에 걸려 누워 있었다는 것.

양친이 널리 도움의 손길을 얻기 위해 매직비전업계에 고액의 자금을 투자해 신속하게 영지 내에 그 시스템을 도입한 것.

그리고 어떻게든 목숨을 구해 벌써 3년이 지났다는 것.

"여기까지가 제가 성장해 온 이야기입니다. 뭐, 엄밀하게 말하자면 성장은 아니지만요."

하지만 지금의 니아 리스톤이 매직비전에 그토록 집착하고 있는 이유는 제대로 전해졌을 것이다.

"잘 먹겠습니다."

이야기는 끝났기에 소파 옆에 있는 로우 테이블에 손을 뻗었다.

대화하는 도중 하스키탄가의 하인이 가져다준 샌드위치를 먹었다. 오, 고기가 두껍다. 호화롭군. 참고로 리노키스는 지금 운전사와 함께 별실에서 대기하고 있었다.

"……과연, '널리 알린다'라는 건 그런 것도 가능한 건가."

잭퍼드 외 3명은 지금의 이야기를 듣고 뭔가 짚이는 바가 있는지, 각자 생각에 잠긴 모습이었다.

……히에로가 이 이야기를 하라고 권유한 이유는 확실히 알았다.

니아 리스톤의 에피소드는 매직비전이 얽힌 '알기 쉬운 감동 일화'다.

매직비전의 역사가 얕은 만큼 아직 일화는 적을지도 모른다. 하지만 '유명한 일화'라고 하면 가장 먼저 이 이야기를 꺼내는 사람이 많지 않을까.

어쩌면 대표적인 이야기라고 할 수 있을 정도다.

이 이야기는 알기 쉽게 매직비전의 가능성을 느끼게 하는 사용법이다. 그리고 그 이야기를 당사자가 꺼낸다면 설득력도 나름대로는 있을 것이다. 본인은 자꾸 잊어버리는 경향이 있지만.

"지금은 이제 괜찮아?"

필레디아의 물음에 먹다 만 샌드위치를 접시에 올려둔 뒤 고개를 끄덕였다.

"덕분에. 이제 병에 지지 않기 위해 착실하게 단련하고 있고, 개와 함께 달릴 수 있을 정도로 건강해졌답니다."

심지어 이 사흘 동안에는 고액 마수를 잔뜩 사냥해 1억 5천만 이상을 벌어들였다.

숙제만 없었다면 즐거운 돈벌이 여행이 되었을 텐데, 하는 생각이 들 정도로 아주 건강했다. 숙제만 없었다면 더 즐거운 여행이었을 텐데.

"맞아. 나는 그쪽이 더 궁금했어."

다시 샌드위치에 손을 뻗으려다가 그런 크로우엔의 목소리에 움직임을 멈췄다.

"네 그 발 속도는 대체 뭐야? 이젠 개가 어쩌고 하는 이야기를 떠나서 네 빠르기야말로 비정상이라고 생각했어."

오호라, 그런 눈으로 보는 사람도 있는 건가.

나로서는 재미있게 봐 주기만 하면 되는데. 다른 시각을 가진 사람도 당연히 있겠지.

……뭐, 알투아르 왕국은 왕족을 포함한 지배자 계급이 우수한 폐해라고 할까, 나라 전체가 평화에 찌들어 있다고 할 정도이니 그런 눈으로 보는 사람은 적었다.

하지만 타국 사람의 시선은 가장 먼저 '적으로 돌렸을 때 어떻게 될까'를 상정하는 사람도 많다는 거겠지. 그것도 황족의 여성이. 긴장감이 있다는 것은 좋은 일이다.

"단련한 결과, 라는 말밖에는 할 말이 없네요. 더 이상 병에 걸리고 싶지 않아서 꽤 단련하고 있거든요."

속마음을 말하자면 아직도 단련이 부족하다. 시간만 있으면 더 단련하고 싶었다.

과거의 내가 가진 무를 이 몸으로는 전혀 재현하지 못했다. 더 단련하고 싶고, 더 강해지고 싶다. 그리고 병도 더는 사양이다.

"승부해 보는 게 어때, 크로우? 너도 꽤 발이 빠르지 않아?"

크리스토가 웃으며 정말 귀찮은 말을 꺼냈다.

학교에서도 가끔 있었다.

도전자가 와서 달리기 시합으로 승부를 보자며 도전해 오는 것이다.

처음에는 적당히 상대하다가 수가 많아져서 이후로는 거절하게 되었다.

그때, 거절해도 끈질긴 상대에게 '먼저 중등학부의 사노윌 바도르보다 더 빠르면 해도 좋아'라고 말해 귀찮은 짐을 다른 곳에 떠넘겼다. 상당한 고육지책이었는데 그 이후 도전자가 오지 않아 평화롭다. 사노윌에게는 감사한다. 그가 어떻게 대처하고 있는지는 모르겠지만. 별다른 불평이나 투정도 들려오지 않고.

경험상 이기든 지든 귀찮다. 사람이 상대면.

개 쪽은 대체로 내가 개에게 미움을 받는 것으로 끝나지만, 사람이 상대라면 원한이니 인연이니 하는 것들이 높은 확률로 남아 버린다. 뭐, 주인에게도 미움을 사고 있을지도 모르지만.

"그러지 마."

어떻게 거절할지 고민하는데, 그 순간 히에로가 먼저 나서 주었다. 다행이다. 말려주려는 모양이다.

암, 그래야지.

자국끼리도 귀찮은데 타국 국적끼리 승부를 벌이면 어떤 인연이 생길지 상상하고 싶지도 않았다. 온건하게 끝내고 싶다면 해서는 안 된다.

"아직 아이처럼 보여도 니아는 알투아르에서 절대 지지 않는 인재야. 이제 달리는 걸 업으로 삼은 프로 외에는 당해낼 수 없을 걸. 애초에 승부가 안 돼."

……철회다.

아무래도 히에로는 '해'라고 말하고 싶은 것 같았다. 노골적으로 도발하고 부추기면서 완전히 불에 기름을 붓고 있다.

"그 정도야? 나도 빠른데? 그 애가 나왔던 매직비전에서 본 그어떤 개보다 빠르다고 확신할 수 있는데?"

거 봐라. 크로우엔에게 의욕이 넘치기 시작했잖아.

어설프게 강한 자일수록 이런 사소한 일로 자존심을 세우며 쉽게 싸움을 걸기 마련이다. 무에 심취하여 지기 싫어하는 자들의 특성이다.

똑같이 지는 것을 싫어하기 때문에 그 심정은 이해하지만, 이번에는 상대가 나쁘다는 말밖에 할 수 없다. 왜냐하면 상대가 나니까. 자존심만 상할 뿐이다.

"아쉽지만 니아는 엄청 빨라. 그만두는 편이 좋아. 상대를 잘못 골랐어. 더는 인간이 아니지 않을까 싶을 정도로 빠르니까."

그래, 그래. 왕자의 말대로…… 음? 별로 칭찬받는 느낌이 안 드는데? 하지만 뭐, 기분이 나쁘진 않다.

"재미있을 것 같은데. 크로우, 상대해 주는 게 어때?"

"아니, 진짜 그만두는 게 낫지 않을까?"

필레디아가 구경꾼 근성을 발휘하며 그런 말을 날렸고, 보기와는 달리 온후한 잭퍼드가 그것을 만류했다.

"어머나 잭. 크로우가 진다고 생각하는 거야?"

"그런 말을 하는 게 아니야. 어느 쪽이 이기더라도 만족할 수 없는 결과가 될 거라는 생각밖에 안 들어."

그게 정답. 내 말이 그 말이다.

이런 도발에 응하는 타입은 정말로 귀찮다. 지면 재전을 원하고, 힘을 빼서 승리를 쥐여줘도 성실하게 하라며 화를 낸다.

……귀찮지만 히에로가 하라고 한다면 할 수밖에 없겠지.

그가 이 방향으로 가겠다면 이것이 그가 생각하는 보급 활동의 최선이라는 뜻이다.

나를 향한 다소의 원한과 인연이 생긴다 해도, 그것이 매직비전의 보급 활동에 도움이 된다면.

나도 얼마든지 승부를 택하겠다. 저울에 달아볼 필요도 없이 선택하고말고.

"좋아, 그럼 승부를 내볼까."

"뭐, 기다려 봐."

나는 수락도 거절도 하지 않았는데 크로우엔은 이미 하려는 의욕으로 가득해 보였다.

하지만 그런 여동생을, 이 일의 원흉인 오라비 크리스토가 제지했다.

"아무런 리스크도 없는 단순한 경쟁은 애들 놀이지. 기왕 하는 거 내기를 하자."

이봐. 내기를 하면 어떡해. 확실하게 인연이 생겨버리잖아.

"좋아. 오라버니, 뭔가 걸어줘."

이봐. 오라비보다 내 뜻을 들으라고.

"니아 리스톤은 매직비전과 관련한 유명한 아이잖아. 그 부분을 고려한다면 매직비전 도입에 입을 보태주는 게 도리겠지."

무슨 도리인가. 뭐, 부정하진 않겠지만. 꼭 보태줬으면 한다.

"그걸로 하자. 니아, 네가 이기면 매직비전에 관해 내가 직접 아버님께 말씀을 드릴게. 어느 정도의 힘이 될지는 모르겠지만, 적어도 마이너스가 되지는 않을 거야."

흐음. 이러니저러니 하는 사이 이야기가 진행되었군. 내 의사와는 관계없이…… 크리스토도 이 흐름을 노리고 있던 모양이다. 왕자들끼리 호흡이 참 잘 맞는다.

힐끔 히에로를 바라보자 고개를 작게 끄덕인다. 괜찮은 거지? 이 조건으로 하면 되는 거지?

좋아, 그럼 응하도록 할까.

"그럼 딱 한 번. 이기든 지든 한 번만 하도록 하죠."

"그래, 그거면 됐어. 그리고 체격 차이가 있으니 뭣하면 핸디캡을 걸어도 좋아."

"그런가요? 그럼 모처럼이니 걸도록 할게요."

핸디캡이 있건 없건 결과는 똑같겠지만, 크로우엔이 졌을 때 딱 좋은 변명거리가 되어줄 것이다.

누가 물었을 때는 당당하게 '핸디캡을 줘서 졌다'라고 말하면 될 테니까.

나는 언제든지 이길 수 있는 상대와의 승부에는 집착하지 않았다.

"그러면 밖으로 갈까요?"

그리고 별다른 문제 없이 나는 정당한 승리를 거머쥐었다.

크로우엔과의 승부를 빠르게 해치웠다. 역시나 당연하다는 듯이 인연이 생겨버렸지만, 그 후로는 특별히 눈에 띄는 일 없이 평온한 시간이 흘러갔다.

있다면 때때로 크로우엔이 재전하고 싶다는 뜻을 담아 뜨거운 시선을 향해 온다는 것뿐이다. 또 내 팬이 늘어나 버렸네.

그 후로는 이 비행황국 반돌루즈의 이야기를 듣기도 하고, 매직비전의 이야기를 하기도 하고, 이 나라에서 만들어졌다는 보드게임이라는 것을 즐기기도 했다. 음…… 사업에 실패해 1억 크람을 잃는다, 라…… 게임에서도 현실에서도 금전 문제에 쫓기는 신세로군.

"귀여워. 이런 아이가 갖고 싶어."

이유는 잘 모르겠지만, 필레디아는 내가 마음에 든 것인지 지금은 대놓고 무릎 위에 얹혀놓고 머리를 쓰다듬고 있었다. 이런 광경을 리노키스가 봤다간 그냥 넘어가지 않을 텐데. 없어서 다행이다. 별실 대기라서 다행이다.

"하지만 잭의 아이라면 분명 우락부락한, 전신이 갑옷 같은 아이가 나오겠지."

"무슨 말을 하는 거야. 내가 아니라 필을 닮을 가능성도 충분히 있잖아."

"그래? 난 잭을 닮은 아이도 좋은데?"

"그럼 답은 하나네. 양쪽 다 생길 때까지 아이를 만들면 돼."

그래.

뭔가 지금, 뒤쪽이라고 해야 하나, 바로 위라고 해야 하나. 어쨌든 굉장히 지척에서 두 약혼자 간의 연애질이 거리낌 없이 행해지고 있는 것 같은데. 안면의 접촉 같은 것이 오가는 것 같은데. 그런 건 나를 다른 곳에 두고 해 줬으면 한다. 그리고 크리스토와 크로우엔과 히에로의 못 본 척하는 스킬이 엄청나다. 역시 왕족과 황족. 무시 능력이 높구나.

하지만 뭐, 그거다.

어느 쪽을 닮는다고 해도 우리 오라비의 귀여움에 이길 수 있을 것 같지는 않았다. 어른스럽지 못하니 굳이 말로 하진 않겠지만.

뭐, 마음껏 단란한 신혼생활을 보낼 수 있기를 기도하기로 하자.

눈이 그치지 않는 고요한 하늘은 석양조차 내주지 않고 어둠의 장막을 내려버렸다.

시간상으로는 아직 이른 저녁일 텐데 밖은 캄캄하다.

저녁 식사 직전인 지금, 마침내 "너무 오래 있었네"라며 자리를 뜨려는 히에로에게 맞춰 나도 이곳에서 철수하게 되었다.

"저녁 먹고 가도 되는데. 소드 디어 고기를 구했거든. 정말 맛있어."

"배려해 줘서 고마워. 매력적인 권유지만 니아를 빨리 돌려보내고 싶어서. 오늘은 이만 실례할게."

잭퍼드의 제안을 히에로는 완곡하게 거절했다.

"어? 얘도 데리고 가는 거야?"

당연하지. 끌어안지 말아줬으면 좋겠다.

"그 아이도 바쁜 몸이거든. 내일이면 알투아르로 돌아가야 해. 그러려면 준비도 필요할 테니까."

음. 특별히 준비할 것은 없지만 돌아가는 것은 확정이다. 그리고 이 모습을 리노키스에게 보이기 전에 어떻게든 하고 싶었다. 그 녀석한테 걸리면 또 떼를 쓸 것이 분명하다. 자신도 하고 싶다면서.

"아쉽다. 오늘 밤은 같이 자려고 했는데."

그런 이야기는 못 들었는데. 필레디아는 겉보기에는 온순해 보이는 공주님 같은데 의외로 적극적으로 돌진하는 성격이었다. 보드게임에서도 순위를 무시하고 자신이 정한 한 명만을 집중 공격했었다.

"다음에 또 기회가 된다면 좋겠네요. 안녕히 계세요, 잭퍼드 님. 필레디아 님."

나는 드디어 그녀의 무릎에서, 그리고 너무나도 가까웠던 닭살 연인에게서 해방되었다. 서운한 표정을 감추지 못하는 그녀와 온화한 얼굴을 한 그에게 작별 인사를 건넸다.

다음 기회는 분명 더 이상 없겠지만, 하고 생각하면서.

아니, 꼭 그렇다고도 할 수 없을까. 반돌루즈가 매직비전을 도입하게 된다면 또 접점이 생길지도 모른다.

"다음에 만나면 재전을 신청할 거야. 그때까지 단련해 둘 테니까."

인연이 짙게 느껴지는 크로우엔의 말에, 다음은 없을 거라고 생각하면서도 고개를 끄덕였다. 매직비전과 관련해 진전이 없다면 여기까지다.

"그럼 나는 배웅하러 갈게. 그대로 기숙사로 돌아가지 뭐."

아무래도 크리스토는 같이 가는 모양이다.

이리하여 예정 밖이었던 하스키탄가에서의 하루가 마무리되었다.

기다리고 있던 리노키스와 합류하고, 잭퍼드의 배웅을 받아 우리는 왔을 때 탔던 단선에 넷이 함께 올라탔다.

진행 방향 쪽에 왕자와 황자가 나란히 앉고 그 맞은편에 내가 앉았다. 리노키스는 조종석이다.

맞은편에 있어서 그런지 두 사람의 모습이, 표정이, 너무나도 잘 보였다.

"작업은 끝났어, 히에로."

응?

"그래, 쐐기는 단단히 박아뒀어. 정말 니아의 방문은 타이밍이 좋았어."

으응?

"하긴, 더 없을 정도로 완벽한 타이밍이긴 했지. 게다가 호불호 뚜렷한 필이 마음에 들어한 점도 커. 잭의 반응도 좋았고."

"그것도 예상 밖이었어. 기쁜 오산이네."

⋯⋯흠.

"두 분 다 사악한 얼굴로 무슨 대화 중이신가요?"

뭔가 계략을 꾸미고 있다는 것은 알겠다. 그렇다기보단 숨길 생각도 없어 보였다. 둘 다 교활한 얼굴로 씨익 웃고 있다.

이 모습을 보고 아무런 의문도 들지 않는 자는, 설령 아이라 해도 없을 것이다.

그러나 악행의 내용까지는 알 수 없었다. 알고 싶으면 묻는 수밖에 없다.

게다가 듣자니 내 존재가 이용당한 것 같고.

"아직 말할 수 있는 단계는 아니야. 하지만 조만간 너에게 일을 부탁하게 될지도 몰라."

일?

"정말로 시동을 거는 건 지금부터라는 거지. 저 분위기면 잘될 것 같지만."

······.

응, 모르겠다. 그리고 둘 다 얘기할 생각이 없는 것 같으니 이 이상 신경 쓰지 않기로 하자.

이 모습이라면 언젠가 내가 관련된 무언가가 있는 것 같으니, 아는 건 그때 알아도 충분하겠지.

또 기회가 된다면.

다음에 만난다면.

가벼운 마음으로 나눈, 약속이라고 할 수 없는 약속과.

조만간 너에게 일을.

시동은 이제부터.

왕자와 황자가 사악한 얼굴로 흘린, 앞을 예감케 하는 말과.

이뤄지지 못할 것이라 생각했던 약속이 이루어지고, 왕자들의 사악한 계략의 진의를 알게 된 것은 비교적 멀지 않은 날이었다.

그래, 오늘 내가 깨닫지도 못한 채 박아둔 만남이라는 이름의 쐐기는, 알투아르와 반돌루즈 사이에 있는 거대한 벽에 단단하게, 이보다 더할 수 없을 정도로 깊이 박혀 있었다.

매직비전을 퍼뜨린다는 목적에 방해가 될 수밖에 없었던 국경이라는 벽 일부가, 여기서부터 파괴되기 시작했다.

내가 한 것은 작은 걸음을 내디딘 것.

하지만 그것이 최초의 발판이 되어 왕자나 황자, 그 외의 협력자가 계속 늘어나 후에 큰 균열과 벽의 붕괴로 이어지는 한 걸음이 된 것이다.

위대한 업적은 작은 단계부터 시작된다.

때로는 본인은 전혀 자각하지 못한 채로.

하지만 그런 미래의 일을 아직 모르는 나는, 다음 날의 악천후까지 더해져 결국 사냥은 하지 못하고 신속하게 알투아르 왕국으로 향하는 비행선에 올라타게 되었다.

이렇게 해서 나의 비행황국 반돌루즈에서의 돈벌이는 종료되었다.

……라고 생각했는데.

이날 밤, 아주 작은 사건이 있었다.

"그렇겠지."

골목에서 부하들의 전언을 받고 올터 이그사스는 중얼거렸다.

거센 눈이 내리는 아침이다.

하늘은 밝지만, 시야는 형편없다.

뭐, 시야가 안 좋은 것은 꺼릴 일이 아니다. 은밀한 행동이 많은 유격대에게는 악천후가 오히려 행운일 때도 있다.

지금, 현 육군을 담당하고 있는 남자로부터 연락이 왔다.

그 모험가는 군의 호출에 응하지 않았다, 라고.

이것으로 정식으로 뒤쪽 안건…… 올터가 움직이는 안건이 되었다.

당연하지, 라고 올터는 생각했다.

벽에 기대 시가를 물고 불을 붙인 뒤…… 담배 연기를 피우며 생각에 잠겼다.

반돌루즈 전군을 투입했음에도 그 블러드크로스 크랩을 토벌할 수는 없었다.

그런데 그것을 달성한 자가 나타났다.

심지어 혼자서.

이것은 중대한 사태다. 부자연스럽기 짝이 없다. 게다가 타국 출신인 것도 수상한 냄새가 났다.

백번 양보해서 그것을 허용한다 해도, 의문은 끝이 없었다.

가장 의문스러운 점은 어떻게 사냥했는가다.

수백 개의 포탄을 쏘고도 치명적인 외상을 입히지 못한 블러드 크로스 크랩의 단단하고 두꺼운 갑각. 준비했던 온갖 독극물도 효과가 없다. 불을 사용하면 바다로 도망간다. 저렇게까지 거구가 되면 덫을 놓는 것도 꽤 벅차다.

토벌 작전은 몇 번인가 행해졌지만, 특히나 막대한 피해가 나온 것이 '포위해 태우는 작전'이었다. 수많은 와이어를 써서 바다로 도망가지 않도록 게를 고정한 뒤 불을 붙여 천천히 태워나간다, 라는 방법이었다.

최악이었다.

조금만 생각하면 알 수 있는 일 아닌가, 하고 올터조차 생각했을 정도다.

와이어를 날린 비행선 수백 척을 통째로 데리고 게는 바다로 달아났다. 비행선을 질질 끌면서. 이건 정말이지 처참한 실수였다.

아니—— 반대로 그 정도의 중량으로도 지지 않은 블러드크로스 크랩 쪽을 칭찬해야 할지도 모른다. 일단은 그 정도로 고정할 수 있겠다는 계산 아래에 세워진 작전이니까.

결국 쓸 수 있는 토벌 계책을 다 써본 뒤에야 게에게 더는 손을 대지 않는다는 방침을 세울 수밖에 없었다.

저 큰 녀석이 사라지면 섬을 탐색할 수 있다. 그 섬 주변에 있는 비행선의 잔해나 짐에서 필요한 것을 회수할 수도 있다. 물론 미개척지였기 때문에 자원이 있을지도 모른다. 그런 거대 생물이 성장할 만한 양식이 있을 가능성도 충분히 있었다.

게다가 흔히 알려진 블러드크로스 크랩은 그렇게 크지 않다. 그리고 먹을 수 있다. 평범한 게라면 꽤 맛있다.

그 섬에는 분명 많은 양의 블러드크로스 크랩이 서식하고 있을 것이다. 그 녀석만 없으면 게 사냥도 할 수 있었다.

즉 그 섬은 자원의 보고. 몇 번이고 토벌 작전이 세워졌을 정도로 나라도 욕심을 냈던 곳이다.

하지만 모두 실패하고 지금에 이르렀다.

그런 인연이 있는 블러드크로스 크랩을, 이름도 들어본 적 없는 이웃 나라 모험가가 사냥했다.

──어떻게?

당연히 샘솟는 의문이다.

게의 시체를, 그리고 그 모험가가 사냥했다는 사냥감들을 찬찬히 관찰한 결과 올터는 이런 예측을 했다.

아마도 병기일 것이다. 혼자서 조작할 수 있는 대포 같은 무언가를 가지고 있는 것이 틀림없었다.

그 모험가가 잡은 사냥감은 모두 타격에 의한 것이었다.

모피를 해치지 않는 폭살이다. 피 빼기 등의 처리는 나중에 다른 사람이 했다고 쳐도 베인 상처 하나 없었다.

베인 상처라면 그 방식을 보고 무기까지 알 수 있었다. 아는 무술이라면 검술의 유파까지 알 수 있다. 하지만 폭살은 도저히 알 수 없었다.

그렇다기보단 짐승을 사냥하는 데 폭살은 적합하지 않았다. 유연성이 있는 두꺼운 껍질은 충격에 강하고 모피가 되면 더더욱 하기 어렵다. 당연히 껍질 밑에 있는 뼈도 단단하다.

알아낸 것은 급소만을 정확하게 내려쳐서 뼈나 내장을 부쉈다는 것. 그야말로 일격필살의 공격을 진행한 것이다. 뭐, 그렇다 해도 게는 불가능했던 것 같지만.

그래도 타격의 흔적은 확실히 남아 있었다.

비행선의 포격보다 더 강력한 타격의 흔적이.

개인이 소유할 수 있고, 이 정도로 위력적인 무기. 게다가 정보로 봤을 때 그럴듯한 물건을 가지고 있지 않았다는 사실.

즉 개인이 소지하고 사용할 수 있으면서 포격보다도 강력한 암기(暗器)를 지니고 있을 가능성이 있다는 것이다.

이만한 수준의 위협은 달리 없었다. 벽이나 건물이 의미가 없는, 성마저 무너뜨릴 암기의 존재를 간과할 수 없을 리가 없다.

알아봐야 한다.

그 모험가가 어떻게 그 게를 처치했는지.

어떤 무기를 갖고 있는지.

그리고 이 나라에 온 진짜 이유를 알아내야 했다.

정말 알투아르 국민인지. 기병왕국의 스파이는 아닌지. 그 무기의 시험대로 다른 나라를 선택한 것이 아닌지. 그 경우라면 왜 반돌루즈를 선택했는지. 그리고 시험은 성공했는지. 알아내야 할 것이 많았다.

군의 접촉에 응하지 않는다면 뒤쪽 안건으로 넘겨 올터가 조사할 수밖에 없었다.

이 나라를 지키는 자로서.

◆

"아가씨, 좀 곤란한 상황이 생겼어요."

"지금 당장 내가 더 곤란한데?"

"이제 두 문제 남았잖아요. 힘내세요!"

아아, 응. 힘낼게.

……무책임한 응원은 참 화가 난다.

히에로와 크리스토의 배웅을 받아 호텔로 돌아왔다. 설마하던 왕족과 황족이 직접 배웅해 주다니, 황송하다.

오늘은 날씨도 좋지 않고 이미 시간도 늦어 반돌루즈 밖을 돌아다닐 일은 없었다. 일단 몰래 온 것이기도 하고.

내일이면 알투아르행 배를 타야 했기에 더는 할 수 있는 일은 없는 상태다.

굳이 말하자면 나의 겨울 방학 숙제 정도겠지. 그리고 그것도 곧, 앞으로 두 문제 정도면 끝이다. 지긋지긋한 숙제 녀석.

그렇게 저녁 식사를 마치고 호텔에 틀어박혀 있을 때였다.

방까지 찾아온 호텔맨의 부름을 받고 간 리노키스가, 돌아오자마자 '곤란한 일이 생겼다'라는 말을 던졌다.

참고로 대화는 문을 사이에 두고 오갔다. 지금은 시녀복 차림이었으니까.

"그래서? 무슨 일인데?"

아직 두 문제가 남았지만, 그보다도 리노키스가 가져온 이야기가 더 궁금해서 먼저 듣기로 했다.

귀찮은 일인가? 아니면 분쟁인가? 설마 히에로와 관련된 일은 아니겠지?

"모험가 길드의 전언이에요. 요점은 모험가 리노의 호출이죠. 표면적인 이유는 그 게의 현상금 인도라고 하는데."

그렇군. 확실히 표면적인 이유는 맞네.

"전적으로 세드니 상회를 대행으로 세우고 있으니 당연히 현상금 수령도 상회가 맡아서 하겠지."

"네, 긴급한 용무라면서 길드에서 호텔로 직접 온 전언이에요. 상회를 통하지 않았다는 점이 수상함으로 가득하네요."

응.

이번 돈벌이 여행에서는 모든 서포트를 상회에 맡기고 있었다. 그래서 마음에 걸렸다. 상회에서 이야기가 왔다면 이해하겠지만.

그것도 단순한 전언이 아니라 긴급한 용무로, 굳이 호텔맨이 가져온 것이다.

단순하게 생각하면 상회를 통하지 않고 리노와 접촉하고 싶은 이유가 있는 거겠지.

그런 생각밖에 안 들었다.

"무시해도 되지 않을까?"

"그러면 현상금 2천만의 행방이 어떻게 될지 알 수 없을 것 같아요."

호출의 이유가 '현상금 인도'이니 그것도 그런가.

"모험가 길드는 그런 부분에서 애매하게 구는 경우가 많아?"

트집을 잡아 현상금을 들먹이는 일이 있을까. 길드(조합)라고 칭할 정도니까 꽤 잘 관리되고 있을 것 같은데.

"규칙에는 없지만 암묵적인 룰이 있다, 라는 패턴이 많아요. 예를 들어 사냥감을 가로채 간 경우라든가. 부상을 입은 마수를 쓰러뜨렸더니 다른 모험가가 쫓고 있던 마수였다, 라든가. 그렇게 규칙으로 결정할 수 없는 부분을 모험가들 사이에서 알아서 결정하는 경우가 종종 있어요. 실랑이를 벌이지 않기 위한 합의인 거죠."

아아, 알겠다.

규칙만으로는 일률적으로 정할 수 없는 경우도 많을 테니까. 모험가들끼리 분쟁이 생기지 않도록 자연스럽게 약속 사항이 생겼다는 뜻이었다.

"가장 큰 문제는 모험가 리노가 반돌루즈 국적이 아니라는 거예요. 다른 나라의 모험가이니 변수가 생길 가능성도 적진 않다고 생각합니다. 현상금 가로채기도…… 일반적으로는 그런 일은 없겠지만, 절대로 없다고는 할 수 없고요."

흐음.

"호출한 목적이 궁금하긴 하네. 짐작 가는 건…… 역시 현상금을 빼앗고 싶은 걸까.”

2천만은 꽤나 거금이니 말이다. 누가 노린다고 해도 이상하지는 않았다.

“그럴 가능성도 있지만 리노를 포섭하려는 쪽이 더 가능성이 높아 보여요. 요 며칠 만에 1억 이상의 돈을 벌어들였으니까요. 2천만은 별거 아닌 돈이라고 말할 수 있을 정도로.”

……과연. 그렇군, 그게 더 있을 법하다.

“그럼 무시할까? 2천만 정도는 포기해도 되지 않을까?”

그 정도는 금방 벌 수 있다는 건 알았으니. 2천만으로 분쟁을 회피할 수 있다면 싼값…… 싸지는 않지만, 납득은 할 수 있다.

일단 몰래 와 있는 입장이니까. 불필요한 분쟁은 피하고 싶었다.

“돈을 벌 목적으로 왔지만, 모험가 리노의 이름을 알리는 것도 목적이잖아요? 이걸 무시한다면 리노가 도망갔다, 라는 악평이 퍼질지도 몰라요. 뭐, 저는 그래도 상관없지만요. 저에게 모험가는 부업 이상의 의미도 아니고, 언제라도 그만둘 수 있어요.”

아니, 그건 곤란하다.

“리노의 명성은 곧 있을 대규모 격투 대회에서 손님을 끌어모을 원동력이 될 거야. 솔직히 2천만보다 이게 더 가치가 있다고 생각해. 특히 지금 이 상황은, 도망칠 경우의 부채가 확실히 더 커.”

여기가 알투아르면 상관없다.

한두 번의 실패라면 얼마든지 되돌릴 수 있었다.

하지만 이곳은 반돌루즈. 여기서의 실책을 되돌리기란 매우 어렵다. 어쨌든 앞으로 이 나라에서 활동할 예정이 없으니까. 오점은 사그라지지 않고 그대로 남아 있을 것이다.

"그럼 갈 수밖에 없다는 건가요? 귀찮은 예감밖에 안 드는데요."

"리노키스가 싫다면 대신 내가 갈까? 재밌을 것 같아."

돈벌이 마지막 날이 무산된 탓에 개운치 못한 느낌이 남아 있었다. 좀 미련이 남는다고 할까. 날뛸 기회가 있다면 뛰어들고 싶은 참이었다. 생각지도 못한 강적이 있을 수도 있고.

그런 생각을 하는 나를 물끄러미 바라보던 리노키스가, 마치 내 생각을 읽기라도 한 것처럼 말했다.

"제가 다녀올게요. 새로운 귀찮은 일은 필요 없으니까요."

그렇단다.

뭐, 이번만큼은 내가 나설 차례는 없으려나.

만에 하나라도 알투아르 귀인의 딸이라는 것을 들킬 수는 없고, 머리를 다시 염색하는 것도 내일 아침에 해도 충분했다.

이번 돈벌이는 어디까지나 몰래 하는 것이 우선이었다. 가능한 한 겉으로 드러나는 일은 피하는 편이 좋다. 이제 들러리인 릴리가 나설 차례는 없었다.

"그럼 다녀오겠습니다. 바로 돌아올게요."

모험가 리노의 옷으로 갈아입은 리노키스가 방을 나섰다.

자.

지금의 리노키스라면 대부분은 이길 수 있을 것이다. 큰일이 날 것 같으면 바로 도망치면 그만이니 걱정할 이유는 없다.

재미난 이야기를 기다리면서, 나는 남은 숙제나 마무리하자.

◆

"모험가 길드의 위치 말입니까?"

"네, 잠깐 얼굴을 내밀어야 해서요."

리노키스, 모험가 리노가 호출된 장소는 이곳 반돌루즈 수도 유네스고에 있는 모험가 길드 중앙지부였다.

카운터에 있던 호텔맨에게 장소를 확인하고 리노키스는 호텔을 나섰다.

아침부터 계속되던 바람이 약해지고 흩날리던 눈발도 약해졌다. 오늘 밤은 온화한 날씨가 될 것 같았다.

소복하게 쌓인 눈을 발로 뭉개면서 인기척이 적은 메인 스트리트를 걸어갔다. 낮의 악천후 탓인지 이 시간에 열려 있는 가게는 적었다. 아직 자기엔 이른 시간인데.

곧 불이 켜진 커다란 건물이 눈에 들어왔다.

이 악천후에도 열려 있는 것을 보니 명실상부 모험가의 집합소라는 느낌이다. 모험가란 일용직 노동자나 다름없으니, 시간도 날씨도 관계가 없는 것이다.

간판을 확인한 뒤 바깥 공기와 함께 발을 들였다.

"……."

그 안에는 스무 명 이상의 손님——한눈에 봐도 거친 일에 익숙해 보이는 체격 좋은 모험가들이 저마다 테이블을 차지하고 있었다.

알투아르 왕도의 길드에도 테이블은 있지만 그쪽은 사무소라는 느낌이 강했다. 하지만 이쪽은 술집을 겸한 느낌이다.

따뜻한 공기와 음료나 음식 냄새. 실로 생활감이 넘쳐나는 길드였다.

나름대로 북적거린 모양이다.

리노키스 오기 전까지는.

문을 열 때까지 계속되던 소란이 멈추고, 무례할 정도의 시선이 몰려들었다.

뭐, 아무래도 상관없다.

보아하니 상대가 될 만한 사람은 없다. 안젤이나 프레사, 간돌프만큼 강한 자가 있다면 이야기는 다르겠지만.

이거라면 아무리 시비가 붙는다 해도——.

"누님, 신입이야? 여러 가지로 알려줄 테니까 앉아봐."

테이블을 침묵시킨 채 카운터로 향하는 리노키스의 팔을 웬 중년 남자가 헤실헤실 웃으며 잡아챘다.

그 남자를 보고—— 리노키스는 미간을 좁혔다.

"이봐, 이게 본인의 격을 떨어뜨리면서까지 할 일이야? 별로 재미없는데."

리노키스는 조용히 말해 주었다.

어설픈 삼류 모험가 따위가 하는 짓은 하지 말라고.

253

이 남자는 상당한 베테랑이다. 이 나이에 이 정도면 꽤 실력이 좋은 편이다. 상대도 모른 채 섣불리 손을 뻗을 아마추어가 아니다.

그래서 더더욱 그렇다.

실력 좋은 모험가는 보통 주변 사람들과도 잘 지내는 법이다. 안 그러면 오래 살 수 없으니까. 모험가로서도, 단순한 생사의 문제만 봐도 그렇다.

실력 좋은 모험가일수록 이런 어설픈 짓을 하는 사람은 없다. 모르고 집적거리는 것의 위험을 누구보다 잘 알고 있을 테니까.

리노키스의 말에 남자는 다른 의미로 웃었다.

"……이건 확실히 보통내기가 아니네. 아니, 미안하군. 내가 한 잔 사지."

"볼일이 끝나면 한 잔만."

그렇게 대답한 리노키스는 카운터로 향했다.

모험가들의 시선은 여전히 리노키스에게 쏠려 있었다.

분명──.

"리노 씨인가요?"

카운터 앞에 서자 접수 직원이 물었다.

그래, 분명 지금 여기 있는 모두가 누가 오는지 알고 있었을 것이다.

단 며칠 만에 1억 이상의 돈을 벌어들이며 이름을 떨친, 이웃 나라에서 온 모험가.

리노가 온다는 것을 알고 있었다.

아까 그 남자의 행동은 모두를 대표해 그녀를 시험한 것이다.

과연 본인이 맞는지, 본인이라면 어느 정도의 인물인지.

신출내기도 아니고, 겨우 그 정도 일로 흐트러지고 동요를 보였다면 분명 얕잡아 보였을 것이다. ……모험가 경력으로만 보면 신출내기나 다름없지만.

뭐, 아무래도 좋다.

시험 방법에 따라서는 전원을 때려눕혔을지도 모른다. 어차피 이 나라를 메인으로 활동할 생각은 없으니, 뒤끝을 걱정할 필요도 없다. 어설프고 꼴사나운 짓을 해 오점만 남기지 않으면 그만이다.

"이쪽으로 오세요."

접수 직원의 뒤를 따라 리노키스는 안쪽으로 향했다.

간소한 응접실로 안내받고 나서야 상황을 모두 파악했다.

"잘 왔어. 이쪽에 앉아."

그녀를 기다리고 있던 것은 모험가 느낌을 폴폴 풍기는 덩치 큰 사내였다.

아발란이라고 자칭한 그가 바로 반돌루즈 수도 유네스고의 모험가 길드를 대표하는 길드장이었다.

어두운 갈색 머리에 흰머리가 뒤섞인 초로의 인물로, 은퇴한 지 아직 얼마 되지 않은 것 같았다. 지금도 충분히 강해 보인다.

하지만 지금 그에 관해서는 아무래도 좋다.

문제는 아발란 옆에 있는 귀족처럼 보이는 남자였다.

"자네가 리노인가? 그 게를 어떻게 처리했지?"

아주 멀끔한 차림새를 한, 아무리 봐도 귀족 계급으로 보이는 중년 남자. 그뿐만 아니라 어딘가 위험한 색을 띠고 있다. 난폭한 모험가와는 다른 종류의 위험이다.

알투아르에서는 거의 볼 수 없는, 권력의 사용법을 알고 있는 악당…… 뒷세계를 주무르며 살아가는 자의 위험함, 이라고 하면 이해하기 쉬울까.

리노키스가 암투기장에 침입했을 때, 면담이라는 명목으로 만났던 알투아르의 귀인과 분위기가 매우 흡사했다. 관련되면 위험하다고 본능이 외치고 있었다.

이 호출은 분명 이 귀족으로 보이는 남자가 계획한 것이겠지. 모험가 길드에 압력을 가할 만한 인물, 아니면 길드장과 손을 잡고 있거나.

"실례지만 당신은?"

아발란은 이름을 댔지만, 옆에 있는 귀족은 이름을 밝히지 않았다.

"알 필요 없네."

고압적인 답변이었다.

"아니면 알고 싶은가?"

고민하는 중이다.

알면 관여하게 된다. 라는 의미였다. 모르면 없던 일도 할 수도 있다. 적어도 가능성은 있다.

리노키스는 알투아르 국민이다. 이 나라 귀족들의 눈에 찍힌다 해도 별로 두렵지 않았다.

여차하면 4계급 리스톤가는 물론 힐데트라라는 왕족, 심지어는 뒷세계 사정에 밝은 안젤 같은 연줄도 있었다.

그리고 니아라고 하는 최강의 뒷배도…… 아니, 가능하면 그녀에게는 의지하고 싶지 않다. 누구보다 사랑받는 제자로서, 누구보다 사랑하는 스승에게 폐를 끼치고 싶지는 않았다.

"모험가에게 무기나 전법은 장사의 핵심이니까요. 누구인지도 모르는 사람이 물어도 대답할 수 없습니다."

"호오. 내가 누군지는 몰라도 신분 정도는 알지 않나?"

귀족의 질문에도 대답하지 않겠냐는 것이다.

"공교롭게도 저는 알투아르 국민이라서요. 이 나라의 상하 관계에 따를 이유는 없습니다."

분쟁을 벌일 생각은 없지만 따를 생각도 없다.

이 남자는 틀림없이 리노키스를 편입할 생각인 것 같았다. 그게 아니면 여기 있을 이유가 없다.

"게다가 요즘 시대에 귀족도 평민도 없지 않나요?"

그렇기 때문에 견제는 해 두었다.

여차하면 당장이라도 이 방을 나가 반돌루즈를 탈출한다. 본격적으로 분쟁이 일어나기 전에. 알투아르로 돌아가면 어떻게든 될 것이다.

"확실히 요즘 시대에 아무리 귀족이라도 타국 국적자를 직접적으로 어떻게 할 만한 힘은 없지. 있다고 해도 반드시 나중에 문제가 돼. 최악의 경우 국제 문제가 될 수도 있고. 하지만 직접적이지 않은 방법이라면 얼마든지 있지."

누군가를 사용하거나 법을 사용한다, 라는 건가.

그가 죄를 하나 날조하면 그만이다. 나라는 다른 나라 사람보다 자기 나라 사람을 더 믿는다. 그것이 귀족의 호소라면 움직이지 않을 수 없다.

"애초에──."

남자는 여유를 내보이듯 다리를 꼬았다.

"자네에게는 명확한 약점이 있지 않나. 협상만으로 끝내는 편이 현명할 것 같은데?"

명확한 약점.

곧 무언가를 짐작한 리노키스가 의자에서 일어났다.

"그 아이에게 손을 댔어?!"

남자에게 변화는 없다.

즉── 그렇다는 뜻이다.

"위험해……!"

리노키스는 정당한 걱정을 했다.

"앉게나. 그렇지 않으면 어떻게 돼도 난 몰라."

확실하게 동요하는 리노키스의 반응을, 남자는 다르게 해석했다.

아이를 동반한 모험가의 약점이라 하면 당연히 아이다.

이 남자는 리노키스가 부재한 호텔에 자객을 보냈을 것이다.

아이를 동반한 모험가의 약점인 아이를 확보하기 위해서.

아니.

리노키스의 걱정은 니아가 유괴되는 것이 아니라.

니아가 난동을 피우고 있지는 않은가, 였다.

"……후우."

숨을 내쉬고 리노키스는 의자에 다시 앉았다.

상황을 알 수 없다.

니아의 동향을 모르는 이상 섣불리 움직일 수는 없었다.

지금 여기서 이 남자를 피투성이로 만들고 호텔로 돌아가는 건 쉽다. 아주 쉽다. 그 옆에 모험가 길드의 우두머리까지 올라선 체격 좋은 사내가 있지만 상관없다. 여차하면 같이 때려눕히면 그만이다. 그 정도로 간단한 일이다.

하지만 돌아간다고 해도 대체 어떻게 한단 말인가.

만약 니아가 이미 난동을 일으켰다면?

부주의하게 돌아간 리노키스가 그 상황을 더 부추기는 꼴이 될지도 모른다. 불에 기름을 부어버릴지도 모른다.

분명 자객은 실제로 보냈을 것이다. 허세나 헛소리, 혹은 그저 얼굴만 내비칠 생각으로 굳이 이 자리를 준비했을 것 같지는 않았으니까.

니아는 어떻게 대처했을까.

그 부분을 알 수 없으니 움직일 수가 없었다.

당연하다는 듯이 때려눕혔을 것 같기도 하고, 습격의 이유를 알아내기 위해, 재미있을 것 같다는 이유로 굳이 유괴당했을 가능성도 생각해 볼 수 있다.

이 둘 중 하나라면 온건하게 해결하는 방향으로 움직이고 있을 것이다. 그녀도 솔선수범해서 분쟁을 일으키고 싶은 것은 아닐 테니까.

문제는 그 이외의 대처를 선택한 경우다.

예를 들면── 자객이 어떻게 움직이는가에 따라 니아의 대응은 분명 바뀔 것이다.

조용히 왔다면 조용히 끝내겠지만, 그렇지 않다면…… 만약 그랬을 경우.

"상황을 이해했나? 자넨 내 말을 들을 수밖에 없어. 아니, 얌전하게 따른다면 아이는 무사히 돌려보내 주겠네."

그런 걱정은 하지 않는다.

니아를 어떻게 할 수 있는 사람이 있을 리가 없다.

걱정하는 것은 국제 문제가 되지 않을까 하는 점이었다.

만사를 제쳐두고 달려가고 싶은 리노키스가 꾹 참을 정도로, 그 일 만큼은 피하고 싶었다. 만에 하나라도 있어서는 안 될 사태였다.

자칫하면 반돌루즈로 불러들인 히에로 왕자에게 피해가 가고 매직비전 보급 활동에 방해가 될 수도 있다. 그것은 리스톤가에 있어서도 큰 손실이었다.

그리고 리노키스가 쓸데없이 움직였다간 소란이 더 커질지도 모른다.

부디 아무런 문제가 생기지 않기를.

지금 리노키스가 할 수 있는 것은 그렇게 기도하는 것뿐이었다.

"응?"

리노키스가 재밌을 것 같은 호출을 받아 밖으로 나가고, 힘겹게 숙제를 다 마친 타이밍이었다.

홍차라도 마실까 생각하고 있었는데, 기척이 느껴졌다.

"……미숙하네."

이 방에 다가오는 기척이 세 개. 빠른 걸음이지만 발소리는 죽이고 있다.

삼류 암살자 같은 느낌이다. 기척을 없애는 법이 실로 졸렬하다.

노리는 건 누구지?

만약 이 방을 지나간다면…… 아, 그러고 보니 지금 이 층에는 우리 외엔 묵고 있지 않다고 했었나.

누가 뭐래도 알투아르 왕국 제2 왕자가 마련해 준 고급 호텔이다. 꽤 비싼 가격이었기에 이용자도 많지 않았고, 이 층에 채워진 방은 이곳뿐이었다.

그렇다는 건…… 별로 좋지 않네.

이후의 전개를 예상한 나는 황급히 변장 도구가 든 가방을 뒤

261

졌다.

재빨리 연습복으로 갈아입고 간단하게 머리를 묶은 뒤 검은 머리 가발을 장착했다.

혹시 몰라 준비해 두길 잘했다. 차림새는 그나마 속일 수 있지만 이 흰머리만은 아무래도 눈에 띄니까.

연습복 대신 벗어둔 원피스를 짐가방에 쑤셔 넣었을 때, 노크 소리가 났다.

이 방문을 두드린 소리다.

"네."

가까스로 시간에 맞췄다.

마지막으로 거울을 보고 모습을 점검하고, 가발이 틀어진 곳을 고친 뒤 문 앞에 섰다.

"누구세요? 리노는 지금 외출 중인데요."

문을 열지 않고 그렇게 전하자, 남자 목소리로 "리노 님이 부탁하신 룸서비스입니다"라는 대답이 들려왔다.

한 사람은 문 정면에 서 있고, 두 사람은 문 옆을 지키고 있다.

……흠. 어렴풋하게 상황이 보인다.

그들은 리노키스가 부재한 것을 알고 왔을 것이다. 목적은 짐…… 좀 더 말하면 소지품 중에서 약점을 찾기 위해. 뭐, 진짜 목적은 내 신병 확보겠지.

며칠 안에 억을 보는 모험가는 요즘 시대에는 그렇게 흔하지 않은 모양이고. 금이 자라는 나무를 탐내는 자가 나오는 것도 이상한 일은 아니다.

리노키스는 그렇게 생각했고, 나도 같은 의견이었다.

자, 어떻게 할까.

불러들인 다음 쓰러뜨리는 것도 좋고, 굳이 유괴당하는 것도 즐거울 것 같다. 배후의 인물과 대화해 보는 것도 나쁘지 않지. 민폐 부린 값을 잔뜩 뜯어내 주마.

……라고 말하고 싶지만, 지금은 상황이 좋지 않았다.

은밀하게, 심지어 히에로의 호출을 받아 온 이상 분쟁을 일으키는 것은 위험했다.

분쟁과 관련지어 왕자에게도 피해가 미칠 수 있었다.

리노키스 같은 서민이라면 어떻게든 되겠지만, 나는 리스톤가의 딸이니까. 높으신 분들은 생각지도 못한 형태로 엮이는 경우가 많다. 아니, 강제로라도 엮어버린다. 이른바 정치적인 움직임이라는 것이다. 작은 상처만 발견해도 크게 떠들어대는 법이니까.

남의 나라에서 분쟁을 일으킨다는 것은 그런 것이었다.

여기서 문제를 일으키면 국제 문제가 될 수 있었다.

반돌루즈 상층부에는 '니아 리스톤이 와 있다'라는 말이 들어가 있으니까. 대부분의 사람에게는 '릴리'였지만, 제대로 조사한다면 니아 리스톤이라는 것을 금세 들킬 것이다.

그러니까, 즉.

내가 움직였다는 흔적을 단 하나도 남기지 않고 처리해 버리면 되는 것이다.

어둠에서 어둠으로, 누구의 눈에도 띄지 않고 정리해 버리면 그만이다.

무시하고 넘어가도 상관없지만, 모처럼 찾아와 주지 않았나. 나름의 대접은 해주고 싶었다.

그렇게 되면…… 좋아.

내가 방침을 정함과 동시에 문 너머에서 밀담을 나누는 소리가 들려왔다.

"안 여네."

"눈치챘나?"

"이제 됐어. 그냥 열쇠로 열어."

이봐, 이봐. 거 참 성질 급하네.

나는 서둘러 실내의 짐이나 가방 같은 것을 회수했다.

내일 아침 떠날 예정이었던 덕분에 미리 짐을 싸둔 것이 그나마 다행이었다. 자질구레한 것은 몰라도 잃어버리지 말아야 할 것은 모두 넣어두었다.

그것들을 가지고 창문을 열었다.

틈새로 날카롭게 불어오는 찬 바람에 눈을 가늘게 뜨고, 창틀에 발을 걸친 뒤── 위로 올라갔다.

"영차."

작은 창틀을 발판 삼아 위로 향했다. ……지붕까지는 조금 머니까 이대로 숨어 있자. 짐이 방해돼서 움직이기도 힘드니까.

"……앗."

일 났네. 가발이 비뚤어졌다. 어디에 걸린 것 같다. ……어쩔 수 없지, 어설프게 머리에 얹어 봐야 더 부자연스러울 테니 그냥 품 안에 넣어 두자.

약간의 트러블은 있었지만, 창틀 위에서 벽에 붙은 채로 대기했다.

위를 보면 들키겠지만, 들키면 어쩔 수 없다. 전원을 때려눕힌다.

들키지 않고 넘어간다면 패거리의 뒤를 따라가 볼까. 정체도 알고 싶고.

곧 방문이 열렸다.

"애송이는 어디 있어?!"

"없잖아!"

"창문이 열려 있어!"

두 사람 정도, 지금 내가 나온 창문으로 머리를 내밀고 아래를 바라보았다.

"이 높이에서 뛴 건가?"

"불가능해. 여긴 7층이라고."

"그럼…… 애송이는?"

"이런 일을 대비해서 내려갈 방법을 마련해 뒀겠지."

"아아, 그거 말 되네. 실력 좋은 모험가라면 만일의 상황에도 대비해 뒀을 테니까."

발아래에서 논의를 나누던 남자들은 창문을 닫고 방으로 들어갔다.

운이 좋은 패거리다.

조금이라도 위를 보는 모습을 보였다면 처치할 생각이었는데.

"바깥을 찾는다! 서둘러!"

남자들은 가볍게 방안을 뒤지더니 방 밖으로 나갔다.

문이 닫힘과 동시에 창문을 열고 짐과 가발을 집어넣었다. 문은…… 닫혀 있네. 자물쇠를 부수지는 않았구나.

"좋아, 가볼까."

리노키스는 모험가 길드의 호출을 받았다고 말했었다.

높은 확률로 불러낸 누군가에게 '아이를 유괴했다, 말을 들어라'라는 협박을 받고 있을 것이다. 그 남자들은 나를 납치하러 왔던 거겠지, 분명.

그리고 리노키스는 그것이 불가능하다는 것을 알고 있다.

그렇다면—— 그녀는 관망을 선택할 것 같았다.

자기 행동이 후일 리스톤가의 책임 문제가 될 가능성을 염려해 움직이지 않을 것이다. 내 안부를 걱정할 필요는 없으니, 침묵으로 일관하면서 대기할 수도 있다.

완벽하게 다 읽는 것은 불가능하지만, 딱 한 가지 아는 것은 있었다.

적어도 리노키스는 이 상황에서 내가 움직이지 않는다고는 생각하지 않을 것이다. 그러니 나한테 맞춰서 행동하겠지.

즉 내 액션을 기다리고 있을 것이다. 짐작이지만.

짐작한 대로, 나는 움직일게.

"마지막 사냥은 사람인가? 가끔은 이런 것도 나쁘지 않지."

나는 다시 창틀에 발을 걸었다.

그리고 날았다.

방으로 들이닥쳤던 남자들은 한동안 호텔 주변을 이리저리 뛰어다니다가 체념한 듯 자리를 떠났다.

그 뒤를 나는 충분한 거리를 두고 미행했다.

위에서.

건물 위를 날고, 건너뛰고, 때로는 벽을 달리고, 빠른 걸음으로 가는 남자들을 따라갔다.

응? 멈춰 섰네.

뭔가 이야기를 하는 것 같은데…… 어디, 조금 가까이 가볼까.

"내가 가는 거야?"

"됐으니까 얼른 가. 가서 애송이 포획에 실패했다고 전해."

"칫, 알았다고."

아아, 그렇군. 지시한 녀석에게 보고하러 가는 건가. 중요하지, 보고는.

좁은 골목 한가운데서 한 명과 두 명으로 나뉘었다.

"컥?!"

서로가 사각지대가 될 정도로 떨어진 타이밍을 노렸다가 위에서 습격해 전령을 기절시켰다. 뭐, 조급해할 필요 없어, 밤은 기니까. 여기서 좀 자면서 기다려.

서둘러 벽을 뛰어올라 이번에는 두 사람을 쫓았다. 바로 따라붙었다. 자신들이 미행당하고 있다는 것은 꿈에도 모르는지 녀석들의 걸음은 느렸다.

자, 이쪽은 어디로 갈까?

"호오?"

이들의 목적지는 비교적 가까웠다.

메인 스트리트에서 조금 더 들어간 곳에 있는 중간 규모의 빌딩이다. 4층 건물인가? 1층은 고급스러워 보이는 레스토랑이 있고 영업 중이었다.

그들은 바깥 계단을 이용해 2층 방으로 들어갔다.

1층은 보이는 그대로인데, 2층부터는 뭐지? 주택 시설인가? 아니면 레스토랑 사무실인가?

뭐, 됐다.

저 건물에 있는 녀석들은 모두 해치우자.

싸움을 걸어온 것은 저쪽이니까. 받은 내가 사양할 이유는 없다.

어쩌면 무관한 자를 끌어들일지도 모르지만, 그것은 무관한 자가 출입하는 장소를 이용한 저 패거리들이 나쁜 것이니 신경 쓰지 않기로 했다.

세상에는 이런 불합리한 일도 있다고 생각하고 포기해 주길.

…….

그래도 1층 레스토랑은 제외할까? 평범한 손님도 있는 것 같고.

지나치게 무관해 보였다.

　소리 없이 땅에 내려온 나는 평범하게 바깥 계단을 올라 문 앞
에 섰다.

　아무렇게나 손잡이를 쥐었다.

　돌리려는데 덜컹, 하고 걸렸다.

　열쇠구나. 문제없다.

　힘을 줘서 돌리자 콰직, 소리가 나며 문이 열렸다.

　"몇 명이나 있을까."

　많은 편이 더 재미있는데.

　뭐, 적다 해도 내가 참아야지 어쩌겠어.

　들어간 곳은 큰 방이었다.

　테이블이 있고 주방도 있고 소파도 들어서 있는, 많은 사람이
대기하는 초소 같은 방이었다.

　술과 담배 냄새가 났다. 잡다한 물건이 넘쳐나고, 뉴스페이퍼
가 한쪽에 잔뜩 쌓여 있고, 벽에는 검 따위가 걸려 있다. 장식인
가? 아니, 저 광택을 보니 실제로 쓸 수 있을 것 같다.

　이곳은 분명 이 건물의 입구 같은 장소겠지.

　아까 이곳으로 들어온 남자들은 안 보이는 걸 보니 안쪽으로 간
모양이다. 위층도 있으니.

　"야, 누구냐. 추우니까 빨리 닫아."

　일단 한 명.

소파에서 선잠을 자다가 바깥 공기가 들어와 일어난 남자에게 주먹을 날려 다시 한번 잠들게 했다.

"······흐음?"

재운 남자를 관찰했다.

아무리 봐도 건실해 보이지는 않는다. 체격도 좋고. 깡패······보다는 좀 높은 지위인가. 마피아 같은데. 아니, 마피아치고는 너무 단련했다. 누가 봐도 주먹을 쓰는 인물 같았다.

정확하게는 모르겠지만 멀쩡한 인간으로는 보이지 않았다. 뒷세계의 패거리인 것만은 확실한 것 같은데.

그럼 사양할 필요는 없겠지.

이 층에는 6명, 위층에······ 8명 정도인가.

발견되지 않게 주의해야겠지만 별로 큰 수고도 아니다.

얼른 전원을 처치하고 리노키스를 안심시켜 주자.

◆

"응?"

올터는 위화감을 느꼈다.

지금은 일반인인 전직 군인은 이 빌딩 1층에 있는 레스토랑에 고용된 점장이라는 직무를 갖고 있었다. 몸집이 크고 건장해서 가게에는 나가지 않지만, 뒤에서는 여러 가지 잡무를 해내고 있다.

오래전부터 알고 지내던 귀족 오너에게 고용되어 있는 것이다.

전용 집무실에서 마침 그와 관련한 서류를 정리하고 있을 때, 문득 고개를 들었다.

――지금쯤이면 고용주인 그리그 크렛이 리노를 만나고 있을 때인가.

――그리고 리노가 데리고 있는 아이를 확보했을 때인가.

무슨 일이 있을 때를 대비해 올터도 바로 나설 수 있도록 준비는 해 두었다. 망을 보는 부하가 움직이고 있으니 무슨 일이 있으면 보고가 도착할 것이다.

어느 쪽에 따라붙어도 좋았겠지만, 어느 쪽에 트러블이 있어도 즉시 대응할 수 있도록 일부러 양쪽 모두에 붙지 않았다.

그래서 이곳에서 대기 중이다.

그런 와중에―― 위화감을 느꼈다.

고요한 밤이다. 별다른 소리가 난 것도 아니고, 누가 부르러 온 것도 아니다. 수상한 기척이 느껴진 것도 아니다.

하지만, 뭘까.

뭔가를 느꼈다.

그것은 어쩌면 군인으로서 길러온 경험에서 비롯된 감이었을지도 모른다.

그리고 그것은 맞아떨어졌다.

조용한 밤이었다.

문을 하나 사이에 두고―― 밤의 정적을 두른 침입자가 있었다.

"……."

올터는 무의식적으로 서랍 속 칼을 집어 들고 몸을 일으켰다. 인기척 따위는 느껴지지 않았다. 그렇다면 무기 같은 건 필요 없을 텐데.

그러나 자신의 본능은 어째서인지 경계하라 소리치고 있었다.

눈 내리는 소리마저 들릴 정도로 고요한 밤.

숨을 죽인 올터는 문에 다가갔고――.

"끄억?!"

강한 충격을 받고 날아갔다.

"칫!"

벽에 내던져질 정도의 충격이었지만 가까스로 낙법 자세를 취해 착지한 뒤―― 올터는 책상으로 달려가 몸을 숨겼다.

무슨 짓을 당했는지는 모르겠다.

하지만, 확실히 외적의 공격을 받았다.

지금은 그것만 알면 된다.

서랍에 있는 메인 무기―― 투척용 나이프를 넣은 하네스를 재빠르게 장착하고 물 흐르듯 한 개를 던졌다.

나이프는 빗나가는 일 없이 천장에 매달린 조명에 맞았고, 방은 어둠에 휩싸였다. 어두운 밤은 아군이다. 밤눈에 어두운 공작병은 없다.

조용한 밤이었다.

눈 내리는 소리마저 들릴 정도로.

책상 뒤에 숨은 올터는 숨을 죽인 채 상황을 살폈다.

창문으로 들어오는 작은 불빛에 비로소 눈이 어둠에 익숙해졌다.

문이 열렸다.

평범하게. 아무런 주저함도 없이.

"훗!"

문이 열렸다── 라는 것을 인식한 순간 올터는 책상 뒤에 숨은 채 칼을 날렸다.

의식 같은 것은 하지 않았고 정확히 노리지도 않았다.

하지만 오랜 세월 사귀어 온 파트너, 과녁을 빗나가는 일은 없다.

책상 뒤로 숨으면서 오른쪽 옆, 책상 위에서 왼쪽 옆.

빠르게 이동하면서 칼을 날렸다.

"……윽!"

올터의 움직임이 순간 멈췄다.

지금 자신이 던진 칼이 눈앞을 스쳐 지나갔기 때문이다.

보고도 믿기 힘든 실력이다. 불규칙하게 움직이는 올터를 확실하게 겨냥해 던진 것이다.

맞지 않도록.

방금 것은 일부러 빗나갔다. 올터는 알 수 있었다.

언제든지 맞힐 수 있다, 라는 경고다.

올터는 적을 시인조차 못 하고 있는데. 그것을 허락할 정도의 여유도 없는데.

하지만 상대는 그렇지 않았다.

"뭐, 뭐 하는 놈── 헉?!"

자연히 떨리는 목소리로 상대를 추궁하려다 말문이 막혔다.

있다.

바로 뒤에.

되받아친 칼은 단지 미끼였고, 단지 견제였다.

진짜는——.

올터의 의식이 있었던 것은 거기까지다.

"결국 뭐였지?"

약간의 저항을 선보인 올터를 기절시킨 침입자는 고개를 갸우뚱했다.

깡패치고는 움직임이 너무 좋다.

거친 일을 전문으로 하는 마피아 치고는 살기가 너무 깔끔하다.

암살자 같지만, 그런 것치고는 살기의 질이 다르다. 그런 것을 생업으로 삼은 자의 살기는 좀 더 가늘고 약하지만 잘 벼린 듯 날카롭다.

"뭐, 상관없지."

고민해 봤자 알 수 없고, 어쨌든 싸울 필요도 없는 상대였다. 실력은 나쁘지 않지만, 상식의 범위 내에서 강할 뿐이다. 그것만 알면 충분하다.

침입자는 방을 나갔다.

그런 일련의 일이 있었음에도—— 고요한 밤이었다.

◆

"여기가 골이네."

4층 안쪽에 고급스러운 가구들로 꾸며진 집무실이 있었다.

여기가 종점이다.

이 건물을 근거지로 삼고 있는 무리의 우두머리가 자리한 방이 바로 이곳이다.

마피아들은 모두 재우고 왔으니 지금 움직이고 있는 것은 나뿐이다.

요컨대 제압 완료라는 것.

수월한 작업이었다. 아무에게도 들키지 않게 처리하며 돌아다녔지만, 너무나도 손맛이 없어서 별로 즐겁지 않았다. 상상으로는 좀 더 위험한 상황도 있지 않을까 생각했는데, 아무것도 없었다. 담담히 완수했을 뿐이다. 뭐, 딱 한 명, 나를 알아챈 녀석이 있긴 했지만…… 그것도 결국 싸움이 되지는 않았다.

뭐, 상관없다. 애초에 기대도 안 했고 말이지.

"그리그 크렛이라."

책상을 뒤져 서명된 서류를 보았다. 자주 보이는 이름은 그리그 크렛. 아마 이놈이 이 방의 주인이겠지.

리노키스를 불러낸 것도, 나를 납치하려고 한 것도 분명 이 녀석이다.

크렛이라.

모르는 이름이다. 이 방의 세간을 보면 귀족이나 벼락부자인 것은 거의 확실해 보이긴 하지만.

그 밖에 뭔가가 더 있을까 싶어 방 안을 둘러보았다.

집무실답게 여러 잡다한 것들이 있었지만, 가장 눈길을 끄는 것은 비싸 보이는 선반에 어울리는 비싸 보이는 술병들이다. 고급 술이네. 장관이다. 마시고 싶다. 한 모금이면 허락되지 않을까. 아니, 안 돼. 한 모금이라도 마시면 더는 제어할 수 없을 것이다. 저 근방은 최대한 보지 않는 것으로 하자.

그 밖에는…… 음?

책장이 눈에 띈다.

책등만 봐도 비싸 보이는 책들이 죽 진열되어 있는데…… 딱 한 권, 정리를 잘못한 것인지 살짝 튀어나온 것이 있었다.

아니면 꺼낸 뒤에 제대로 집어넣질 않았다거나.

위화감이 들었다. 기묘하게 눈에 띈다.

시험 삼아 뽑아 보니…….

"당첨인가."

책의 안쪽, 선반 너머에 뭔가 있었다.

주위의 책도 꺼내 보니 벽면에 들어찬 작은 비밀 금고가 나타났다. 상당히 진부한 은닉 장소 아닌가.

당연히 열쇠는 없었기에 빠각, 하고 힘으로 열었다. 철이나 강철로는 무리다. 나를 막으려면 전설급 철이나 마강제 금고를 준비하는 편이 낫다. 그렇다 해도 파괴할 거지만.

"현금과 보석 조금. 서류. 증서들인가. 이쪽은 장부?"

작은 금고라 그런지 필요 최소한만 넣어뒀다는 느낌이었다.

팔랑거리며 장부를 넘겨보니 숫자가 빼곡하게 늘어서 있었다. 금고에 넣어뒀을 정도라면 뒷장부일지도 모르지만, 세세하게 조사할 생각은 없다. 나한테 숫자 같은 거 보여주지 마라.

서류는…… 레스토랑이나 토지 권리서? 아, 레스토랑의 경영자이기도 한 건가.

뭐, 어쨌든 중요한 물건임이 확실해 보였다.

금이나 보석은 흔적이 남을지도 모르니 건드리지 말자.

들고 가는 것은 장부와 서류, 그리고 적당한 크기의 무기로 쓸 만한 것…… 다들 고풍스러운 것들뿐이라 들고 나가기가 조금 꺼려졌다. 장인 정신의 결정체니까.

무기는 2층 큰 방에 있던 프라이팬이면 충분하겠지.

좋아, 돌아가자.

◆

"장난하자는 건가?"

"아니요?"

"다시 한번 묻겠네. 그 게는 어떻게 처리했지?"

"때리고 찼어요. 몇 번을 물어도 대답은 똑같아요. 그게 진실이니까."

남자—— 그리그 크렛은 확실하게 열이 오른 모습이었다.

그에 반해 리노키스는 한없이 새침한 얼굴로 대꾸했다.

그런 두 사람을 옆에 두고도 길드장인 아발란은 별다른 행동을 하지 않았다.

신분과 권력 등의 이유로 아발란은 아무리 해도 그리그를 거역할 수 없었다.

자신 한 명만의 문제가 아니다. 거역하면 반돌루즈 모험가 전체에 영향을 미칠 수 있었기에 경솔하게 움직일 수 없는 것이다.

그러나 그렇다고 해서 솔선수범 나설 마음도 없다.

그래서 관망하고 있다. 계속.

그것이 이 자리에서 할 수 있는 그의 최선이었으니까.

"나는 별로 인내심이 좋지 못해. 말을 부디 가려서 하도록 해."

"그런 말을 들어봤자 대답은 변하지 않아요. 아까부터 계속 진실을 말하고 있는 걸요."

뭐, 믿기 어려운 것도 이해는 간다, 라고 리노키스도 생각했다.

게와 싸우는 니아의 모습을 리노키스는 목격했다.

확실히 보긴 했다. 그런데도 지금도 여전히 믿기 힘들었다.

그런 거대한 마수가 니아의 공격으로 점점 조각조각 흩어져 갔다. 저것이 과연 인간이 할 수 있는 일인가, 라는 생각마저 들었다. 실제로 눈앞에서 벌어지는 일임에도.

하지만 사실은 사실이다.

믿을 수 없지만 사실이다.

믿지 않는다는 말을 들어도 리노키스는 더 이상 할 말이 없었다.

"아이가 어떻게 돼도 좋다는 건가?"

"그런 말을 들어도 곤란해요. 믿지 않는 그쪽 책임까지 떠넘기지 마세요."

아이에 관한 걱정은 하지 않는다.

리노키스의 걱정은 언제까지 이러고 있어야 할까, 라는 딱 한 가지뿐이었다. 뭐, 니아의 안전은 확실할 테니 지금은 느긋하게 시간을 벌기만 하면 그만이다.

──그런데 생각보다 빨리 왔다.

쾅!!

갑작스럽게 벌어진 일이었다.

울려 퍼지는 충격음과 함께 모험가 길드 전체가 흔들렸다.

"뭐, 뭐야?!"

이것에는 아발란도 동요했다. 팅기듯이 몸을 일으키더니 군더더기 없는 움직임으로 재빨리 방에서 나갔다.

상황을 보러 간 것이다.

모험가 출신답게 비상사태에 대한 행동은 빨랐다.

그리고 바로 돌아왔다.

겨드랑이에 끌어안을 수 있을 크기의 가죽 주머니를 들고.

"무슨 일이지? 아발란."

"배달된 물건입니다."

"배달된 물건?"

"크렛 씨, 당신에게 말이지."

그렇게 말한 아발란은 가져온 가죽 주머니를 탁자에 놓았다.

"지금 바로 확인하는 게 좋을걸. 당신을 위해서라도."

"……?"

그리그는 의아한 표정을 지으며 시키는 대로 가죽 주머니 속을 살폈다.

"프라이팬……?"

가장 먼저 나온 것은 휘어진 큰 프라이팬이었다. 철제로 된 견고해 보이는 그것이 훌륭하게 꺾여 있었다.

그 후…… 그리그의 안색이 변했다.

"이게 어떻게 된 거지?"

날카로운 시선을 아발란에게 향했지만, 그는 어깨만 으쓱할 뿐이다.

"누가 그걸 여기 던져넣은 것 같더군. 덕분에 벽에 구멍이 나 있었어."

"던져넣다니…… 이만 가보겠네!"

그리그는 더 이상 리노키스를 보지도 않고 가죽 주머니를 챙기고 방에서 나갔다.

찌그러진 프라이팬만 테이블에 남겨 둔 채로.

"저 남자가 부정을 저지른 증거가 들어 있었다."

아발란의 말을 듣고 리노키스는 이해했다.

니아의 액션이다. 뭐, 당연히 그것 외엔 없겠지만.

——그 남자의 아지트까지 침입했다, 이제 괜찮으니까 돌아와,

라는 니아의 전언이었다.

　여기까지 뒤집혔으니 저 남자는 사후 처리에 시달려야 했다. 스스로를 보호하기 위해. 이렇게 되면 더는 리노키스를 신경 쓰고 있을 여유는 없을 것이다.

　적어도 지금은.

　어쨌든 그 남자가 떠난 이상 리노키스가 여기 남을 이유도 사라졌다.

　"그럼 나는 이만."

　"미안했다. 이 나라의 모험가도 아닌데 성가신 일에 말려들게 해서."

　권력층의 압력 때문에 뜻대로 움직일 수 없다.

　서민 출신인 리노키스였기에 그 사정을 모르지는 않았다.

　아발란에게 동정심은 있을지언정 나무랄 마음은 조금도 없었다.

　"하나 빚진 걸로."

　그래서 이렇게만 말해두었다.

　실수를 메울 기회를 줄 테니 신경 쓰지 말라고.

　"게 현상금은 세드니 상회에 부탁합니다. 그럼."

　마지막에 약간의 소동이 있었지만.

　이렇게 해서 반돌루즈에서의 돈벌이 여행은 종료되었다.

"드디어 한숨 돌리는 느낌이네."

"그러게요."

소동이 있었던 밤이 지나가고 이른 아침.

우리는 무사히 알투아르행 고속선에 올라타 이제 막 날아오른 참이었다.

아직 하늘이 어두울 정도로 이른 아침이지만…… 호텔 주위에서 항구까지 이상하게 사람이 많았다. 모험가로 보이는 자부터 군복을 입은 비일반인까지 다양했다.

호텔에서 나온 리노키스를 보고 크건 작건 간에 소란이 일었으니 분명 모험가 리노가 나오길 기다렸던 사람들이겠지. 뭐, 도망쳤지만.

단 며칠 만에 억 단위를 벌어들인 이웃 나라 모험가. 현지 사람들이 애먹고 있던 유명한 마수들을 닥치는 대로 사냥한 모험가. 소문에 밝은 사람이라면 이름 정도는 들었을지도 모르는, 최근 한창 유명세를 떨치고 있는 모험가.

그것이 이 나라에서 만들어 낸 리노의 모습이었다.

저 모습을 보니 의도한 대로 이름이 제대로 알려진 모양이다. 좋아, 좋아.

덕분에 이 이상 반돌루즈에서 활동하기는 어렵다고 판단해 돌아가기로 했다.

고속선을 준비해 준 덕분에 반나절 정도는 더 움직일 수 있을 것 같았지만 정체를 들킬까 봐 포기했다. 어제도 습격이 있었고.

"예상은 했지만 힘들었네요. 아가씨."

응, 뭐, 그렇지.

"조금만 더 힘내."

작은 소리로 속삭이자, 시녀 리노키스는 모험가 리노로서 "아, 응" 하고 대답했다.

고향에 돌아갈 때까지는 그 설정을 이어가야 한다. 적어도 단둘이 아닌 자리에서는.

그래서 나도 또 염색을 한 거고.

"야아, 리노 씨! 이번엔 정말 수고 많으셨습니다!"

안쪽에서 싱글벙글한 얼굴의 투르크 세드니가 찾아왔다.

"제가 드린 주문을 모두 받아주셨네요. 감사합니다! 덕분에 돈을 많이 벌었습니다!"

이 모습을 보니 예상 이상으로 번 모양이다. 싱글벙글한 얼굴이 되는 것도 이해가 갔다.

리노키스가 투르크를 상대하고 있을 때, 나는 그 옆에서 창문으로 밖을 바라보았다.

시선 아래에는 반돌루즈의 거리가 펼쳐져 있다.

아직 어두워서 자세히는 보이지 않았지만 이렇게 보니까 크고 넓었다. 저건 왕성인가? 저긴 뭐지? 유명한 장소인가?

이번 돈벌이 때는 거의 사냥만 했다. 반돌루즈 관광은커녕 제대로 바깥을 걸어보지도 못했다. 유일하게 있었던 변수라면 하스키탄가에 방문한 것 정도일까. 결국 양친이 당부했던 비행선을 보러 갈 시간도 없었다.

다음에 올 때는 좀 더 느긋하게 둘러보고 싶다. 이 나라의 매력을 조금도 못 봤으니까.

——"가속을 시작합니다. 삼, 이, 일—— 점화."

충분한 고도에 도달한 고속선은 폭발과 함께 급발진했다.

여전히 무섭도록 빠른 비행선이다. 역시 이걸 갖고 싶지만 무리겠지.

저녁에서 밤 사이에 알투아르에 도착할 예정이다.

학교 3학기가 코앞이었다. 겨울 방학은 이제 끝났고, 돈벌이는 성공했고, 그럭저럭 숙제도 끝났고, 모험가 리노의 이름도 알려졌다. 대체로 예정에 맞게 보낸 것 같았다.

그리고 남은 일이라고 하면——.

"그럼 편히 쉬세요."

이들의 이야기가 끝나기를 기다렸다가 리노키스와 이동했다.

함께 좁은 개인실에 틀어박힌 뒤에야 겨우 한숨을 돌릴 수 있었다.

"역시 좀 피곤하네."

요 며칠 동안 너무 정신이 없었다.

즐거운 사냥이었던 만큼 크게 신경 쓰이진 않지만, 이렇게 진정되고 보니 몸은 확실한 피로를 느끼고 있었다.

"그러게요. 무리 없는 스케줄을 짰는데도 피곤하네요. 그래도 번 돈은 일억이 넘었으니 열심히 한 보람은 있었다고 생각해요."

응, 그러게.

"그래서 아가씨, 어젯밤의 일 말인데요."

"응."

어젯밤 이야기는 아직 하지 않았다.

리노키스도 무사히 돌아왔으니 급하게 이야기할 필요가 없다고 판단했기 때문이다. 이왕이면 알투아르로 돌아가는 배 안에서 이야기를 하자, 좋은 시간 때우기가 될 것이다, 라고 미리 약속했었다.

그래서, 그 습격은 무엇이었을까. 모험가 리노는 왜 불러 간 것일까.

나는 아무것도 모른 채 아지트에 들어가 쥐도 새도 모르게 제압만 하고 왔기에 그 사정이 꽤나 궁금했다.

자, 어떤 이야기를 듣게 될까.

%헬레나 라임의 우아한 하루, 그리고 그 뒷이야기

헬레나 라임.

3계급 귀인 조레스 라임의 부인이다.

왕족의 피를 이어받은 그녀는 어려서부터 상류층의 예절을 배웠고, 그 높은 기술과 교양은 나이 쉰을 넘긴 지금도 시들지 않고 건재했다.

많은 귀인의 요청으로 아이들에게 예의범절을 알려주는 교사 일을 맡았다.

남편 조레스는 현재 왕궁에서 근무하는 고관으로, 알투아르 왕국을 지탱하는 사람 중 한 명으로서 양지에서 활동하고 있다.

이번에는 그런 상류층에 사는 여성 헬레나 라임 여사의 화려한 하루를 밀착 취재해 보았다.

또한 이번 편의 진정한 목적은 후반에 밝히는 것으로 한다.

라임 여사의 아침은 이르다.

——"마음은 젊다고 생각하는데, 몸은 또 그렇지도 않으니까요."

매일 일찍 자고 일찍 일어나는 것을 습관화해 규칙적인 생활을 우선시하고 있다고 한다.

——"이 나이가 되면 통감한답니다. 사교계를 위해 미용과 건강과 몸가짐에는 항상 조심해 왔지만, 그중에서도 건강이 가장 얻기 어렵고 중요하다는 걸 깨달았죠."

그런 그녀의 하루는 열 가지 과일과 채소를 짜낸 한 컵의 주스로 시작한다.

——"최근 5년 동안에는 늘 마셨답니다. 덕분에 크게 몸이 아팠던 적이 없어요."

왕도 청과점이 운영하는 찻집에서 제공하는 채소주스를 좋아하는 부인은 따로 요청하여 레시피를 알게 된 뒤로 저택의 전속 요리사에게 매일 아침 그것을 만들게 했다.

만약 미용과 건강에 관심이 있다면 2번가에 있는 찻집 '청과 청엽의 계절'을 방문해 보자. 신선한 채소에서만 느낄 수 있는 심오한 맛은 색다른 매력을 당신에게 알려줄 것이다.

특히 가장 인기 있는 백당근 스테이크는 꼭 한 번쯤은 맛보길 바란다.

천천히 아침 목욕을 즐긴 후, 아침 식사.

──"평소엔 늘 남편과 함께 먹는답니다."

3계급 귀인 조레스 님은 국가 요인이기도 해서 촬영 허가가 나지 않았다.

평소에는 둘이 먹는다는 아침 식사는 갓 구운 빵과 샐러드, 수프 정도의 가벼운 구성이다.

약간의 차이는 있지만 기본적으로 아침 식사 메뉴는 항상 동일하다고 한다.

──"이제부터 일을 해야 하기 때문에 아침부터 배가 부를 정도로 먹지는 않습니다. 하지만 먹는 것이 곧 사는 것과 같다고 생각해요. 가볍게라도 좋으니 아침은 먹어야 하루를 더 기분 좋게 시작할 수 있더군요."

아침 식사를 마치고 몸단장과 준비를 마치자, 손님이 왔다.

찾아온 것은 귀인 자녀다.

라임 여사는 이제부터 예절 교사로서 교편을 잡는다.

그녀가 맡는 아이는 아직 학교에서 교육받기 전의 어린아이인 경우가 많다. 자녀의 장래를 위해 이 무렵부터 엄격하게 교육한다는 것이 그녀의 방침이다.

입장상 교육 모습의 촬영은 허가가 나지 않지만, 잠깐 둘러볼 수는 있었다.

그 광경은 너무나도 엄격해서, 어린아이에게 동정을 금할 수 없을 정도였다.

그 모습을 보고 나면 우아하고 생활에 어려움이 없는, 사치만

한다는 이미지가 강한 고위 귀인의 세계도 고생이 없지는 않다는 것을 깨닫게 된다.

차례차례 찾아오는 아이에게 예의범절을 가르치는 라임 부인. 점심을 사이에 두고 오후에도 같은 시간이 이어진다.

──"오늘은 우연히 겹쳤을 뿐이에요."

늘 이렇게 바쁘냐고 묻자, 라임 부인은 피곤함이 엿보이지 않는 온화한 표정으로 그렇게 답했다.

──"저에게 교사역이요? 귀인이라는 입장의 책무겠지요. 보람 있는 일이라고는 생각합니다⋯⋯ 하지만 좋아서 하는 것은 아니에요. 저도 예전에는 아이였고, 아이를 가진 부모이기도 합니다. 좋아서 아이에게 미움을 받는 사람이 어디 있겠어요?"

엄격한 만큼 아이에게는 미움을 받거나 두려움을 사는 경우가 많다고 한다.

──"인상에 남는 아이 말인가요? 왕족을 굳이 빼고 말하자면, 역시 니아 리스톤이라고 할 수 있겠죠. 교사역과 학생역으로 촬영도 진행했었고, 오랫동안 교편을 잡아왔지만, 처음 경험하는 일이 많았던 아이입니다."

처음 경험하는 일이 많았다?

──"네. 우선 촬영 자체가 처음이었고, 교육하는 모습을 제삼자에게 보여주는 것도 처음이었지요. 그리고 그렇게 오랜 시간 견딘 아이도 니아 리스톤이 처음이었습니다. 시종일관 침착해서 정말 아이가 맞나 싶었어요. 무심코 본인에게 그렇게 물었더니

사선을 지나온 덕분이라고 대답하더군요. 아이다운 대답은 아니죠? ……정말 병이 나아서 다행이에요."

니아 리스톤 양과 라임 부인의 촬영은 리스톤령 채널의 프로그램 '니아 리스톤의 직업 방문' 첫 회 방송이었다.

지금은 재방송도 거의 없는 귀중한 영상이다.

그리고 저녁 식사가 시작된다.

우리의 진정한 목적은 여기에 있다.

나이답지 못하게 제법 긴장했구나, 하고 회상했다.

헬레나 라임은 그제야 촬영의 끝자락이 가까워졌다는 것을 알고 안도했다.

가면은 상류층의 기본.

남들에게 보이는 동안에는 속내를 드러내는 것은 허용되지 않는다. 이것이야말로 어린 시절부터 훈육받아 지금도 지니고 있는 자신의 무기이자 방어구였다.

이제는 가르치는 입장이 된 헬레나 라임에게 있어서는 더는 떼려야 뗄 수 없는 자신의 일부.

옆에서 보기에는 차분해 보였겠지만, 사실은 계속 긴장하고 있었다.

어쩔 수 없지 않은가. 일거수일투족이 영상으로 영원히 남는 것이다. 실패도, 성공도, 구분하지 않고. 오점이 평생 남는다고 생각하면 실패할 수 없지 않은가.

게다가 배짱이나 처신 능력과 카메라 앞에 서는 것은 필요한 것은 비슷해 보여도 전혀 달랐다.

촬영은 이번이 두 번째.

매직비전에 익숙지 않은 헬레나 라임에게 방심할 수 있는 시간은 전혀 없었다.

식당에 가서 평소의 자리에 앉자, 저녁 식사가 운반되었다.

이것이 끝나면 촬영 종료—— 그렇게 생각하는 것만으로도 긴장이 풀릴 것 같지만, 그런 지금이야말로 최대한의 주의를 기울여야 한다.

모든 일은 끝나기 직전이 중요하다.

'……?'

하지만 깨달았다.

태어나서 지금까지 세상의 온갖 상류계급의 맛을 즐겨왔던 헬레나 라임은 단번에 위화감을 깨달았다.

와인은 문제없다.

정열적인 붉은색과 고혹적인 향기와 풋풋함이 느껴지지 않는 떫은맛. 고급 와인이다.

하지만 눈앞에 놓인 이 전채.

채소의 거친 단면, 고르지 않고 정돈되지 않은 플레이팅.

일류 요리사는 드레싱을 뿌리는 방법조차 고집한다.

그것도 장식의 일부, 그것마저 요리의 일부이기 때문이다.

'……어쩐담?'

벌써 몇 년, 몇십 년이나 함께해 온 전속 요리사의 실력과 맛을 모를 리가 없다.

이것은 틀림없이 다른 사람이 만든 음식이었다.

그것도 초보자나 다름없는 자가 만든 음식.

겉모습만은 다듬어진 것을 보면 감독한 사람은 있겠지── 그야말로 이 저택의 주방에서 만든 것이라면 전속 요리사가 감수했을 것이다.

그리고 주위에 있는 하인들의 무반응으로 보아 이는 모두 짜여진 것이라고 짐작해 볼 수 있었다.

적이 독을 넣었다거나 하는 것도 아니다.

실력도 안 되는 요리사에게 전속 요리사가 주방을 맡겼을 리가 없으니까.

그렇다면──.

'그건가.'

매직비전.

그것과 관련하여 무언가 속이는 촬영이라고 하면, 이 전개에도 가능성은 생긴다.

예를 들어, 그렇지. 니아 리스톤이 하는 프로그램이라든가.

가끔 보고 있지만 다양한 직업을 체험하는 모습을 촬영하고 있다. 요즘은 개와 달리는 것이 상류층에서도 조금 화제가 되었다.

솔직히 별로 칭찬받을 만한 일은 아니다. 그녀가 하는 일의 대부분은 귀인의 딸이 할 만한 일은 아니라고 생각한다. 너무나도 품위가 없다. 결코 고위 귀족다운 행동이 아니다. 뭐, 이제 그런 옛말을 할 시대는 지났겠지만—— 시대 걱정은 그렇다 치고.

이 전채를 그녀가 만든 것이라고 하면 가능성은 있었다.

프로그램이 합쳐져서 니아가 요리를 만들게 되었고, 어떠한 관계로 인해 헬레나 라임이 요리를 대접할 상대로 선택되었다.

솔직히 프로그램에 대해서는 잘 모르지만, 가능성이 없지는 않다고 생각했다. 문제의 전채가 눈앞에 나온 것만 봐도.

만약 그렇다면 평범하게 불평을 하고 트집을 잡으면 그만이다.

자신이 악당이 됨으로써 상대적으로 니아의 가치가 올라간다. 이제 와서 착한 노파가 될 생각도 없으니 그것으로 충분하다.

'그렇다면—— 아니 잠깐만.'

방침을 정하려던 그 순간.

지금까지 줄곧, 물어뜯기가 일상이던 상류층에서 외줄타기를 해온 자신의 감이, 잘 단련된 본능이, 아직 판단하기엔 이르다며 경종을 울렸다.

"한 잔 더."

하인에게 리필을 요구한 뒤, 차분히 시간을 들여 와인을 테이스팅하는 척하며 머리를 최대한 가동했다.

그래, 니아 리스톤 외에 다른 가능성도 있지 않을까?

니아라면 솔직한 감상을 말하기만 하면 그만이다.

하지만 다른 사람이었을 경우엔 위험하다.

예를 들어 힐데트라라면 어떤가? 그녀도 자주 매직비전에 나온다. 가능성은 충분히 있다.

애초에 따지고 보면 이 촬영 자체가 이상했다.

남편 조레스가 들고 온 것인데, 그 시점부터 그답지 않다고 생각했다.

이런 사생활을 보여주는 번잡한 프로그램은 조레스의 취향이 아니었다. 그 부분에 관해서는 헬레나 라임보다 더 엄격하게 사물을 판단했다.

결과적으로 나쁘지 않았지만, 그 니아 리스톤과의 촬영도 조레스는 반대했었다. 그러나 헬레나 라임이 억지로 밀어붙여 승낙을 얻어냈다.

그렇다면 힐데트라에게── 조레스가 정치적으로 받아들일 수밖에 없는 상대에게 압력을 받아 이 촬영 이야기가 나온 것이라면?

그렇다면 니아가 요리를 했다고 생각하는 것보다 이쪽이 더 이치에 맞는다.

아무리 자신이라도 불특정 다수가 보는 매직비전 앞에서 공개적으로 왕족을 깎아내릴 수는 없다.

그것은 깊게 파고들면 계급사회의 부정으로 이어지고 만다.

아니면 레리아렛 실버는 어떤가?

아니, 헬레나 라임과 직접적인 면식이 없는 그녀가 움직인다고 보기는 힘들다.

애초에 실버가는 예의 그 종이 연극과 관련해 상당히 바빠졌다고 들었다. 지금 이 타이밍에, 3계급 귀인의 아내에게 손수 만든 요리를 대접한다는 정체를 알 수 없는 촬영을 할 것 같지는 않았다.

그렇다면.

"요리사가 바뀌었나? 평소와는 다르군요."

만든 것이 다른 사람이라는 것을 알고 있다는 어필을 하면서도 그 이상의 언급은 피했다. 요컨대 니아라도 힐데트라라도 대응할 수 있는 형태로 진행한 것이다.

우아하게, 일부러 더 천천히 저녁을 즐기는 헬레나 라임의 판단은 과연 맞았을 것인가――.

"힐데트라입니다! 신기획 '요리하는 공주님'입니다!"

약 반나절을 거슬러 올라가서.

헬레나 라임의 가정 교사 모습을 촬영하고 있을 무렵, 주방에서는 분홍색 앞치마와 세트로 된 요리 모자를 귀엽게 차려입은 힐데트라가 몰래 촬영하고 있었다.

"요즘 여자아이라면 비록 왕족이라도 요리 하나쯤은 배워두고 싶은 법이죠. 이 프로그램에서는 전문 요리사에게 요리를 배워서 실제로 만들어 볼 예정입니다. 노려라, 귀인을 만족시키는 프로의 맛!"

기합이 들어간 주먹이 무척 귀엽다.

"그럼, 이번 요리사를 소개―― 하기 전에. 저만큼 작은 아이라면 반드시 어른과 함께 요리해 주세요! 저도 그렇게 할 거니까요! 그럼 이번 요리사는, 이분입니다!"

그랬다, 헬레나 라임은 눈치 게임에 성공한 것이다.

그리고 왜 이 기획이 돌아왔는가 생각해 보면, 남편 조레스가 눈치 게임에 실패했다는 것 외엔 달리 없었다.

매직비전의 카메라가 돌아가고 있다는 증거가 남아 발뺌도 할 수 없는 상태에서, 요리를 만든 왕족인 힐데트라를 험하게 깎아내린 것이다.

맛이 없니 뭐니 하면서, 정말로 험하게 말했다. 말해 버렸다.

그 영상을 방송하지 않는다는 조건으로 이 기획을 통과시킬 수 있도록 말을 보탰고, 자신을 대신할 제물을 소개…… 아니, 패배의 외상값을 아내에게 지불하게 했다, 라는 것이 진상이었다.

그런 속사정은 둘째치고.

전문 요리사가 꽤 괜찮은 레시피를 공개해 주는 이 프로그램은 각 음식점부터 시작해 가정 요리에까지 영향을 미쳤고.

장래에는 알투아르 왕국의 전체적인 조리 기술 향상으로 이어지게 된다.

그리고 상당한 장수 프로그램으로 군림하게 되며 아마추어 참가형 대회가 개최될 정도의 명기획으로 성장해 갔다.

귀인 속이기.

이 문화가 생겨난 것은 분명 이때였다.

이것은 나쁜 풍습이라고 해야 할까, 아니면 매직비전 보급 활동에 일조했다고 해야 할까.

후대의 문화인들은 결론을 내리지 못했지만, 단 하나 말할 수 있는 것은.

이것이 니아 리스톤의 운명을 크게 바꿔놓았다.

그것만은 누구나 인정하는 사실이었다.

후기

쌓인 게임이 늘었습니다.

안녕하세요, 미나미노 우미카제입니다.

2023년 10월 말, 이 후기를 쓰고 있습니다. 올해도 슬슬 끝이 보이는 시기네요. 이 책이 서점에 진열될 무렵은 겨울일까요?

4권입니다.

드디어 4권입니다, 4권.

4권 하면 그거 아닌가요? 파이널 판타지로 치면 명작인 FF4라는 겁니다. 작정하고 달까지 가버리는 녀석이죠. 성기사보다 암흑기사가 더 멋있었다고 생각한 건 저뿐만이 아닐 겁니다.

명작입니다. 아직 스퀘어 에닉스가 되지 않은 스퀘어 시대의 게임입니다. 슈퍼 패미컴이라는 슈퍼 게임기로 출시된 소프트웨어입니다.

지금은 여러 가지 하드로 리메이크되고 있으니 아직 플레이 전이라면 꼭 플레이 해 보세요! 그리고 실질 FF4나 다름없는 이 책도 재미있게 읽어주세요! 아, 혹시 읽은 후일까요? 그럼 다음에는 만화를 즐겨주세요!

이번에는 전투 장면이 많은 내용입니다.

저의 화려한 실수로 새로 그린 장면이 많습니다. 보세요, 평소보다 책이 두껍죠? 그렇지 않다고요? 전자책이라 모르겠다고요? 아무래도 상관없다고요? 그렇군요.

뭐, 그렇게 되었습니다.

아, 안심하세요.

이번에도 모두가 정말 좋아하는 벤델리오가 활약했으니까요!

카타나 카나타 선생님, 멋진 일러스트 감사합니다.

검은 머리 니아도 좋은 것 같습니다. 중간부터 교대해서 맡은 일이라 힘든 일도 많을 거라 생각합니다. 그리고 검은 머리 니아는 좋다고 생각했습니다.

어린아이, 전투 장면, 그 밖에도 독특한 문화가 많아 당황할 일이 많으실지도 모르겠습니다. 흑발 니아 정말로 좋습니다, 앞으로도 잘 부탁드립니다.

만화 담당 코다이 선생님, 항상 유쾌한 만화를 그려주셔서 감사합니다.

이걸 적고 있을 무렵에는 아직 만화 3권이 발매되기 전이겠죠. 엄청 기다리고 있습니다. 전 엄청나게 기다리고 있습니다!

원작보다 재미있다고 제가 평할 정도이니 꼭 확인해 보세요! 참고로 선생님의 이름인 '古代甲'은 '코다이 카부토'라고 읽는다고 합니다.

코우 선생님이 아니셨구나, 하고 조금 충격을 받았습니다. 대단히 실례했습니다.

담당 편집인 S님, 이번에도 많은 신세를 졌습니다.

이번에도 새로 쓴 부분이 많았습니다. 많은 의견 감사합니다.

덕분에 훨씬 완성도가 올라간 것 같습니다. 구체적으로 말하면 10%에서 90% 정도로 쑥 올라간 것 같습니다. 경악스러울 정도의 성장입니다.

그리고 관계자 여러분, 감사합니다.

앞으로도 잘 부탁합니다.

마지막으로 독자 여러분.

여러분들 덕분에 이렇게 4권을 완성할 수 있었습니다.

여기서만 하는 이야기지만, 전자책 쪽이 잘 팔린다고 하더라고요. 다들 전자책을 구매하시는군요. 전자의 세대 아닌가요? 요, 전자의 세대!

전자 세대 여러분과 종이책을 구입해 주신 여러분 덕분에 4권이나 낼 수 있었습니다.

감사하는 마음뿐입니다.

감사합니다.

또한 감사하게도 5권도 나온다고 합니다. 5권입니다, 5권. 이건 이미 몬스터 헌터에서 말하는 트라이G에 해당합니다. 몬헌은 오히려 엄청 많이 나와서 놀랐었죠. 몬헌은 굉장한 게임입니다.

그럼 5권에서 뵙겠습니다!

Kyoran Reijyou Nia Liston 4
Byojyaku Reijyou ni Tenseishita Kamigoroshi no Bujin no Kareinaru Musouroku
©Umikaze Minamino
Originally published in Japan in 2023 by HOBBY JAPAN CO., Ltd.
Korean translation rights ©2024 by Somy Media, Inc.

흉란영애 니아 리스톤 4

2024년 6월 15일 1판 1쇄 발행

저   자 미나미노 우미카제
일 러 스 트 카타나 카나타
캐릭터디자인 지샤쿠
옮 긴 이 이소정
발   행   인 유재옥
부   사   장 이왕호
이   사 조병권
출판본부장 박광운
편 집 1 팀 최서영
편 집 2 팀 정영길 조찬희 박치우 정지원
편 집 3 팀 오준영 권진영 이소의
디자인랩팀 김보라 박민솔
디지털사업팀 박상섭 김지연 윤희진
라이츠사업팀 김정미 맹미영 이윤서
영업마케팅팀 최원석 박수진 이다은
물   류   팀 허석용 백철기
경영지원팀 최정연
인쇄제작처 ㈜코리아피엔피
발   행   처 ㈜소미미디어
등   록 제2015-000008호
주   소 서울시 마포구 토정로222, 502호 (신수동, 한국출판콘텐츠센터)
판매 및 마케팅 (070) 8822-2301

ISBN 979-11-384-8344-5 04830
ISBN 979-11-384-8008-6 (세트)

"나에게 돈을 바쳐주지 않을래? 10억 크람."

바람을 때리듯이 떨어지던
무거운 연체 다리를 건드려서 옆으로 흘려보냈다.
그리고 내가 만진 연체 다리는 폭발했다.

"마지막 사냥은 사람인가?
가끔은 이런 것도 나쁘지 않지."

나는 다시 창틀에 발을 걸었다.
그리고 날았다.

마나미노　　　우미카제

原作 카타나 카나타

병약한 영애로 전생한 살신 무인의 화려한 무쌍담

니아 리스톤

Nia Riston

4

커버 그림, 본문 일러스트 | **카타나 카나타**

Contents